IL CORAGGIO DELLA STREGA

LE STREGHE DI KEATING HOLLOW, VOLUME 5

DEANNA CHASE

Traduzione di
ERNESTO PAVAN

TRAMA

Benvenuti a Keating Hollow, il paese incantato pieno d'amore, amicizia e famiglia.

Dopo aver perso sua sorella, oltre un decennio fa, Hanna Pelsh ha giurato di vivere appieno la sua vita. Ed è proprio quello che fa. Quando non è impegnata a gestire il caffè di famiglia o a offrire il suo corpo alla ricerca sulla misteriosa malattia che ha portato via sua sorella, Hanna si tuffa testa bassa in ogni avventura che riesce a trovare. L'unico problema? L'uomo che ama da quando aveva quindici anni non sembra in grado di creare una relazione fissa.

Rhys Silver fa il lavoro dei suoi sogni al birrificio di Keating Hollow. L'unica cosa che gli manca è una compagna. Ha sempre saputo chi vorrebbe al suo fianco. Ma sa anche di non essere quello giusto per lei. Ma quando accade il peggio, Rhys è costretto a fare una scelta: superare le sue paure o perderla per sempre.

CAPITOLO 1

"*H*anna!" esclamò Faith Townsend mentre entrava di corsa nell'Incantation Café. "Ho bisogno di un cupcake, immediatamente."

Hanna si voltò dal banco della pasticceria e posò lo sguardo sulla sua amica, cogliendola a metà di uno sbadiglio, gli occhi cascanti per la fatica. I capelli chiari di Faith erano raccolti in una coda di cavallo, ma alcune ciocche erano sfuggite, dandole un aspetto trasandato. "Santi numi. Per caso *qualcuno* ti tiene sveglia fino a tardi la sera?"

Faith si produsse in una risatina esasperata. "Magari. Almeno Hunter sarebbe contento."

"Hai molto lavoro alla spa?" chiese Hanna, porgendole un cupcake red velvet con una mano e versando il latte per il cappuccino doppio con l'altra.

"Troppo. Da quando abbiamo Vivian come rappresentante, c'è sempre il tutto esaurito. Se non trovo un secondo terapista, collasserò per la fatica."

"Ci sono buone prospettive?" Hanna radunò dei biscotti del giorno prima per la sua migliore amica, rimpiangendo di non

1

poter fare di meglio. Ma non poteva certo dare una mano di persona. Faith aveva bisogno di un massoterapista professionale, non di una pasticciera che aveva sempre lavorato nello stesso posto.

"Sì, grazie agli dèi. Una persona è venuta a chiedere qualche giorno fa, ma non è del paese e non può cominciare a lavorare fino alla prossima settimana. Spero che sia brava di persona quanto lo è sulla carta, perché in caso contrario mi toccherà assumere quella ragazza che puzza di formaggio o il tizio che mi ha fatto l'occhiolino non meno di venti volte durante il colloquio." Faith rabbrividì visibilmente al pensiero.

Hanna ridacchiò mentre finiva di preparare il cappuccino e lo dava a Faith.

"Grazie," disse Faith, rivolgendo a Hanna un ammiccamento esagerato che la fece ridere ancora più forte.

"Prego. Ora vai ad avvolgere qualcuno nelle alghe, a massaggiarlo con il caffè macinato o qualunque altra stregoneria tu faccia a A Touch of Magic."

"Il prossimo appuntamento è uno scrub col sale, seguito da un trattamento a coppettazione."

"Coppettazione? Sembra una porcata." Hanna spinse il sacchetto coi biscotti verso Faith. "Ti prego, dimmi che la tua spa non è uno di quei centri massaggi con l'happy ending."

Faith si strozzò con il cappuccino mentre scoppiava nuovamente a ridere. "Piantala," disse una volta ripreso il controllo. "Senti, ti dispiace se salto la serata fra donne? Probabilmente, mi addormenterei con la faccia nella trota farcita."

"Certo, tesoro." Hanna le rivolse un sorriso gentile. "Riposati. Possiamo vederci questo fine settimana o quando avrai tempo." Badò a usare un tono di voce leggero e molto comprensivo, ma la verità era che Hanna era delusa. Faith aveva un'esistenza molto piena negli ultimi tempi, con la sua nuova attività, un nuovo uomo nella sua vita – il quale aveva portato con sé una bambina piccola – e una casa che necessitava di essere ricostruita. Tutto ciò era molto bello, ma non lasciava tempo per molte serate fra donne e Hanna sentiva la mancanza della sua amica.

"Ti prometto che ci vedremo fra qualche giorno. Lascia solo che senta Hunter per sincronizzare i calendari, d'accordo? Ti manderò un messaggio."

"D'accordo." Hanna salutò e rivolse a Faith un sorriso di incoraggiamento mentre quest'ultima usciva di corsa dalla porta.

"Che peccato. Sapevo che eri ansiosa di vederla. Immagino questo significhi che questa sera sei libera?" chiese Mary Pelsh dalla porta del suo ufficio.

Hanna lanciò un'occhiata a sua madre e fece spallucce. "Mi sa di sì. Ma non è un problema. Così potrò finire l'ultimo libro di Robyn Peterman." Hanna sorrise a sua madre. "I suoi libri fanno morire dal ridere."

"Mmm. Senza dubbio sarà una serata rilassante, ma una ragazza della tua età dovrebbe uscire il venerdì sera."

Hanna trattenne un sospiro. Aveva raggiunto la veneranda età di ventisette anni e sua madre cominciava a preoccuparsi per la sua vita sentimentale. Hanna aveva la sensazione che Mary morisse dalla voglia di organizzare il matrimonio della figlia. "Magari la settimana prossima, mamma."

Sua madre le rivolse un'occhiata scettica, per poi sparire di nuovo nell'ufficio.

Infastidita dal giudizio materno, Hanna andò al lavandino e mosse una mano. Immediatamente, l'acqua si aprì, riempiendo il lavello. Una volta che fu pieno a tre quarti, Hanna vi mise i piatti sporchi e mosse di nuovo la mano, facendo vorticare l'acqua. Era un incantesimo vecchio, che Hanna aveva perfezionato anni prima. Nel giro di dieci minuti, i piatti sarebbero stati puliti e brillanti e Hanna avrebbe potuto trascorrere il suo tempo facendo qualcosa di più utile, come preparare l'impasto per i biscotti del giorno dopo. Aveva appena aggiunto il burro nella grossa impastatrice quando suonò il campanello della porta.

"Arrivo subito," esclamò Hanna, voltando la testa.

"Fai con calma, tesoro." La familiare voce roca dell'uomo le fece venire la pelle d'oca sulle braccia e Hanna si accigliò.

Detestava che Rhys Silver le facesse quell'effetto. Perché non riusciva a dimenticarlo? Ah, giusto. Probabilmente, c'entrava qualcosa il fatto che l'uomo non mancava mai di entrare di venerdì pomeriggio, nel momento più lento della giornata, per civettare con lei quando non c'era nessun altro in giro.

"Che vuoi, Rhys?" chiese Hanna, sussultando quando udì il proprio tono esasperato. L'unica cosa peggiore che lui le provocasse una reazione fisica era fargli capire che esercitava influenza su di lei.

"Speravo in un caffè grande, in uno di quegli scone al cioccolato e in un'uscita a cena." L'uomo parlò con tanta noncuranza che all'inizio Hanna credette di aver sentito male.

Si voltò di scatto, cercando di guardare ovunque, tranne che nella direzione di Rhys. Ma lui era proprio lì, al bancone, che occupava tutto lo spazio con le sue spalle larghe, i folti capelli scuri e i sorridenti occhi scuri. Rhys aveva due umori: era pieno di ilarità e di allegria, oppure era cupo e distaccato. Le sue ultime visite di venerdì pomeriggio ricadevano senza fallo nella prima categoria. E questo la faceva incazzare, perché rendeva molto difficile schivarlo. "Scusa, come hai detto?"

"Un caffè liscio grande, uno scone al cioccolato e una cena

questa sera alle sette da Woodlines," disse l'uomo, le cui labbra formavano un mezzo sorriso sexy al quale lui sapeva lei faticava a resistere.

"Il caffè e gli scone arrivano subito." Hanna si voltò ed esalò il fiato. Era la terza settimana di fila che lui le chiedeva di uscire. E sarebbe stata la terza settimana di fila in cui lei avrebbe rifiutato.

"Ho sentito dire che questa sera Woodlines ha una trota ripiena di granchio come piatto speciale," disse Rhys.

L'idea le fece venire l'acquolina in bocca.

"E anche tartare di tonno e bisque di aragosta."

Rhys stava parlando la lingua di Hanna, ciononostante, riprendere l'amicizia che l'uomo aveva distrutto un anno prima non faceva parte dei suoi piani. "Scusa," disse lei. "Sono impegnata."

"Davvero?" Rhys inarcò entrambe le sopracciglia, palesemente scettico. "Ho appena incrociato Faith. Ha detto che si sentiva in colpa perché ha dovuto cancellare la serata fra donne. Dai, Hanna. So che sei ancora arrabbiata con me. Lasciami rimediare."

Accidenti a te, Faith, pensò Hanna. Schivare Rhys era infinitamente più facile quando lei aveva davvero altri piani. Ecco il pericolo di vivere in un paesino. Tutti sapevano tutto di tutti. "Non credo che—"

"Hanna!" chiamò Mary Pelsh mentre usciva di corsa dall'ufficio. "Ho grandi notizie."

"Cosa c'è, mamma?" chiese Hanna, grata per la distrazione.

"Il figliastro di Barb Garber, Chad, è arrivato la settimana scorsa. Te lo ricordi, vero? Ha trascorso un'estate a Keating Hollow e ci ha aiutate al bar."

Hanna ricordava vagamente il ragazzino pallido e magro con l'acne e i riccioli ribelli che gli coprivano sempre gli occhi.

"Certo, mamma. Era venuto qui a stare con suo padre e sperava di entrare in una scuola di arti dello spettacolo, vero?"

"Esatto. Alla fine, ha studiato musica in una scuola di San Francisco." Mary sorrise alla figlia. "Ora è un pianista molto quotato. Comunque, si è trasferito a Keating Hollow e ho detto a Barb che tu saresti stata felice di presentargli un po' di gente del posto, portarlo a mangiare qualcosa e aiutarlo a riabituarsi. Va bene alle sette? Lui potrebbe venire a prenderti qui, così non dovrai trascorrere un altro venerdì sera da sola."

"Io non trascorro i venerdì sera da sola," sbuffò Hanna. "Dimentichi Bandita."

"Bandita è il cane della tua vicina, tesoro," disse Mary, levando gli occhi al cielo. "Non è nemmeno lontanamente paragonabile a una compagnia maschile."

Hanna fece spallucce. "Mi piace farle compagnia. Qualcuno deve pur farlo, quando Chelsea ha il doppio turno in ospedale."

"Allora, posso dire a Barb che sei disponibile?" disse Mary, implacabile come un bulldozer.

Il silenzio rimase sospeso nell'aria mentre Hanna cercava di inghiottire il fastidio. Non solo non aveva il minimo desiderio di mostrare il paese al nuovo arrivato, ma sua madre aveva appena confermato a Rhys che lei non aveva alcun piano per la serata. L'uomo l'aveva già capito da solo, ma era stata intenzione di Hanna inventarsi di aver già scritto a Noel, la sorella di Faith. Se avesse usato comunque quella scusa, avrebbe mentito a sua madre oltre che a Rhys e il pensiero le rimescolava lo stomaco. Hanna non mentiva mai a sua madre. E comunque, lei se ne accorgeva sempre. Quella capacità era davvero fastidiosa, ma l'aveva condizionato a dire sempre la verità.

Rhys si schiarì la voce.

"Oh, ciao, Rhys," disse Mary, lisciandosi i riccioli neri

6

mentre sorrideva all'uomo. "Scusa la maleducazione. Non mi ero resa conto che ci fossi anche tu." Fece una risatina nervosa. "Santo cielo, ero troppo entusiasta di aver trovato un appuntamento a Hanna. È passato davvero tanto tempo dall'ultima volta—"

"Mamma!" esclamò Hanna.

"Cosa c'è, tesoro?" Mary la guardò con aria innocente. "Volevo solo darti una mano."

Hanna guardò sua madre con gli occhi stretti, cercando di capire quale fosse il suo gioco. Mary Pelsh non era certo ingenua. Anzi, Hanna era piuttosto sicura che sua madre sapesse che lei aveva da anni una cotta per Rhys. Per cui, non aveva senso che cercasse di metterla in imbarazzo di fronte a lui, a meno che—

"Hanna ha già un impegno questa sera," disse Rhys. "La porto a cena da Woodlines e poi a vedere un film a Eureka. Magari potrà vedere un'altra volta... come si chiama? Chad?"

Mary annuì e si illuminò in viso mentre diceva: "Sì. Chad. È molto attraente." Si sporse verso Hanna. "Il rospetto è diventato un principe."

"Certo," disse Rhys. "Comunque, magari Hanna potrebbe vederlo un'altra sera."

"Oh, beh, va bene così," disse Mary con un sorriso compiaciuto. Si voltò a dare una pacca sulla spalla della figlia. "Dirò a Barb che questa sera non si può fare. Sono sicura che Chad non si farà problemi."

Dopo che sua madre fu svanita nell'ufficio, Hanna lanciò un'occhiata a Rhys. "Non ho mai accettato di venire a cena con te."

"Puoi sempre tirarti indietro," disse lui, sollevando una spalla. "Ma poi ti toccherà uscire con *Chad*." C'era un baluginio negli occhi dell'uomo che le fece capire che lui sapeva esattamente cosa lei avrebbe fatto. E questo la faceva infuriare e al tempo stesso sorridere. Detestava che lui la conoscesse così bene. Era impossibile tenerlo a distanza.

"D'accordo. Alle sette da Woodlines. Ma niente film," disse Hanna. "Sono in piedi dalle cinque."

Il sorriso di Rhys si allargò. "Vada per le sette."

CAPITOLO 2

*R*hys entrò nel birrificio di Keating Hollow con la sensazione che un grosso peso gli fosse stato levato dal petto. Per settimane aveva cercato di oltrepassare le barriere che Hanna aveva costruito dopo il matrimonio di Noel e Drew, oltre tre mesi prima. Aveva cercato di scusarsi. Avrebbe voluto recuperare la loro amicizia, ma lei non aveva voluto sentire ragioni.

Poi lei lo aveva baciato.

Rhys si era perso in quel bacio e aveva quasi dimenticato perché sarebbe stato meglio che loro due rimanessero amici. Accidenti, avrebbe voluto gettare al vento la cautela, portare Hanna a casa con lui e amarla fino al sorgere del sole.

Invece, lei aveva concluso il bacio e se n'era andata a testa alta, lasciandogli una voglia disperata di qualcosa di più. Sapeva che era stata proprio quella l'intenzione della donna. Perdiana, la ammirava per quello. Hanna era piena di sicurezza e di fuoco, i due motivi per cui Rhys si era innamorato di lei oltre un decennio prima.

Ma le circostanze avevano ucciso il sogno che loro due

potessero diventare una coppia. Il meglio in cui poteva sperare era l'amicizia. Pregava solo che sarebbe riuscito a convincerla a dargli un'altra possibilità per dimostrare che non l'avrebbe più escluso dalla sua vita, qualunque cosa fosse successa.

"Ehi," chiamò Clay Garrison da dietro il bancone. "Hai un paio d'ore libere? Una mano in più ci farebbe comodo."

Rhys si guardò attorno nel pub. Era stato così distratto dal pensiero di Hanna da non aver notato che i tavoli erano tutti pieni e che Sadie, la cameriera regolare del pub, stava correndo da una parte all'altra come una disperata. "Certo. Ma devo andarmene alle sei. Ho un impegno."

"Va bene," disse Clay mentre lasciava il bancone per aiutare Sadie a servire ai tavoli.

Rhys prese un grembiule, si lavò rapidamente le mani e prese posto dietro al bancone. Non gli ci volle molto per capire che l'affluenza era dovuta al firmacopie organizzato da Yvette Townsend quel fine settimana. A quanto pareva, c'erano in paese venti autrici di romanzi rosa paranormali. E il giorno dopo sarebbero arrivati centinaia di loro ammiratori. Dato che il pub era l'attività della famiglia Townsend, era il primo locale che Yvette aveva consigliato quando le autrici avevano chiesto quale fosse un buon posto per cenare.

"Ehi, Rhys. Ti trovo molto bene questa sera." La donna che si era appena arrampicata su uno sgabello aveva ricci capelli scuri impilati sopra la testa; i suoi boccoli ricordavano una versione più dolce di Medusa. Aveva completato l'aspetto stregato con un abito di pizzo viola scuro stretto in vita.

"Buonasera," disse Rhys con il suo sorriso per i clienti. "Ci conosciamo?" La donna aveva un aspetto familiare, ma Rhys non avrebbe saputo dire esattamente chi fosse.

"Certo. Sono stata qui più o meno un anno fa, quando ho

partecipato a un firmacopie alla magica libreria di Yvette." La donna tese la mano. "Miranda Moon."

"Giusto. Ora ricordo." Rhys le strinse la mano prima di tornare a spillare birre. "Bentornata a Keating Hollow."

La donna abbassò lo sguardo sulla propria mano e si acciglò.

"Qualcosa non va?" Rhys porse un vassoio pieno di bevande a Clay e si affrettò a a evadere un'altra ordinazione.

"Forse." La donna gli lanciò un'occhiata, l'espressione pensierosa.

Rhys posò lo sguardo sulla birra che la donna aveva appoggiato di fronte a sé quando si era seduta. "La birra non è di tuo gradimento? Posso darti qualcos'altro."

"Eh?" La donna spostò lo sguardo sulla bevanda e scosse la testa. "Oh, no. Va bene. Grazie, comunque." Inclinò la testa per guardare di nuovo lui e si acciglò. "Ti senti bene? Ho la sensazione che i tuoi livelli di energia non siano proprio al massimo. È un po' come se stesse per venirti un raffreddore."

Rhys si irrigidì. "Cosa te lo fa pensare?"

La donna gli rivolse un'occhiata di scuse. "Perdonami. Non volevo invadere la tua intimità. Ero una guaritrice prima di decidere di provare a scrivere. A volte mi capita senza che me ne accorga. La tua energia mi sembra un po' bassa. Forse dovresti andare da un guaritore. Chiedi se hai bisogno di integratori o qualcosa di simile."

"Va bene. Lo farò," borbottò Rhys.

"Sono certa che non sia nulla," disse Miranda, rivolgendogli un sorriso smagliante.

"Probabilmente hai ragione," concordò lui, che non aveva alcuna intenzione di andare da un guaritore. La diagnosi di Miranda non era una sorpresa per lui. Negli ultimi tempi, si era spinto molto forte. *Lavora duro, gioca duro* era divenuto il suo mantra personale negli ultimi anni. Si prese l'appunto mentale di andare da Charming Herbs a comprare gli ingredienti per una semplice pozione energetica.

"Grazie per la conversazione, bellezza." Miranda gli ammiccò. "Spero che tu venga all'evento, domani. Yvette ha affidato il catering all'Incantation Café. Quegli scone sono deliziosi."

"Può darsi." Era una bugia. Si sarebbe presentato solo se avessero ordinato cibo dal birrificio o se Hanna avesse avuto bisogno di una mano con il trasporto. Mettersi in coda con centinaia di altre persone e restarci per tutto il giorno non era divertente, dal suo punto di vista. E poi, il suo lettore di ebook era già pieno. I libri non gli mancavano.

"Dai, Rhys," lo blandì la donna. "Dai a noi ragazze un eroe da guardare per un'oretta."

Rhys ridacchiò. "Magari Jacob sarà presente. Lascio a lui le attenzioni."

"Mmm. Sembra un lavoro per Brian. L'ho incontrato poco fa. Che dongiovanni." Miranda accennò con il capo all'estremità del bancone, dove l'uomo in questione era impegnato a banchettare con un secchio di alette di pollo. "Vado a fare reclutamento. Buona serata, Rhys."

Rhys la guardò allontanarsi e sentì il peso che portava sempre su di sé tornare a piena forza.

ALLE SETTE MENO UN QUARTO, Rhys entrò nell'Incantation Café. Nel momento in cui vide Hanna, un sorriso gli sollevò gli angoli della bocca. Lei era sempre stata carina, ma quella sera si era vestita con il palese intento di torturarlo. Lui adorava l'idea e al tempo stesso la temeva. Ci sarebbe voluto un intervento divino perché non le mettesse le mani addosso.

La pelle di bronzo della donna brillava praticamente sullo sfondo dell'abito di oro scintillante che metteva in mostra tutte le sue curve. E come se ciò non bastasse, Hanna indossava stivali col tacco al ginocchio che facevano fare un figurone alle sue gambe.

"Buonasera, Rhys," disse la donna, rivolgendogli un'occhiata complice. Sapeva esattamente cosa gli stava facendo e non se ne curava. Nessun uomo al mondo poteva rimanere indifferente di fronte alla sua bellezza.

Rhys deglutì faticosamente e sollevò lo sguardo per guardarlo negli occhi. "Ti trovo benissimo, Hanna."

"Grazie." Hanna lo oltrepassò, sfiorandogli leggermente la spalla con la sua. Un piccolo brivido la attraversò, facendogli prudere le mani dalla voglia di toccarla.

Datti una calmata, Rhys, si disse. Amici. Era quello che erano fin da bambini ed era quello che sarebbero rimasti. Dovevano. Lui sentiva troppo la mancanza di Hanna. Da quando si erano frequentati per un breve periodo nell'anno precedente, il rapporto era teso. Rhys sapeva che la colpa era sua. Aveva avuto un momento di debolezza quando le aveva chiesto di uscire per un vero appuntamento. E un altro quando l'aveva baciata per la prima volta. La loro relazione era stata così facile, così perfetta, e lo aveva terrorizzato. All'improvviso, aveva capito che, se fosse andato avanti, non sarebbe più potuto tornare indietro. Non sarebbe mai riuscito a lasciarla andare e alla fine le avrebbe solo fatto del male. E quello non poteva proprio sopportarlo.

Amici. Questo è quello che siamo e questo è quello che rimarremo, si ripeté.

"Vieni?" chiese Hanna dalla soglia.

"Rhys! Ma come stai bene," disse Mary Pelsh dalle sue spalle.

Rhys si voltò e le sorrise. "Grazie, signora Pelsh. Anche lei."

La madre di Hanna levò gli occhi al cielo. "Ma per favore. Sono qui da dieci ore e probabilmente ho la farina nei capelli. Ma sei gentile a dirlo. Voi giovani andate pure. Divertitevi. E Hanna, non dimenticarti di portarmi un po' di quel buonissimo tiramisù."

"Certo, mamma," disse allegramente Hanna. "Dai, Rhys. Andiamo prima che io mi senta troppo in colpa per averla lasciata sola a finire le preparazioni."

"Bah," disse Mary, agitando la mano. "Non te lo permetterei nemmeno se ci provassi."

Rhys non dubitava che ciò fosse vero. Mary Pelsh non aveva mai fatto mistero del fatto che sperava che loro due si mettessero insieme. Probabilmente, più tardi avrebbe fatto il terzo grado a Hanna.

Hanna prese Rhys sottobraccio e gli rivolse uno di quei suoi sorrisi smaglianti. "Spero che tu non abbia esaurito il credito sulla carta, perché ho intenzione di ordinare metà del menù."

"Non preoccuparti, Muffin," disse lui, sorridendo da un orecchio all'altro. "Sono venuto preparato. Non ho dimenticato le tue impressionanti doti di mangiatrice."

"Sai che detesto quando mi chiami così," disse lei, fingendosi infastidita. Rhys aveva iniziato a usare quel soprannome stucchevole quando loro erano ragazzi, dopo che Hanna aveva umiliato lui e quattro altre persone in una gara a chi mangiava più muffin.

"No, invece. Altrimenti, non faresti questo sorrisetto tutte le volte che lo dico." Rhys le fece scivolare la mano in fondo alla schiena e poi aggiustò la presa, avvolgendola attorno alla vita snella di Hanna, permettendosi di godere del contatto fisico con lei solo per un istante.

Hanna tacque e lo guardò con espressione intenerita. "Attento, Rhys. Con tutto questo civettare e il modo in cui guardi, potrei fraintendere."

Rhys sapeva che avrebbe dovuto lasciar cadere la mano e fare un passo indietro. Ma non ce la faceva. Era troppo bello. E non c'era nulla da fraintendere. Anzi. Lui la voleva. La voleva così tanto da sentirne il sapore. Era solo che... considerate le circostanze... Si diede una minuscola scrollata e finalmente fece un passo indietro, ficcandosi le mani in tasca. Poi le rivolse un sorriso scherzoso. "Per fortuna hai indossato un vestito elastico. Ci sono sei dolci in menu e io ho intenzione di ordinarne almeno quattro."

Le labbra di Hanna ebbero un guizzo e lei scosse la testa. "Non fare il vigliacco, Silver. Sarà meglio che li ordini tutti e sei. In questo modo, avrai la certezza di mangiarne almeno uno."

"Adesso sì che ti riconosco," disse ammiccando lui. "Sapevo di poter contare su di te."

CAPITOLO 3

*H*anna assaporò il fresco gusto agrumato del suo Sauvignon Blanc mentre ammirava Rhys da sopra l'orlo del bicchiere. Rhys aveva cominciato ad allenarsi? Indossava una camicia a maniche lunghe, ma si era arrotolato le maniche fino ai gomiti. E quegli avambracci… santo cielo. Le prudevano le dita dalla voglia di allungarsi e toccarlo.

Piantala, Hanna, si disse. Erano solo amici. E a parte il civettare per cui lui l'aveva rimproverata quando era venuto a prenderla al bar, Rhys non si era schiodato dalla corsia dell'amicizia.

"Credo che dovresti dare una possibilità a quel tizio," disse Rhys. "Come aveva detto che si chiamava tua madre?"

"Chad," disse Hanna, guardando Rhys con gli occhi stretti. "Pensavo che tu fossi intervenuto per salvarmi da un appuntamento al buio con lui. Perché adesso lo ritiri fuori?"

Rhys ridacchiò sottovoce. "Ho visto una possibilità di portarti a cena e ne ho approfittato. Il nostro screzio va avanti da troppo tempo. Ma questo non significa che non dovresti prendere in considerazione quel tale Chad. Sembrerebbe un uomo di grande talento. Magari potrebbe insegnarti le scale o qualcosa di simile."

Hanna fece una smorfia. "Ti ricordi il fiasco del clarinetto, vero? Che la mia insegnante aveva detto ai miei genitori che qualunque chiave io usassi, la 'musica' sembrava il verso di un asino in calore?"

"Avevi solo bisogno di più esercizio. Quella cariatide si aspettava troppo e troppo presto," disse l'uomo, bevendo un sorso di vino.

"Prendevo lezioni settimanali da due anni."

Rhys rise e prontamente si strozzò con il vino. Aveva le lacrime agli occhi quando riprese il controllo, ma le sorrise. "Va bene, forse la musica non è il tuo forte. Ma lui potrebbe scriverti una sinfonia."

Hanna levò gli occhi al cielo. "La pianti? Non mi interessa un appuntamento al buio."

"Se lo dici tu."

Seguì un silenzio imbarazzante mentre Hanna si chiedeva perché Rhys fosse così deciso a farla uscire con il nuovo arrivato. Probabilmente, l'uomo si sentiva in colpa perché il loro tentativo di frequentazione non era durato più di qualche mese. Se lei si fosse accoppiata, lui non avrebbe dovuto preoccuparsi che si struggesse per lui. L'idea che a Rhys dispiacesse per lei le fece venire voglia di picchiarlo e Hanna si accigliò.

"Ehi," mormorò Rhys. "Era solo un'idea. Non devi uscire con quel pianista. Sei bellissima e intelligente. Puoi avere chiunque tu voglia."

Tranne te, pensò lei, per poi scuotere la testa come per levarsi quelle parole dalla mente.

"Sì, invece," disse lui, fraintendendo i suoi pensieri. "Perdiana, Hanna. Sei una modella, santo cielo."

"Dilettante," precisò lei. "Non lo faccio certo per lavoro."

"Ma potresti." Rhys si raddrizzò, tenendo il bicchiere di vino in mano, e la guardò. "Scommetto che, se tu andassi a New York o a Los Angeles, un'agenzia ti scritturerebbe in men che non si dica."

Hanna si sentì scaldare dentro. Sapeva che Rhys non stava semplicemente cercando di lusingarla. Aveva detto la stessa cosa molte volte in passato. Forse era davvero ora di lasciar perdere l'idea di fare di lui la sua dolce metà. Era palese che l'uomo non provava gli stessi sentimenti ed era giunto il momento di accettare che le voleva bene, ma non in maniera romantica.

Fu in quel momento che Hanna ammise finalmente a se stessa quanto aveva sentito la mancanza dell'amicizia di Rhys. Era ora di lasciar perdere l'idea che sarebbero potuti diventare una coppia e accettare ciò che lui era in grado di offrirle. Poteva farcela. Bastava che la smettesse di fissare i suoi avambracci muscolosi.

"Grazie," disse infine. "Ma sai che non mi interessa lasciare Keating Hollow. Adoro lavorare al bar. Ti ho detto che mia madre mi ha fatta socia?"

Rhys si sporse in avanti, gli occhi che si illuminavano alla notizia. "Davvero? Quando?"

"Circa sei mesi fa. Ci siamo allargate fornendo prodotti da forno alla spa di Faith e alla libreria di Yvette. Aggiungi i turisti che le loro due attività portano in paese e all'improvviso siamo molto più indaffarate che mai. Io mi occupo della pasticceria, mentre la mamma gestisce il resto del bar."

"Wow. È fantastico, Han." Rhys si allungò a stringerle la mano. "È quello che dicevi sempre di volere."

Hanna sorrise radiosa. "Sì. Non ero sicura che il bar sarebbe mai diventato grande abbastanza per sostenere due famiglie, ma ce l'abbiamo fatta. Pensa che qualche mese fa sono andata a vivere da sola."

"Davvero?" L'uomo spalancò gli occhi per la sorpresa, quindi si accigliò. "Non me lo avevi detto."

Era sofferenza quella che Hanna vedeva nella sua espressione? Si sporse e questa volta fu lei ad afferrargli la mano. "Ascolta, Rhys. In quest'ultimo anno… non ci sentivamo spesso. E io–"

"So che è colpa mia," disse rigidamente lui.

Hanna gli lasciò la mano e tornò a sedere composta. Era vero che la maggior parte della colpa era attribuibile a Rhys, ma era lei quella che, da gennaio, non lo aveva più degnato di un saluto. Ora era pronta a lasciarsi il passato alle spalle. Rhys era il suo amico di più lunga data. Erano stati migliori amici alle superiori e, quando la sorella di Hanna era morta, lui le era rimasto vicino, sostenendola, incoraggiandola e dandole una ragione per vivere, non solo per sopravvivere. Lei gli era enormemente grata per quello. Lo adorava per quello. E lasciare che il fallimento della loro relazione romantica si frapponesse sulla strada della loro amicizia era stupido. "Evitiamo di dare colpe, d'accordo? Io rivoglio solo il mio amico."

"Sono qui, Muffin," disse Rhys, con l'ombra di un sorriso sollevato. "Ci sarò sempre."

"Ottimo."

La cameriera scelse proprio quel momento per chiedere se volessero ordinare il dolce.

"Uno di tutto," disse Rhys, porgendole i menu. "E caffè per entrambi."

"Normale o decaffeinato?" chiese la cameriera.

"Normale," dissero contemporaneamente Rhys e Hanna.

Dopo che la cameriera ebbe annuito e si fu allontanata, risero entrambi. Certe cose non cambiavano mai.

"Allora..." Hanna si sporse in avanti. "Io ti ho detto le mie novità. E tu? Ti è successo qualcosa di entusiasmante? Come va il lavoro al birrificio? Clay ti lascia sperimentare nuovi gusti?"

Rhys posò il bicchiere di vino. "A dire il vero, sì. Diciamo così. Con Lincoln che ancora si sta riprendendo dalla chemioterapia e la stagione turistica devastante, ne abbiamo avuto fin sopra i capelli." Lincoln Townsend, un pilastro della comunità, era il proprietario del Birrificio Townsend e aveva ricevuto una diagnosi di tumore. Non era stato facile per lui, ma aveva ceduto il ruolo di mastro birraio a Clay Garrison, per concentrarsi sulla guarigione.

Aveva senso. Clay era una strega della terra e aveva un talento per cose di quel genere. Rhys era una strega dell'acqua e, sebbene ciò tornasse occasionalmente utile, non era equivalente alla capacità di manipolare i cereali e gli ingredienti che venivano utilizzati per rendere unica ciascuna birra. Ciononostante, Rhys era sempre stato interessato alla chimica della fermentazione e avrebbe voluto provare cosa si potesse fare senza manipolare gli ingredienti.

"In che senso 'diciamo di sì'?" chiese Hanna.

"Non si tratta di birra, ma di sidro. Lin ha deciso che era ora di diversificare e ci ha chiesto di vedere cosa si potesse fare con alcune delle mele del suo frutteto. Clay mi ha chiesto di capitanare il progetto. Se riuscirò a tirare fuori qualcosa di fantastico, c'è la possibilità che io diventi il supervisore di quel ramo dell'impresa."

"Rhys!" gridò Hanna. "È incredibile. Wow. Hai avuto fortuna? Qualcosa di notevole?"

Rhys fece spallucce come se non fosse nulla di che. "Ho sperimentato con qualche lotto casareccio, giusto per vedere come mi sembravano le combinazioni. Al birrificio non possiamo fare nulla di grosso prima dell'autunno, quando le mele di Lin saranno pronte per il raccolto. Per il momento, uso semplicemente il succo spremuto a fresco."

Hanna contrasse le labbra e gli rivolse un'occhiata complice. "Solo qualche esperimento? Scommetto che hai già dozzine di campioni." Era sempre così, quando Rhys si entusiasmava per un progetto. Si lanciava a testa bassa fino a quando non era soddisfatto del risultato.

L'uomo gettò la testa all'indietro e rise. "Mi conosci troppo bene, Hanna. Sì. Ho circa tre dozzine di lotti. Niente di fantastico, però, per cui non chiedermi di assaggiarli."

Toccò a lei ridere. Anche lui la conosceva bene. Hanna moriva dalla voglia di assaggiare i suoi primi tentativi. Voleva un punto di riferimento per quando lui avrebbe tirato fuori una preparazione sconvolgente. "E dai. Nemmeno per la tua più vecchia amica?"

L'uomo cedette immediatamente e lei ne rimase un po' stupita. "Va bene. Puoi venire domenica, ma di pomeriggio. La mattina ho un impegno."

"Un impegno?" Hanna inarcò un sopracciglio. "Da quando ti svegli presto la domenica?"

"Da quando ho iniziato a volare con il deltaplano. È incredibile. Facciamo rotta fino al Pacifico e poi atterriamo sulla spiaggia. È una scarica di adrenalina fantastica."

"Deltaplano? Sul serio?" L'entusiasmo attraversò Hanna, che per poco non balzò dalla sedia. "Vengo con te. Dèi, ho sempre voluto farlo."

Ma invece di essere contento perché la sua amica voleva unirsi, Rhys si era accigliato.

"Cosa c'è?" chiese lei, confusa. "Che succede? Devi vederti con un'altra e non mi vuoi fra i piedi?"

"No, certo che no," disse lui, scuotendo la testa. Aveva la fronte corrugata e le sopracciglia aggrottate quando aggiunse: "Non puoi andare in deltaplano, Hanna. È troppo pericoloso."

"No che non lo è. Tu ci vai, no?" disse lei, infastidita perché Rhys parlava come i suoi genitori.

"È diverso," disse lui, accigliandosi. "Io ho esperienza. Lo faccio da più di due anni, mentre tu imparavi a preparare scone e cupcake decorati. Il deltaplano è cosa per gente un po' più... atletica."

"Guarda che io mi alleno!" Poi Hanna sbuffò con derisione. "Siamo un po' sessisti, eh? Cos'è, pensi che io non possa imparare?"

"Non è... Il fatto che sei una ragazza non c'entra nulla. È davvero pericoloso."

"Se puoi farlo tu, posso farlo anch'io," insistette lei, acutamente consapevole del fatto che stava insistendo solo perché lui le aveva detto di no. Hanna non amava quando la gente cercava di dirle cosa fare. Soprattutto, non lo amava quando la persona in questione era Rhys, che pensava di avere voce in capitolo nella sua vita dopo averla tenuta a distanza per un anno intero.

"Hanna." Rhys si premette le dita contro la tempia. "No. È troppo pericoloso. Non te lo permetterò."

"Grazie per la fiducia." Hanna inarcò un sopracciglio e lo guardò. "Cosa hai intenzione di fare? Vuoi dire al tuo istruttore di non prendermi?"

"Sì, se necessario." C'era il fuoco negli occhi dell'uomo quando lui pronunciò le parole e lei non dubitava che avrebbe mantenuto la promessa.

"Sei proprio un bel tipo, sai?" Hanna appoggiò i gomiti sul tavolo e si chinò in avanti. "Credi davvero che io non mi preoccupi quando tu vai a fare arrampicate, paracadutismo o surf nel cuore dell'inverno?"

"Come fai a sapere delle arrampicate e del paracadutismo?" chiese lui, guardandola insospettito, come se si fosse appena reso conto che lei lo aveva seguito. Ma per quanto Hanna avrebbe voluto farlo, quello non era il suo stile e lui avrebbe dovuto saperlo.

Hanna gesticolò impaziente. "La comunità è piccola, Rhys. La gente parla."

Il cipiglio dell'uomo si approfondì, come se lui non fosse in grado di capire perché qualcuno volesse parlare degli sport estremi da lui praticati.

Arrivò la cameriera. Era tutta sorrisi mentre metteva sul tavolo un vassoio dopo l'altro. "Vi piacciono proprio i dolci." Dopo aver lasciato forchette e cucchiai extra, la donna tornò subito con la caffettiera e riempì loro le tazze. "Posso portarvi dell'altro? Panna o zucchero?"

"No," dissero entrambi. Poi, Rhys le lanciò un'occhiata. "Grazie."

Hanna aggiunse: "Potresti portarci dei contenitori da asporto e il conto? Sembrerebbe che io debba andarmene prima del previsto."

"Certo."

Non appena la cameriera si fu allontanata, Rhys mise la mano su quella di Hanna. "Mi dispiace. Non volevo infastidirti. È solo che... mi preoccupo."

Hanna staccò la mano dalla sua, detestando quanto le piaceva il contatto. "Non spetta a te preoccuparti per me, Rhys. So cavarmela da sola."

Seguì un silenzio imbarazzante fino a quando la cameriera non portò i contenitori da asporto. I dolci rimasero intatti, nonostante loro avessero detto di volerli provare tutti. La cameriera fu rapida ed efficiente e aiutò Hanna a inscatolare tutto. Quindi, passò la carta di credito di Rhys e portò un sacchetto Hannah per le scatole.

"Andiamo. Domani ho la sveglia presto," disse Hanna, alzandosi in piedi.

"Han," disse sospirando Rhys. "Speravo che avremmo potuto fare una passeggiata lungo il fiume, come ai vecchi tempi."

"Non questa sera," disse lei, prendendo il sacchetto del cibo da asporto. "Magari un'altra volta."

Ma quando lui insistette a chiederle quando avrebbero potuto rivedersi, Hanna schivò l'argomento. Rhys ci stava riprovando. Cercava di tenerla al "sicuro." Quando aveva deciso che dovevano smettere di frequentarsi, aveva detto di averlo fatto per proteggerla. Ora, non le era permesso nemmeno prendere lezioni di deltaplano, perché a quanto pareva l'uomo riteneva l'attività che praticava lui stesso troppo pericolosa per lei. Quando aveva deciso che Hanna era fatta di vetro?

"Certo, Hanna. Come dici tu." Rhys la accompagnò alla sua Jeep Wrangler e si fece dare le indicazioni per la sua nuova casa. Una volta che ebbero parcheggiato accanto al marciapiedi, si voltò verso di lei. "Grazie per essere venuta a cena con me. Mi spetta qualcuno di quei dolci?"

Lei scosse la testa. "Non vogliamo che tu guadagni peso. Non vorrai essere fuori forma la prossima volta che voli sopra l'oceano, vero? Ho sentito dire che è molto pericoloso." Hanna sfoderò un sorrisetto e saltò giù prima che lui potesse dire qualcosa.

E sebbene si sentisse una vera stronza per il modo in cui si comportava, tenne la testa alta fino a quando non fu entrata nel suo piccolo cottage. Non spettava a Rhys dirle cosa doveva e non doveva fare. Anzi, Hanna marciò direttamente fino alla sua piccola scrivania e accese il computer. Era ora di fare qualcosa di un po' estremo. Cinque minuti dopo, prese il telefono e digitò il nome di Faith.

"Ehi, Hanna. Com'è andato l'appuntamento?" chiese Faith subito dopo aver risposto.

"Non era un appuntamento. Sei ancora libera domenica mattina?" Decisero di vedersi per il brunch. Faith aveva il giorno libero.

"Certo. Vuoi andare a Eureka e provare quel locale nuovo? Ho sentito dire che fanno delle focaccine con l'intingolo buonissime."

"Certo. Ma prima faremo un salto alla Redwood Coast Adventures."

All'altro capo della linea calò il silenzio. Poi, all'improvviso, Faith lanciò un gridolino. "Sei pronta? Davvero? Sai che è una vita che volevo farlo. Meno male. Acci. Denti. Sei sicura?"

"Sono sicura. Passo a prenderti alle sette."

CAPITOLO 4

I piedi di Rhys pestarono il sentiero di terra battuta mentre finiva gli ultimi quindici metri della sua corsa mattutina. Tutte le mattine si alzava dal letto, infilava le scarpe da corsa e si metteva in cammino attraverso la foresta dietro la sua piccola casa a tre camere che si trovava sul confine del bosco di sequoie. Di solito correva per sette-otto chilometri. Ma quella mattina si era perso nei suoi pensieri, soprattutto riguardanti Hanna e il modo in cui lui aveva rovinato l'appuntamento, e aveva finito per farne dieci.

Il suo corpo era madido di sudore e i muscoli affaticati quando entrò dalla porta posteriore. Sentì odore di bacon e gemette. Poteva significare una cosa sola.

"Rhys? Sei tu?" chiamò sua madre dalla cucina.

Rhys sospirò e svoltò l'angolo, trovandola di fronte ai fornelli, intenta a preparare un banchetto che, a occhio e croce, sarebbe bastato per una famiglia di sei persone. "Buongiorno, mamma. Cosa ci fai qui così presto?"

"Presto?" sbuffò la donna. "Sono già le otto passate.

Secondo te cosa sto facendo? Ti sto preparando la colazione. Ora vai a fare la doccia. Sarà pronto fra una decina di minuti."

Rhys lanciò un'occhiata al cibo e trattenne una smorfia. Non aveva previsto di consumare una colazione ipercalorica, quella mattina. Ma quella era pur sempre sua madre e lui non poteva certo cacciarla. Senza dire una parola, attraversò la cucina, salì le scale e svanì nel suo bagno.

Quindici minuti più tardi, Rhys riapparve in jeans e maglietta, i capelli ancora bagnati.

"Il caffè è sul tavolo," disse Millie Silver.

"Grazie." Rhys si fermò a baciarla sulla guancia, quindi andò al frigorifero a prendere la brocca di acqua filtrata. Una volta preso un bicchiere, si sedette a tavola e fece l'inventario del banchetto: uova, bacon, salsicce, focaccine, sugo e frittelle di patate fatte in casa. Non c'era un singolo frutto o verdura in vista. "Ehm, mamma?"

"Sì, caro?" Millie gli mise un waffle di fronte e prese posto accanto a lui, a capotavola.

"Aspetti qualcuno?"

La donna diede un'occhiata al cibo che aveva preparato e ridacchiò. "No. Siamo solo noi. Mi sa che mi sono lasciata trasportare. Beh, qualunque cosa tu avanzi potrai sempre mangiarlo nei prossimi giorni."

"Certo." Rhys prese lo sciroppo d'acero puro e ne versò un po' sul waffle. Era trascorso molto tempo dall'ultima volta in cui si era concesso di mangiare in quel modo. Per la maggior parte del tempo, seguiva un'alimentazione sana. Molto pesce, insalate, frutta e carni magre. La sua dieta includeva ben pochi latticini e non molti zuccheri, con l'eccezione della birra e del sidro che assaggiava al lavoro. Anche se era stato disposto a fare un'eccezione la sera prima, con Hanna e la selezione di dolci. Non che lui scegliesse il cibo in base alle preoccupazioni per il suo peso. Voleva solo *sentirsi* bene. E, negli ultimi due anni, la dieta sana glielo aveva permesso.

"Mangia, mangia," lo incoraggiò sua madre. "Sei troppo magro."

"No che non lo sono." Rhys diede un morso allo splendido waffle e per poco non gemette, da tanto era buono. Ma trattenne quel suono di approvazione. L'ultima cosa che voleva era incoraggiare Millie a farlo più spesso. Dopo aver inghiottito, lanciò un'occhiata al piatto di sua madre. "Tu non mangi?"

"Sì, ma volevo prima aspettare che tu fossi sazio." La donna gli sorrise dolcemente, gli occhi verdi che danzavano di una luce trionfante.

"Madre, tu esageri un po'. Mangia con me o metto giù la forchetta."

"D'accordo. Non ti innervosire." La donna si riempì il piatto di cibo, ma invece di mangiare si limitò a fissarlo.

Rhys sospirò. "Spara."

"In che senso?" chiese innocentemente sua madre.

"So che muori dalla voglia di dire qualcosa." Rhys bevve un sorso di caffè.

"Oh, d'accordo." Millie si gettò i capelli scuri dietro le spalle e si sporse, il viso rotondo colmo di entusiasmo e di energia. "Com'è andato l'appuntamento con Hanna? Vi siete rimessi insieme?"

Rhys aveva sempre saputo che quello era l'argomento di cui voleva parlare sua madre e si chiese se la sagra dei carboidrati fosse un tentativo di farlo precipitare in un coma alimentare, in modo da abbassargli le difese. "Non era un appuntamento."

"Per favore. Ti sembro nata ieri? L'hai portata a cena. Hai pagato. L'hai portata a casa. Cos'altro poteva essere?"

Rhys guardò sbalordito sua madre. Millie si era tirata

indietro e aveva appoggiato una mano sulla vita leggermente appesantita, rivolgendogli quell'occhiata che diceva che non si sarebbe lasciata raggirare. "Come fai a sapere che ho pagato io e che l'ho portata a casa?"

"Ho le mie fonti," disse affettatamente sua madre, per poi scuotere la testa. "Ma lasciamo perdere. Vuoi dirmi cosa sta succedendo con Hanna o devo chiederlo a lei?"

Porca miseria, pensò Rhys. Sua madre sarebbe stata capace di andare all'Incantation Café e fare esattamente quello. Millie Silver e Mary Pelsh erano amiche sin da bambine. I Silver e i Pelsh erano già come parenti. Rhys non faticava a immaginare Hanna che si sedeva e raccontava a sua madre che lui aveva insinuato che lei fosse troppo debole per avventurarsi in deltaplano con lui. E Millie non solo si sarebbe infuriata perché lui si era comportato come un Neanderthal, ma non avrebbe apprezzato a sua volta il modo in cui lui sceglieva di passare il tempo. "Abbiamo cenato. È stato piacevole. Poi l'ho accompagnata a casa."

"Tutto qui?" chiese incredula Millie. "Devo accontentarmi di questo? 'È stato piacevole'?"

Rhys ridacchiò. "Che ti aspettavi? Di trovarla qui, questa mattina? È per questo che hai preparato un banchetto?"

Millie arrossì e distolse lo sguardo.

"È così! È proprio quello che ti aspettavi. Perdiana, madre. E se lei fosse stata davvero qui? Non avevi paura di metterla in imbarazzo? O di mettere in imbarazzo me?"

"Sono sicura che Hanna sarebbe stata contenta di vedermi," disse la donna, ora a testa alta.

"Come no, mamma." Rhys scosse la testa e finì il waffle. Poi, per farla contenta, mangiò qualche pezzo di bacon. "D'accordo, non ce la faccio più."

Millie guardò tutto il cibo rimasto sul tavolo ed esalò il fiato. "Ho proprio esagerato, eh?"

"Un poco." Rhys le ammiccò e cominciò a sparecchiare.

Mentre riponevano gli avanzi in contenitori di plastica, sua madre chiese: "Rhys?"

"Sì?"

"Perché hai lasciato Hanna, l'anno scorso?"

Rhys si immobilizzò. Sua madre era riuscita a evitare di chiederglielo dopo che lui aveva interrotto la relazione. Dopo tutto quel tempo, pensava che sarebbe riuscito a schivare la domanda.

"Beh?" lo incoraggiò lei.

"Lo sai perché, mamma." Rhys le voltò le spalle e si infilò i contenitori di plastica nel frigorifero.

Lei gli mise una mano sul braccio e, con grande gentilezza, disse: "Tu non sei tuo padre. Né tuo nonno."

Rhys rimase immobile mentre fissava ciecamente l'interno del frigorifero.

"Non è giusto nei confronti di nessuno di voi due tenerla a distanza perché hai paura di quello che potrebbe succedere."

Quelle parole lo colpirono profondamente e il dolore gli bruciò nel petto, rendendogli difficile respirare. Immaginò Hanna in uno splendido abito da sposa bianco, accanto a lui vicino al fiume. Lei avrebbe avuto fiori rossi nei riccioli scuri e lui avrebbe indossato uno smoking. Poi l'immagine cambiò e loro due si tenevano per mano sulla spiaggia, col loro splendido bambino dorato che rideva e correva verso l'oceano. Il desiderio lo colmò, facendogli venire una voglia disperata di lei. Non riusciva a pensare a nulla che lo avrebbe reso più felice dell'averla al suo fianco per il resto dei suoi giorni.

Poi vide il corpo senza vita di suo padre sul pavimento della cucina di sua madre e si riscosse. "No, non posso farle una cosa del genere. Non voglio."

"Rhys, devi smetterla–"

"Basta," disse lui, con pacata autorità. "Ho preso la mia decisione. Nulla di ciò che tu possa dire la cambierà."

"Se davvero la pensi così…" disse lei in tono sconfitto.

"La penso davvero così," concordò Rhys, per poi prenderle delicatamente dalla mano il piatto che lei gli stava porgendo. "Grazie per la colazione. Vai a rilassarti. Ci penso io qui."

Millie esitò, ma quando lui la sospinse leggermente, cedette. "D'accordo. Voglio solo che tu sia felice, Rhys. Lo sai, vero?"

"Lo so." Rhys la abbracciò con un braccio solo. "La prossima volta che vuoi farmi felice, va bene una omelette di salmone, invece di un buffet all-you-can-eat."

"Che bella idea. Magari con dei bagel e del salmone affumicato."

Rhys rise. "Vai a rilassarti. Io finisco qui, poi possiamo andare in paese. So che vuoi andare a quel firmacopie."

"Mi ci porti?" chiese lei, i cui occhi si erano illuminati.

"Certo. Ti accompagno e, quando avrai finito, puoi raggiungermi al birrificio. Sono certo che a Clay non dispiacerà un aiuto."

"Sei un bravo ragazzo." Millie gli diede un nuovo colpetto sul braccio, quindi svanì nel salotto di Rhys. Un attimo dopo, lui sentì la televisione accendersi e il suono di un qualche talk show.

Rimase di fronte al lavandino e si massaggiò il petto dolorante. Accidenti. Sua madre lo aveva completamente sbilanciato. Di nuovo. Forse era perché aveva trascorso la serata prima con Hanna e si era divertito moltissimo, fino a quando non si era comportato da cretino. O forse era perché sua madre premeva pulsanti che lui non lasciava che nessun altro toccasse.

Non aveva importanza. Nulla era cambiato. Rhys sapeva cosa aveva passato sua madre quando suo padre era morto. E sapeva anche com'era crescere senza un padre. E dato che Rhys aveva dentro di sé il gene che aveva provocato le morti precoci di suo padre e suo nonno, il matrimonio e una famiglia non erano previsti per lui… non importava quanto amasse Hanna.

CAPITOLO 5

L'aspetto migliore dell'avere da fare era che Hanna non aveva il tempo per rimuginare sulla sua inesistente vita sentimentale. Era un bene che il suo appuntamento con Rhys fosse finito prematuramente, perché le cinque di mattina erano arrivate spaventosamente presto. Mezz'ora più tardi, Hanna era entrata nel bar e aveva trascorso le ore successive a preparare i dolci per il firmacopie. Quando l'orologio aveva battuto mezzogiorno, lei aveva tanti di quei biscotti, cupcake e scone da non sapere cosa farsene.

Infilò la testa nel bar e fece una smorfia. La coda arrivava ancora fuori dalla porta, il che significava che nessuno aveva tempo per aiutarla a trasportare le grosse scatole rosa fino a Hollow Books.

"Santo cielo, Hanna. Mi dispiace," disse Candy, sua cugina, dalla cassa. "Puoi aspettare dieci minuti per vedere se riusciamo a smaltire la coda?"

"No, tranquilla. Ce la faccio." Hanna cominciò a impilare le scatole sul bancone. "Dovrò solo fare un paio di viaggi. Andrà tutto bene."

"Chad può darti una mano, cara," disse Barb Garber.

Hanna lanciò un'occhiata alla donna. Era in piedi vicino al bancone dei ritiri, intenta a gesticolare a un altro uomo biondo che somigliava spaventosamente all'attore che aveva interpretato Eric in *True Blood*. Lo sguardo di Hanna percorse il suo corpo alto e snello e si soffermò sul volto cesellato. Accidenti. Quello era *Chad*?

"Salve." L'uomo raggiunse il bancone e sollevò con facilità tutte e sei le scatole. "Hai bisogno di portarle in macchina?"

"Ehm, no." Hanna scosse la testa, cercando di tenere sotto controllo la lingua. Perdiana, quell'uomo era bellissimo. "Devono arrivare da Hollow Books. Pensavo di andare a piedi."

"Le porto io, se tu mi fai strada." I muscoli dell'uomo fletterono e Hanna temette che sarebbe svenuta.

"Grazie!" esclamò Candy rivolta a Chad mentre si affrettava a preparare un altro cappuccino.

"Sì, grazie," le fece eco Hanna. "Lasciami prendere le ultime due." Corse sul retro, prese le scatole rimaste e si affrettò a tornare in sala. "Da questa parte."

Chad la seguì fuori dal bar e le si affiancò sul marciapiedi.

"Sei molto gentile," disse Hanna, ritrovando finalmente la voce. "So che tua madre ti ha gettato in mezzo ai lupi, per così dire. È difficile rifiutare quando un branco di paesani ti osserva."

L'uomo ridacchiò. "Va tutto bene. Davvero. Magari, così la smetterà di chiedere se ho chiamato quella bella ragazza del bar." Le sorrise. "Credo che le nostre madri stiano facendo i salti mortali per accoppiarci."

Fu il turno di Hanna di ridere. "Già, sembrerebbero un po' troppo concentrate sul combinare qualcosa, no?"

Chad sollevò le spalle. "Credo che sia una causa meritevole."

"Ah sì?" Qualcosa di caldo le palpitò nell'addome. "Stai cercando una scusa per uscire a cena, Chad Garber?"

"Con una bella fanciulla come te? Assolutamente. Scegli giorno e ora e ci sarò."

Tutto lo stress e la frustrazione che avevano tormentato Hanna dalla sera prima svanirono e all'improvviso lei si ritrovò a sorridere all'uomo. "Qualunque ora, eh? Che ne dici domani sera? Potremmo provare il Cozy Cafè."

"Perfetto," disse annuendo l'uomo. "Vada per domani sera. Alle sei?"

"Per me va bene." Hanna era così impegnata a sorridere a Chad che mancò completamente l'ingresso di Hollow Books e si fermò solo un attimo prima di incappare nell'enorme coda di lettori in fila per entrare. "Oh!" Si voltò. "L'ingresso è laggiù."

"Ah, mi chiedevo se il posto fosse questo. Bella vetrina," disse l'uomo.

Hanna sbirciò nella vetrina e sussultò. Jacob e Yvette avevano superato loro stessi. C'era una grande cornice con il ritratto olografico di una delle autrici che teneva aperto il suo libro, assieme a una piuma che scriveva la firma della donna. L'autrice ammiccò esageratamente, dopodiché l'immagine cambiò in quella di un'altra donna e la penna fece una nuova firma. Hanna aveva la sensazione che, se fossero rimasti lì abbastanza a lungo, i ritratti avrebbero raffigurato a rotazione ciascuna delle partecipanti all'evento.

"Che roba," disse Hanna, scuotendo la testa.

La porta si aprì e Yvette fece capolino e fece loro cenno di entrare. La bella donna dai capelli castani trasudava entusiasmo per il grande evento. "Smettetela di fissare a bocca aperta. Abbiamo delle leccornie da mettere in mostra."

"La vetrina è fantastica, Vette," disse Hanna. "Tu e Jacob dovete proprio fare qualcosa per il bar. Siamo l'unica attività dell'isolato a non avere qualcosa di spettacolare che faccia sbavare i turisti."

"Avete i cupcake. Quelli fanno sbavare un sacco," disse Yvette, conducendoli attraverso il negozio e fino al piccolo angolo bar. Scaricò le casse dalle braccia di Chad, quindi fece un passo indietro e lo squadrò. "Ma tu guarda. Chi è questo bell'uomo?"

Chad tese la mano. "Chad Garber. Mi sono trasferito a Keating Hollow la settimana scorsa."

"E hai già accalappiato Hanna? Furbo." Yvette gli strinse la mano e gli fece un occhiolino complice. "È bellissima, vero?"

Hanna lanciò a Yvette un'occhiata di avvertimento, ma Yvette si limitò a sorriderle.

"Proprio così," concordò Chad. "E, per mia fortuna, ha accettato di uscire a cena con me domani sera."

"Ah sì?" Yvette gli lanciò un'altra occhiata di apprezzamento. "Astuto. Non perdi tempo, eh?"

"Piantatela!" Hanna sollevò le mani in aria. "Sono qui."

"Lo sappiamo," disse ridendo Yvette.

Levando gli occhi al cielo, Hanna si mise dietro al bancone e cominciò a impiattare e a disporre i dolci per l'evento.

"Non devi farlo tu," disse Yvette. "Può pensarci Brinn."

Hanna lanciò un'occhiata dall'altra parte del negozio e vide la vicedirettrice della libreria che correva da una parte all'altra, sistemando espositori e prendendo cose per le autrici che stavano aprendo bottega qua e là per il negozio. "Per caso ha un clone e io non lo so?"

Yvette seguì lo sguardo di Hanna e sussultò. "D'accordo, forse ha un po' da fare. È meglio che vada a darle una mano." Afferrò Hanna per le spalle e le diede un rapido abbraccio. "Grazie! Sei fantastica."

"Lo so." Hanna le diede un colpetto sul braccio, poi le diede una spintarella. "Ora vai a organizzare il miglior firmacopie mai esistito."

"È quello che abbiamo intenzione di fare." Yvette corse a occuparsi dei dettagli dell'ultimo minuto prima che venisse il momento di far entrare la gente, lasciando Hanna e Chad ai dolci.

Chad, che fino a quel momento l'aveva guardata disporre i cupcake su un vassoio, si infilò dietro al bancone e aprì la scatola successiva. "Vuoi che faccia lo stesso con questi?"

"Non devi—"

"Lo so che non devo," disse l'uomo, liquidando l'obiezione con un cenno. "Ma ho intenzione di fare di Keating Hollow la mia casa a lungo termine. Il buon vicinato sembra il modo migliore per conoscere qualcuno."

"Sei proprio un bel tipo," disse Hanna, scuotendo leggermente la testa. "D'accordo, bellezza. Che ne dici di mettere questi piccoli biscotti allo zucchero sopra ai cupcake? Penso io alla disposizione."

L'uomo abbassò lo sguardo sui biscotti, che erano stati decorati per essere identici alla libreria, e spalancò gli occhi. "Li hai fatti tu questi?"

Hanna annuì. "Io e la mamma li abbiamo finiti ieri. Non sono adorabili?"

"Sono fantastici."

Con l'aiuto di Chad, Hanna riuscì a tirare fuori i dolci e organizzarli con gusto in pochissimo tempo.

"Oddei, sono magnifici," disse Noel Townsend, fermandosi di fronte alla disposizione. "Hanna, hai superato te stessa."

Hanna sollevò le spalle e il mento, praticamente in sollucchero per l'elogio. "Grazie, Noel. Yvette ti ha messa a lavorare qui, oggi?"

"No. Abbiamo alcune autrici anche alla locanda. Sono venuta a rubare qualche cupcake per loro."

Noel Townsend era una delle sorelle di Yvette, ma le due non si somigliavano affatto. Noel aveva capelli biondo miele che portava acconciati in uno chignon elegante, ma indossava jeans e maglietta. L'unico gioiello che portava era il grosso anello di diamante alla mano sinistra che Drew, il suo fidanzato nonché vicesceriffo, le aveva dato l'anno prima.

"Serve una mano? Posso portarne qualcuno," disse automaticamente Hanna.

"Nah." Noel mise alcuni cupcake in una delle scatole ora vuote. "Questi bastano e avanzano. I lettori li manderemo direttamente qui."

"Va bene. Beh, se c'è altro che posso fare, fammelo sapere." Hanna giunse nervosamente le mani. Ma non sapeva perché avesse i nervi a fior di pelle. Non era stata lei a organizzare l'evento e Yvette era bravissima in quel genere di cose. Era sicura che sarebbe stato favoloso.

"Hanna, se vuoi farti firmare qualche libro, fallo subito," chiamò Yvette dall'altra parte della stanza. "Sto per far entrare la gente."

Hanna si guardò attorno e per poco non sussultò alla vista di due delle sue autrici preferite. "Torno subito," bisbigliò a Chad. "Vedo una o due autrici che devo proprio conoscere."

"Vengo con te." L'uomo le fece scivolare la mano fino al gomito e come se nulla fosse, i due attraversarono la stanza a passo leggero.

Lei gli lanciò un'occhiata. "Ci sai proprio fare, sai?"

L'uomo ridacchiò sommessamente. "Sto solo cercando di non perdere di vista la più bella ragazza di Keating Hollow. Non voglio perdermi quel pranzo a cui intendo invitarla."

"Seriamente?"

L'uomo lanciò un'occhiata all'orologio. Hanna lo guardò stupita, sorpresa di vedergli quell'oggetto al polso. Nessuno portava più dei veri orologi. Nessuno tranne Chad Garber, a quanto pareva. "Sì, seriamente. È quasi mezzogiorno e mezza. Che ne dici di quel pub che c'è qui in paese? Ho sentito dire che la birra ha cominciato a vincere dei premi."

Era vero. Una volta che Clay aveva preso il posto di Lin, aveva cominciato a sperimentare con delle preparazioni stagionali speciali e l'ultima ad aver vinto un nastro blu si chiamava Epic Red e aveva note di melograno e agrumi. Era la preferita di Hanna. L'unico problema del pub era che Rhys lavorava lì. Ma di solito, il sabato Rhys lavorava solo la sera, se lavorava. Il pranzo avrebbe dovuto essere sicuro. Hanna lanciò un'occhiata a Chad. "Certo. Va bene."

"Ottimo. Ci andremo dopo che avrai fatto firmare i libri." L'uomo fece un ampio gesto con la mano. "Dopo di te."

Hanna si affrettò a fare quello che doveva fare prima che Yvette facesse entrare le masse, quindi seguì Chad di fuori. La giornata primaverile era calda e soleggiata e i fiori sbocciavano ovunque. Qualcuno aveva incantato il glicine che si arrampicava sui lampioni in modo che salutasse i pedoni di passaggio, rendendo quel paese magico più allegro di quanto Hanna lo avesse mai visto. "Hai scelto un bel momento per trasferirti qui," disse Hanna. "Solo il mese scorso, tutto era ancora grigio e senza molti segni di vita."

"Ma scommetto che questo paese si dà da fare a Natale," disse l'uomo, infilandosi le mani in tasca.

"È verissimo," disse annuendo Hanna. "Ma non voglio rovinarti la sorpresa."

L'uomo gemette. "Vuoi farmi aspettare otto mesi per rivelare i segreti del Natale di Keating Hollow?"

"Esatto." Una scintilla di gioia le era scoccata nel petto e

Hanna non riuscì a non concludere che era un bene che avesse permesso a Chad di portarla fuori. Aveva bisogno di un po' di divertimento nella sua vita. Rhys non desiderava altro che avvolgerla nel pluriball. E non in maniera sexy.

"Ehi, va tutto bene?" chiese Chad, lanciandole un'occhiata preoccupata.

"Certo. Perché?"

"Hai fatto una faccia... non saprei, triste? Arrabbiata. Il tuo sorriso è scomparso ed è stato sostituito da una smorfia. Volevo solo accertarmi che andasse tutto bene."

"Ah, scusa," disse lei. "Stavo solo pensando a un amico. Abbiamo litigato ieri sera. Non è nulla. Sono certa che passerà."

"Qualcosa di serio?" chiese l'uomo.

"No. Non direi." Per quanto lei detestasse il fatto di litigare ancora con Rhys, anche quella sarebbe passata e probabilmente, nel giro di una settimana sarebbero tornati amici come sempre.

"Ottimo. Parlami un po' di te. So già che sei una pasticciera. Come altro ti descriveresti, Hanna Pelsh?"

Era una domanda così diretta che Hanna ridacchiò. "Beh, Chad. Ho vissuto tutta la mia vita a Keating Hollow. Il mio unico desiderio dal punto di vista lavorativo era far parte del bar. Sono felice di poter dire che sono socia a pieno titolo, per cui ci sono riuscita. Ma lavoro anche un po' come modella e mi è capitato di dare una mano alle Townsend nelle loro varie attività, quando c'era bisogno. Più o meno, è tutto qui."

Chad abbassò lo sguardo su di lei, gli occhi azzurri colmi di interesse. "Sei molto legata alla tua famiglia. Mi piace. Hai qualche fratello o sorella, oppure siete solo tu e i tuoi genitori?"

Le venne mal di cuore, come succedeva sempre quando pensava a Charlotte. Era trascorso oltre un decennio da quando l'avevano persa. Il dolore era stato insopportabile per mesi. Onestamente, Hanna era convinta di esserne uscita solo grazie a Rhys. Lui le era sempre rimasto accanto, sostenendola, risollevandole il morale, dandole forza. Lei non si era mai ripresa davvero dalla perdita e persino in quel momento sentì le lacrime agli occhi mentre si concedeva di ricordare il sorriso vivace di sua sorella. "Avevo una sorella," disse, lo sguardo fisso sui piedi. "Charlotte. È venuta a mancare per colpa di una malattia autoimmune molto rara e incurabile."

"Accidenti, Hanna. Mi dispiace," disse Chad, prendendole la mano. "Mi rendo conto di quanto deve essere difficile. Ti manca molto, vero?"

Hanna annuì e sollevò lo sguardo, trovandosi di fronte un'espressione sincera. "Sempre."

"Già. Anche a me manca mia madre. L'abbiamo persa circa cinque anni fa. Un ubriaco la investì in una notte piovosa."

"Santo cielo. Ve l'hanno portata via così, senza preavviso," disse Hanna in un sussurro sommesso. Si era fermata sul marciapiedi a fissare Chad. "Deve essere ancora peggio. Almeno, noi sapevamo che Charlotte era malata."

Lui le rivolse un piccolo sorriso triste. "Non credo che la perdita si possa classificare in quel modo. È dura, umana e cruda. Se siamo fortunati, il peggio è che lascia un buco che, si spera, può essere coperto da una vita di amore e bei ricordi."

"Argh." Hanna si asciugò gli occhi. "È proprio vero." Prese l'uomo sottobraccio e chinò la testa, facendo cenno di riprendere a camminare. "Raccontami il tuo ricordo preferito di tua madre."

Chad ridacchiò. "Il mio preferito. Mmm. Credo sia quello di quando ho piantato un quartino perché volevo dimostrarle che non era vero che i soldi non crescevano sugli alberi. Lei mi aiutò a innaffiare il punto per due intere settimane, continuando a dirmi che era un esperimento inutile. Era sicura che quel quartino non si sarebbe trasformato in nulla. Ma poi…" Chad delle sorrise. "Due settimane esatte dopo che lo avevo piantato, sono tornato a casa dall'asilo e ho scoperto un alberello spuntato da un giorno all'altro. C'erano dei quartini attaccati alle foglie con lo scotch."

Hanna lo guardò perplessa. "È apparso un albero mentre eri a scuola?"

"Certo," disse annuendo lui. "Mia madre era andata a comprare un piccolo albero di limone, lo aveva piantato e poi aveva appiccicato le monete. Le raccogliemmo quel giorno, ma naturalmente non spuntarono più."

"Che cosa carina. Quanto a lungo sei andato avanti a credere che il denaro cresce sugli alberi?"

L'uomo rise. "Immagino fino a quando non hanno cominciato a spuntare i limoni. Un paio di mesi. Ma in segreto, ho sempre sperato che i quartini sarebbero tornati. Lei mi disse che erano spuntati perché io ci credevo. Ancora oggi, sono convinto che, se lo volessi abbastanza, i soldi comincerebbero a crescere sui limoni." Chad le ammiccò. "O magari, significa semplicemente che devo trasferirmi al sud e iniziare a coltivare agrumi."

"Credo che tua madre mi piaccia molto," disse Hanna.

Chad annuì. "Piaceva a tutti. Ora, raccontami il tuo ricordo preferito di tua sorella."

"Oh, è facile." Il tepore si diffuse in Hanna mentre ripensava a Charlotte che le infilava un braccialetto di margherite al polso in una fredda sera di dicembre. "Era il mio primo anno delle superiori, il mio primo ballo formale, e il ragazzo con cui sarei dovuta andarci mi diede buca all'ultimo momento."

"Una tragedia," disse l'uomo, con la quantità perfetta di compassione.

"Già." Hanna si fermò di fronte a A Spoonful of Magic e sorrise alla vetrina. Campane di cioccolato danzavano attorno a un espositore dove erano presenti molte delle autrici che partecipavano al firmacopie. Su una lavagnetta era scritto che, presentando un libro firmato, i clienti avrebbero goduto del 10% di sconto. Hanna era contentissima che la signorina Maple collaborasse con Yvette per pubblicizzare l'evento.

"Cosa fece tua sorella, allora?" chiese Chad, incoraggiandola a proseguire.

"Chiamò il mio amico Rhys e lo convinse a portarmi." Il ricordo di Rhys che si era presentato in giacca e cravatta e con quel braccialetto di margherite in mano le fece inumidire di nuovo gli occhi. L'altro ragazzo le aveva dato buca per andare al ballo con un'altra e Hanna c'era rimasta malissimo. Ma poi era arrivato Rhys e aveva trascorso la serata con il braccio attorno a lei, tenendola vicina mentre ballavano. Si era persino chinato a darle un bacio più o meno casto sulle labbra quando aveva avuto la certezza che l'infame stesse guardando. Era stato perfetto sotto tutti i punti di vista. Accidenti a lui. Hanna si era innamorata di lui proprio quella sera. "Comunque, lui venne con un braccialetto che sicuramente aveva ordinato Charlotte, perché era fatto con i miei fiori preferiti. E poi siamo andati con lei e il suo ragazzo, Drew. La serata peggiore della mia vita da adolescente si trasformò in una delle migliori."

"Sembra meraviglioso. E anche il tuo amico Rhys. Sei ancora sua amica?"

Hanna trattenne un sospiro e annuì. "Sì. Siamo ancora amici."

Chad si allungò ad afferrarle la mano, stringendola delicatamente. Il suo tono era un po' malinconico quando aggiunse: "C'è qualcosa di speciale nell'avere amici di così lungo corso."

Proseguirono verso il pub. "Tu hai conservato molti amici dagli anni della formazione?"

"Sì, ma ci vediamo di rado ed è da un po' che non li sento. Le nostre professioni ci obbligano a spostarci troppo. Ma se prendessi il telefono e li chiamassi, loro verrebbero subito."

"Che razza di professione ti costringe a spostarti? Ora che ci penso, io ti ho raccontato la storia della mia vita, ma tu hai fatto il vago." Charlotte strinse gli occhi e gli rivolse un'occhiata cospiratrice. "Cosa fai? Il sicario?"

Chad ridacchiò. "Direi proprio di no. Sono un pianista professionista. Vado dove c'è lavoro. O almeno, lo facevo. Ormai, sono quasi in pensione."

Ora che lui vi aveva accennato, Charlotte ricordò che sua madre le aveva detto che Chad era un pianista quotato. "In pensione? Ma non puoi avere più di trentadue anni, trentatré al massimo. No. Non ci credo. Secondo me fai il sicario."

"Trentadue," confermò l'uomo. "E sebbene sia vero che fino a questo momento mi sono guadagnato da vivere facendo il pianista, non voglio farti illusioni. Diciamo solo che ho intenzione di nascondermi qui e dare lezioni di pianoforte fino a quando non si calmeranno le acque."

Hanna rise. "Sei simpatico."

"Anche tu."

CAPITOLO 6

"Grazie, amico," disse Clay, dando una pacca sulla schiena di Rhys. "È bello che tu ci aiuti due giorni di fila."

"Nessun problema," disse Rhys, stringendosi nelle spalle. "Il paese è stracolmo. Avevo pensato che sarebbe stato uno zoo."

"Ci hai visto giusto." Clay tirò la linguetta della chocolate stout e inclinò il bicchiere per evitare che si formasse troppa schiuma. "Credo che, dopo l'ora di punta del pranzo, dovremmo cavarcela da soli."

"Nessun problema." Rhys si mosse lungo il bancone, porgendo dei menu a due donne. Dopo aver preso l'ordine delle bevande, si diede da fare a versare le birre.

Non ci volle molto perché il locale si colmasse di bibliofili e Rhys era così occupato che non si accorse nemmeno dell'arrivo di Hanna, fino a quando Clay non si materializzò accanto a lui e disse: "Chi è quel bellone assieme alla tua ragazza?"

"La mia ragazza?" Rhys sollevò di scatto la testa e il suo sguardo si posò subito su Hanna. Era bella come al solito, con i

47

jeans e la maglietta aderente che le abbracciava le curve. Rhys adorava che i suoi riccioli scuri fossero raccolti in una coda di cavallo disordinata, mettendo in mostra il suo lungo collo.

"Chi è quel tipo?" chiese Clay, che suonava infastidito.

"Cosa?" Finalmente, Rhys lanciò un'occhiata all'accompagnatore di Hanna e sentì tutto il corpo irrigidirsi. Porca di quella... Non era da lui prestare particolare attenzione all'aspetto degli uomini, ma accidenti. Il tipo che sorrideva a Hannah sembrava uscito dal poster di un film. E lei era china in avanti che rideva, gli occhi che brillavano come succedeva sempre quando si divertiva.

"Sarà meglio che tu ti faccia avanti e faccia la tua rivendicazione; altrimenti, sembra proprio che qualcuno invaderà il tuo territorio," disse Clay.

"Il mio territorio?" Rhys si produsse in una risata priva di umorismo. "Cosa sei? Un cavernicolo? E poi, Hanna non è la *mia* ragazza."

"Come no, Rhys. Continua a ripetertelo." Clay scosse la testa. "Ma il mese prossimo, quando ti sveglierai e scoprirai che lei è ufficialmente fuori dal mercato, ti odierai per non averci fatto nulla."

Rhys prese bruscamente fiato al pensiero di Hanna con il signor Hollywood.

Clay ridacchiò. "Proprio come pensavo."

"Scusami." Rhys uscì da dietro il bancone e raggiunse i due. Senza dire una parola, mise i menu sul tavolo.

"Rhys. Ehm, ciao." Hanna si premette una mano alla gola mentre gli lanciava un'occhiata, la bocca stretta in un sorrisetto. "Pensavo che lavorassi solo la sera."

"C'era bisogno di una mano per il pranzo. Chi è il tuo amico?" Rhys aveva cercato di comportarsi in maniera amichevole, ma la domanda gli uscì di bocca in una forma più simile a una tacita accusa e lui trattenne un gemito. Era un comportamento ingiusto.

La mano di Hanna si spostò sul tavolo e i suoi occhi si strinsero per il fastidio, proprio come avevano fatto la sera prima, quando lui le aveva detto che il deltaplano era troppo pericoloso per lei.

Eccoci, pensò lui. Hanna stava per staccargli la testa e lui se lo meritava. Si preparò alla collera della donna.

Ma quando lei parlò, l'espressione infastidita svanì dal suo volto e le sue labbra si curvarono in un sorriso soddisfatto. "Rhys, lui è Chad Garber. Il figliastro di Barb. Ti ricordi che mia madre aveva accennato a lui, giusto?"

Porco cane! Quel Capitan America era Chad? Lo stesso Chad con cui Rhys aveva incoraggiato Hanna a uscire la sera prima? Accipicchia. Se l'era proprio cercata. "Salve, Chad. Piacere di conoscerti," disse Rhys, con un breve cenno del capo a mo' di saluto. "Non ci hai messo molto a trovare la ragazza più carina del paese, eh?"

Chad si accigliò mentre spostava lo sguardo da Rhys a Hanna e viceversa. "Ehi, per caso mi sono messo in mezzo a qualcosa?"

Rhys doveva riconoscergli il merito di aver affrontato la questione di petto, ma di certo non sapeva come rispondere alla domanda.

"No. Certo che no," disse Hanna. "Come ti ho detto prima, Rhys e io siamo amici da molto tempo. Si comporta come un fratello maggiore troppo protettivo." E lanciò un'occhiata fulminante a Rhys.

Comportarsi come un fratello era l'ultima cosa che Rhys aveva in mente, ma a parte buttare il cuore sul tavolo, non aveva un modo sensato per reputare la spiegazione di Hanna. Per cui, si limitò a fare spallucce e a dire: "Migliore amico, più che fratello. Devo assicurarmi che il nuovo arrivato sappia che qualcuno lo tiene d'occhio."

Hanna levò gli occhi al cielo. "Non ascoltarlo, Chad. Sono capacissima di prendermi cura di me."

"Certo," concordò Rhys. "Questo non significa che io non voglia prendere a calci chiunque non ti tratti bene." Accennò con il capo a Chad. "Sono certo che capisci."

Chad rise con un certo disagio e disse: "Non devi preoccuparti di me. Sono qui solo per la birra e la conversazione."

"Giusto." Rhys tirò fuori un taccuino. "Cosa posso portarvi?"

Un'ora più tardi, dopo che Rhys aveva dedicato fin troppa attenzione a Hanna e Chad, Hanna si alzò finalmente dalla sedia e si incamminò inferocita verso il bancone. Si piazzò di fronte a Rhys con le mani sui fianchi. "Posso parlarti un momento?"

"Ehm, certo. Che succede?" chiese lui, come se non sapesse che Hanna era furiosa.

"Da questa parte." Hanna indicò con il pollice il retro del pub e si recò in quella direzione come se quella fosse casa sua.

Rhys era divertito. Hanna e sua sorella Charlotte erano cresciute con le sorelle Townsend. Nessuno avrebbe esitato a lasciarle libero accesso alla sezione del birrificio riservata ai dipendenti. Rhys la seguì fino alla piccola zona che usavano per provare i nuovi prodotti e chiuse la porta. "D'accordo. Di cosa hai bisogno? Consigli per sbarazzarti di Chad?"

"Mi stai prendendo in giro?" disse lei, la voce bassa e minacciosa. "Che ti prende, Rhys Silver? Ieri sera mi hai detto di uscire con quel tizio. Ed è da mesi che continui a ripetere che siamo solo amici. Ti stai comportando come un fidanzato geloso e, onestamente, non fai altro che farmi incazzare."

"Stavo..." Merda. Hanna aveva ragione, naturalmente. Lui si stava comportando come un fidanzato geloso perché era verde di invidia per il fatto che lei era fuori con Chad e non con lui. Non sembrava avere importanza che fosse stato proprio Rhys a rompere con Hanna, o che la stesse tenendo a distanza. Semplicemente, la voleva e non sembrava capace di smetterla di fare lo stronzo. "Mi dispiace, Han. Hai ragione. Mi sa che è solo difficile vederti con lui." Era la prima affermazione onesta che lui le avesse fatto da secoli. "Magari potresti almeno non sbattermelo di fronte agli occhi?"

Hanna lo guardò con stupore. Poi scosse la testa e sbuffò come se ne avesse piene le tasche. "Sei incredibile, sai?" Non era un complimento, a giudicare dalla smorfia a denti stretti che fece. "In primo luogo, pensavo che non avresti lavorato fino a stasera, per cui non volevo certo sbatterti in faccia quello con cui sono uscita. Non che ci sia uscita davvero. Lui mi ha aiutato a trasportare delle scatole al negozio di Yvette. E per ringraziarlo, io gli offro il pranzo."

"Oh, ecco—"

"Ma in secondo luogo, anche se ci fossi uscita, non sarebbero affaracci tuoi," aggiunse Hanna, implacabile come uno schiacciasassi. "Non puoi avere la botte piena e la moglie ubriaca, Rhys. Hai avuto la tua possibilità. Anzi, hai avuto un milione di possibilità. Sei stato tu a tirare il freno su qualunque cosa ci fosse fra di noi l'anno scorso. E sei tu che continui a dirmi che è meglio restare amici. Va bene! Restiamo amici. Ma non puoi comportarti come se avessi voce in capitolo sulle persone che frequento. Ci siamo?"

Rhys deglutì e annuì, dato che non si fidava a parlare. Se lo avesse fatto, forse l'avrebbe implorata di indicare la porta a Chad e di presentarsi a casa sua dopo mezz'ora.

"Ottimo." Hanna trasse un respiro profondo, palesemente

cercando di calmarsi. "Ora che l'abbiamo stabilito, credo sia meglio prenderci una pausa. Ho bisogno di spazio."

Rhys detestava quell'idea. La verità era che Hanna gli mancava davvero. Gli mancava la sua risata, il suo sorriso, il suo non esitare a dirgliene quattro. Lei era forte e focosa e l'unica donna con cui lui voleva trascorrere del tempo. Ma con il modo in cui lo stava guardando, con quegli occhi che lo imploravano di lasciarle spazio, c'era solo una cosa che lui poteva fare. "Certo, Muffin. Possiamo fare una pausa. Ci sarò quando sarai pronta a parlare di nuovo. Mi dispiace. È..." Rhys sospirò. "Non metterci troppo, va bene? Altrimenti, con chi guardo Hallmark Channel?"

La battuta le strappò una risatina. "Scommetto che tua madre ci starebbe."

Rhys sbuffò. "Ma dai. Mia mamma è il tipo da *Game of Thrones*. Probabilmente, lancerebbe i popcorn allo schermo."

Hanna si allungò per dargli un colpetto sulla guancia. "Registra gli episodi. Magari, il mese prossimo, potremo fare una maratona."

"Possiamo farne un gioco alcolico? Uno show tutte le volte che bisogna salvare una sagra o un quasi-bacio viene interrotto?"

"Certo," disse lei, la tristezza che si diffondeva negli occhi scuri. "Possiamo fare così." Poi si voltò e uscì. Rhys la seguì, ma si fermò al bancone e guardò Chad alzarsi in piedi e passarle un braccio attorno alle spalle. Lei si appoggiò all'uomo e si lasciò guidare fuori dal pub.

E così, ecco come sarà la mia vita senza di lei, pensò Rhys mentre avvertiva le fitte del senso di perdita attraversargli il corpo. *Bravo cretino.*

CAPITOLO 7

*R*hys scese dalla navetta nel parcheggio della Redwood Coast Adventures, con l'adrenalina che ancora gli scorreva nelle vene. L'uscita in deltaplano era stata esilarante. Lui adorava la libertà e la possibilità di svuotare la testa mentre volava nell'aria, separato dalla terra soltanto dal vento. Di solito, quell'attività lo faceva sentire riequilibrato, più controllato, come se lasciarsi andare in aria lo aiutasse a fare pace con il suo mondo. Ma non questa volta. Ora, tutto ciò a cui riusciva a pensare era Hanna che camminava a braccetto con *Chad.*

Hanna non aveva fatto nulla di male, mentre Rhys era stato un cretino. E non solo era stato maleducato con Chad, ma se l'era presa anche con Clay e Sadie. Il giorno prima non era stato il suo giorno migliore. Si era scusato con i suoi colleghi, ma non aveva ancora parlato con Hanna. Probabilmente, a lei non interessava sentirlo, comunque. E chi poteva biasimarla? Rhys l'aveva frequentata per qualche mese, aveva chiuso con lei e poi l'aveva evitata perché era troppo dannatamente difficile starle vicino senza poterla toccare, baciare o...

Rhys scosse la testa. Quella linea di pensiero non lo avrebbe portato da nessuna parte. Aveva bisogno di un'altra dose. Di un altro volo. Di un'altra avventura. Di qualcosa per levarsi Hanna e Chad dalla testa. Si incamminò verso il piccolo ufficio con l'intento di prenotare un'altra uscita in parapendio, quando vide una RAV4 a lui familiare con l'adesivo di una margherita sul retro del SUV. Il suo sguardo corse immediatamente alla targa personalizzata. BAKE4U.[1] Quella era la RAV4 di Hanna.

Si guardò attorno nel parcheggio e notò un gruppetto di persone vicino al chioschetto. Poi, la conducente della navetta li chiamò, a indicare che era ora di salire a bordo. I membri del gruppo si mossero all'unisono e all'inizio lui non la vide. Ma poi, un uomo alto allungò il passo, rivelando Faith Townsend e Hanna che si dirigevano rapidamente verso l'autobus.

Rhys si mise a correre verso la navetta, il cuore che gli martellava contro la gabbia toracica. "Hanna!"

La donna in questione si fermò e si guardò attorno confusa. Poi lo vide e un'espressione assolutamente ribelle prese possesso del suo bel viso. Hanna attese con le mani sui fianchi che lui le raggiungesse.

"Ehi," disse Rhys, rivolgendole un sorriso sbarazzino per poi annuire a Faith. "Cosa ci fate voi due qui?"

"Facciamo paracadutismo," disse Hanna, il tono carico di sfida.

Rhys rimase di stucco. "Cosa?"

"Signore, andiamo," chiamò la conducente della navetta. "Dobbiamo partire."

"Hai sentito bene," disse Hanna, facendo cenno a Faith di salire sull'autobus. Una volta che la sua amica fu salita a bordo, Hanna si voltò verso di lui. "Qualcuno mi ha detto che il deltaplano era troppo pericoloso, per cui ho cambiato idea."

"Ma il paracadutismo?" chiese Rhys. "Non potevi trovare

qualcosa di un po' più vicino al terreno?" Il pensiero di Hanna in caduta libera lo terrorizzava. A livello razionale, sapeva che la Redwood Coast Adventures aveva una reputazione fantastica per quanto riguardava la sicurezza e se lui avesse dovuto consigliare una scuola di paracadutismo a chiunque, avrebbe scelto la RCA. Ma questo non significava che non capitassero degli incidenti. Era successo giusto il mese prima, nel sud della California, quando un paracadute non si era aperto. Il panico cominciò ad artigliargli la gola.

"No," disse lei, per poi svanire a bordo dell'autobus.

Rhys fece per seguirla, ma l'autista lo guardò storto. "Lei non è l'elenco, signor Silver. Si è scritto anche a questa avventura?"

Rhys scosse la testa. "No, ma—"

"Mi dispiace, ma non c'è più posto. Però, se va da Jesse al banco delle prenotazioni, sono sicura che le troverà un posto più tardi o nel prossimo fine settimana."

Rhys guardò negli occhi nocciola di Hazel e scosse la testa. Veniva lì abbastanza spesso da far sì che tutto il personale lo conoscesse. Probabilmente, avrebbe potuto tentare la sorte e trovare un posto sull'autobus, ma rinunciò, sapendo che Hanna non avrebbe apprezzato la sua interferenza. E poi, a che sarebbe servito? Avrebbe potuto trascorrere l'intero tragitto in autobus fino all'aereo a cercare di convincere Hanna a cambiare idea, ma non avrebbe fatto altro che rendersi ridicolo. A lei non interessava la sua opinione. Lo aveva messo bene in chiaro. Invece, rivolse un cenno del capo all'autista. "Grazie, Hazel. Stai attenta."

"Come sempre."

Le porte della navetta si chiusero e Rhys rimase nel parcheggio deserto, a guardare l'autobus che svaniva lungo la strada. Tornò lentamente alla sua Jeep, salì a bordo e si allontanò senza prenotare un altro volo. Non riusciva a pensare ad altro che a Hanna che precipitava dal cielo. Poi, senza nemmeno rendersene conto, si ritrovò a parcheggiare la Jeep in un altro parcheggio, quello vicino alla zona di atterraggio usata dalla Redwood Coast Adventures. Rhys spense il motore e attese, ignorando la voce nella sua testa che gli diceva che si stava comportando in maniera irragionevole. Aveva semplicemente bisogno di assicurarsi che lei fosse sana e salva, poi se ne sarebbe andato.

Il sole brillava in alto nel cielo e la giornata era una di quelle giornate estive perfette, senza nebbia in vista. A essere onesti, era la giornata perfetta per fare paracadutismo. Non si sarebbero potute chiedere condizioni migliori. Ciò, tuttavia, non significava che le sue viscere non stessero saltellando follemente.

Dal cielo giunse il ronzio distante dell'aereo e Rhys sollevò lo sguardo, intravedendo i primi paracadutisti mentre si scagliavano nell'aria. Non poteva sapere quali fossero Hanna o Faith, per cui Rhys li tenne d'occhio tutti, trattenendo il respiro quando il primo zaino si aprì e il paracadute schizzò in aria. Altri tre seguirono senza incidenti. Le ultime due persone erano ancora orizzontali, senza paracadute in vista. Non ancora.

"Eddai," disse Rhys, contando alla rovescia da dieci per calmarsi. "Dieci, nove, otto, sette–" *Whoosh.* Un paracadute si aprì. "Sei, cinque, quattro–" *Whoosh.*

Il sollievo colmò Rhys, che si lasciò ricadere lo schienale del sedile, chiedendosi se non fosse il caso di chiedere al suo medico di prescrivergli degli ansiolitici. Che diavolo gli era preso? Si era lanciato col paracadute innumerevoli volte. A un certo punto, aveva persino pensato di diventare istruttore. Il fatto che ora si trovava nella sua Jeep a spiare Faith e Hanna per assicurarsi che non andasse nulla di male in un tuffo che, statisticamente, era più sicuro che andare in auto, era leggermente folle.

Scuotendo la testa, Rhys avviò l'auto, inserì la retromarcia e cominciò a uscire dal parcheggio. Solo quando lanciò nuovamente un'occhiata alla zona di atterraggio notò che era salito il vento e che uno dei paracadutisti faticava a posizionare correttamente i piedi mentre atterrava. Rhys pestò sul freno e mise in folle appena in tempo per vedere il paracadutista perdere il controllo e cadere di faccia nel terriccio mentre il paracadute lo trascinava per tre metri buoni.

L'istruttore stava già correndo nella direzione della persona. Rhys aprì la portiera e subito udì Faith Townsend gridare: "Hanna! Oddio! Va tutto bene?"

Rhys si mise a correre come un pazzo. "Hanna!"

Faith si voltò e rimase a bocca spalancata nel constatare la sua presenza, ma Rhys aveva occhi solo per la ragazza che ora si era seduta e si stringeva la caviglia.

"Prima leviamo l'attrezzatura e poi ti guardiamo la gamba, va bene?" disse Rob, l'istruttore, con voce calma e gentile. "Quella folata di vento è comparsa dal nulla. Per fortuna non è andata peggio."

"Hanna?" Rhys si lasciò ricadere dall'altro lato della donna, prendendo nota che aveva un graffio sul viso ed era sporca di terra ovunque. "Cosa c'è, tesoro?"

La donna si voltò verso di lui, l'espressione contratta dal dolore. "Mi sono slogata la caviglia."

"Solo slogata?" Rhys le prese la mano e le accarezzò il pollice, cercando di tranquillizzarla.

"Non lo so."

"D'accordo. Andrà tutto bene. Non appena ti toglieranno l'attrezzatura, ti porterò in ospedale."

Hanna gemette.

"È meglio fare una radiografia, Han," disse Faith.

"Esatto," disse l'istruttore mentre sfilava l'imbracatura a Hanna.

Rhys si alzò e sollevò Hanna fra le braccia. "La porto io."

"E la mia auto?" chiese Hanna. "È ancora agli uffici."

"La prendo io e la porto in ospedale," disse Faith. "Dammi le chiavi."

Hanna frugò in tasca e porse le chiavi alla sua amica. "Argh. Perché sono così goffa? Tutti gli altri sono atterrati benissimo."

"Non è colpa tua, tesoro," disse Rhys. "Si è alzato il vento all'ultimo momento. A volte capita."

"Ha ragione lui," disse l'istruttore. "Te la sei cavata benissimo fino a quando il vento non ha colpito il tuo paracadute."

"Va bene." Hanna si appoggiò al petto di Rhys e chiuse gli occhi. "Possiamo andare? Mi fa male."

"Certo." Rhys annuì a Rob. "Ci penso io a lei."

"Fammi sapere come si evolve la situazione, d'accordo?" chiese Rob. "Qui prendiamo sul serio gli incidenti."

"Lo so," disse Rhys. "Ti chiamerò." Rivolse un cenno del capo a Faith. "Non è necessario che tu venga in ospedale. Posso portarla a casa io."

Faith scosse la testa. "No. Ci vediamo lì."

"Come preferisci, Faith. A dopo." Rhys accentuò la presa su Hanna e corse a rotta di collo verso la sua Jeep.

CAPITOLO 8

*H*anna era seduta sul lettino e si malediceva da sola. La caviglia dolorante avrebbe devastato la sua agenda lavorativa. E, porca miseria, cosa ci faceva Rhys lì quando lei era caduta di faccia? Non solo lei non aveva dimostrato di essere capace quanto lui negli sport estremi, ma si era anche messa spaventosamente in imbarazzo.

"Ehi, tu," disse Rhys, rientrando in ambulatorio con due bicchieri di caffè di un bar locale. "Questi ce li ha presi Faith. Si è presa il tempo per andare da Roosters invece che prendere quella robaccia della mensa." Le diede uno dei bicchieri. "È dovuta tornare a Keating Hollow per andare a prendere Zoey dalla casa di un'amichetta. Ha detto di richiamarla più tardi per farle sapere come ti senti e che lascerà la tua auto a casa tua e tornerà a casa a piedi."

"D'accordo." Zoey era la futura figliastra di Faith. Hunter doveva essere al lavoro. Hanna chiuse gli occhi e si appoggiò sul lettino. Un tecnico le aveva già fatto una radiografia e ora stavano aspettando i risultati.

"Come te la senti?" chiese Rhys, sedendosi accanto a lei.

Hanna scosse la testa. Le faceva un male tremendo, ma pensarci non faceva che peggiorare le cose. Parlare la distraeva dal dolore. "Cosa ci facevi alla zona di atterraggio?"

Rhys sospirò. "Stavo solo guardando. Avevo appena finito una sessione di deltaplano all'alba e..." Fece spallucce. "Probabilmente sarei dovuto andare a casa, ma volevo essere sicuro che tu atterrassi sana e salva."

Hanna si voltò e incrociò il suo sguardo. "Immagino che tu abbia fatto bene. A quanto pare, ho *davvero* bisogno della baby-sitter."

Rhys le prese la mano in entrambe le proprie. "Non hai bisogno della baby-sitter, tesoro. Ma sono felice di esserci stato. Quale che sia la diagnosi, non puoi guidare." Entrambi guardarono la gamba destra di Hanna, che era bendata e con il ghiaccio. "Mi dispiace se ho esagerato."

La verità era che Hanna era incazzata perché lui le aveva seguite. La faceva sentire come se Rhys non avesse fiducia nel fatto che lei potesse prendersi cura di sé. D'altra parte, era davvero grata che lui fosse stato presente per prendersi cura di lei. Rhys sapeva sempre cosa fare o dire per darle conforto. Hanna avrebbe semplicemente voluto che non fosse necessario. "Sono felice che tu sia qui."

Lui la ricompensò con un sorriso dolce e inclinò la testa per darle un tenero bacio sul dorso della mano. "Anch'io, Han."

La porta si spalancò ed entrò l'alta dottoressa dai capelli rossi. Il medico rivolse a Hanna un sorriso smagliante. "Buone notizie, signorina Pelsh. Non c'è frattura."

Hanna sospirò per il sollievo. "È *davvero* una buona notizia."

"La brutta notizia è che ha una brutta slogatura." La dottoressa sollevò la lastra alla luce. "La rimanderemo a casa con un tutore. Non ci cammini sopra fino a quando il gonfiore non sarà calato e lei non potrà appoggiarci il peso senza soffrire troppo. La nostra guaritrice le darà una pomata che aiuterà a lenire l'infiammazione. La usi due volte al giorno. Una volta che il dolore sarà gestibile e lei riuscirà a muovere la gamba, dovrà fare degli esercizi per promuovere la guarigione e la mobilità. Ci sono domande?"

"Sì," disse Hanna. "Come faccio a lavorare? Sono pasticciera."

Il medico le rivolse un sorriso di compassione. "Stia seduta su uno sgabello con il piede sollevato e lasci il lavoro manuale a qualcun altro."

Hanna si premette la fronte con la mano. "Oddei. Mia madre farà i salti di gioia."

"Sua madre è un po' troppo protettiva?" chiese il medico.

"No." Hanna fece una smorfia. "È la mia socia."

La dottoressa sussultò. "Ha bisogno di un certificato?"

Hanna ridacchiò. "No, ma grazie per l'offerta. Troveremo una soluzione. Magari potrei corrompere mia cugina per convincerla a fare gli straordinari."

"Faccia quello che deve, Hanna. Ma si prenda cura di quel piede. Se non gli dà tempo per guarire, potrebbe riportare lesioni permanenti."

"Farà in modo che stia tranquilla," disse Rhys, strizzando la mano. "A costo di preparare io stesso i biscotti."

Hanna sbuffò. "Certo, Rhys. Come se tu avessi tempo di fare anche il mio lavoro."

Lui le ammiccò. "Il pub non è aperto alle cinque di mattina, no?"

"No, ma–"

"Siamo amici, ricordi? È così che si fa."

"Se lo tenga stretto," disse la dottoressa, sorridendo a Rhys. "Non è nemmeno brutto." Prese un appunto nella cartella clinica mentre Hanna esprimeva il desiderio silenzioso che il pavimento si aprisse e la inghiottisse. Quando il medico sollevò lo sguardo, disse: "Dirò all'infermiera di portare la pomata e alcune erbe per il dolore e l'infiammazione. Poi, sarà libera di andare. Non esiti a tornare se non dovesse notare miglioramenti entro cinque o sei giorni. D'accordo?"

"D'accordo." Hanna cercò di muovere le dita dei piedi e sussultò. Erano gonfie e avevano l'aspetto e la consistenza di salsicce troppo piene.

Il medico uscì, lasciando nuovamente soli lei e Rhys.

Hanna lanciò un'occhiata al bel viso dell'uomo e trattenne un sospiro.

"Che c'è?" chiese lui, inarcando un sopracciglio. "Non dirmi che non vuoi il mio aiuto. Sono bravo a eseguire."

Hanna sbuffò. "No che non lo sei. Non ti avevo detto che avevo bisogno di spazio?" Erano parole d'accusa, ma lei gli sorrise e aggiunse: "Eppure eccoti qui, pronto a salvarmi dopo che mi sono resa ridicola."

Le labbra di Rhys ebbero un guizzo e Hanna capì che stava cercando di trattenere un sorriso. "Ero solo sorpreso di vederti salire su quell'autobus. Questo mi insegna a non dirti che c'è qualcosa che non puoi fare."

"Mi sa di sì." Hanna rise. Poi i loro sguardi si incrociarono e fra loro cadde il silenzio. All'improvviso, Hanna trovò difficile respirare. Le farfalle le svolazzarono nello stomaco mentre le spuntava la pelle d'oca sulle braccia, come faceva sempre quando fra loro scoccavano le scintille.

"Accidenti, Hanna," disse Rhys, la voce così roca da farla tremare fisicamente. "Hai freddo?"

Hanna scosse la testa, accentuando la presa sulla mano dell'uomo.

Lui ruppe il contatto visivo e abbassò lo sguardo sulle loro dita intrecciate. Quando incrociò nuovamente il suo sguardo, disse: "Sembrerebbe che, qualunque cosa io faccia o dica, finiamo sempre qui."

Hanna ridacchiò persino. "Spero che tu non intenda all'ospedale."

Rhys si guardò attorno e, lentamente, scosse la testa. Poi si chinò e le sfiorò delicatamente le labbra con le sue.

Ogni pensiero fuggì dalla testa di Hanna. In quel momento, era consapevole solo di Rhys – del suo profumo che sapeva di terra, della sua mano ruvida che le accarezzava la guancia. *Mio*, pensò. Era quello ciò che voleva. Ciò che aveva sempre voluto. Sollevò la mano libera e la premette contro il petto muscoloso dell'uomo mentre questi approfondiva il bacio. Rhys sapeva di caffè, con una nota di sciroppo d'acero e amore.

"Hanna," le mormorò contro le labbra, premendo la fronte contro la sua. "Cosa stiamo facendo?"

"Ci stiamo baciando. Sono piuttosto sicura che tu abbia familiarità con il concetto." Hanna sorrise e gli passò la lingua sul labbro inferiore.

Rhys emise un piccolo gemito e la rivendicò di nuovo. Il bacio era caldo e voglioso e, se la sua caviglia non fosse stata ancora dolente, Hanna era sicura che si sarebbe raddrizzata e gli avrebbe avvolto le gambe attorno.

Ma per fortuna non lo fece, altrimenti, quando la porta si spalancò un attimo dopo, si sarebbero trovati in una posizione piuttosto compromettente.

"Ma salve," disse l'infermiera, sorridendo loro e mostrando un sacchetto di carta bianco. "Come va, Hanna?"

"Ehm, abbastanza bene," disse lei, sfiorandosi le labbra con le dita.

"Sembrerebbe che io abbia interrotto qualcosa, eh? Non importa. È un modo per distrarsi dal dolore." L'infermiera rise fra sé e diede il sacchetto Rhys. "Qui ci sono le istruzioni per la fisioterapia, una pomata per la caviglia e delle erbe per il dolore. Si assicuri di prendere le erbe due o tre volte al giorno, secondo necessità, fino a quando il dolore non diminuirà."

"Va bene," disse Hanna, lieta che il suo respiro fosse di nuovo sotto controllo. "Grazie."

L'infermiera avvicinò la sedia a rotelle e guardò Rhys. "Può aiutare la sua ragazza a mettersi sulla sedia a rotelle e venirmi incontro all'ingresso? Vado cercare delle stampelle."

Hanna si aspettava quasi che Rhys correggesse l'infermiera, ma lui si limitò ad annuire. "Certo. Nessun problema."

Mentre l'infermiera usciva dalla stanza, Rhys guardò Hanna. "Sei pronta ad andare?"

"Certo. Come facciamo?" Hanna cominciò a scivolare verso l'estremità del lettino, ma Rhys la sollevò come se non pesasse nulla. "Accipicchia. D'accordo. So che mi hai portata di peso alla Jeep, ma avrei potuto saltellare su un piede."

"Nah. Ci penso io." L'uomo le sorrise e li posizionò in modo tale che tutto ciò che lei doveva fare fu mettere il piede buono sul pavimento e poi sedersi lentamente sulla sedia. "Visto?" disse Rhys, sostenendo il suo peso mentre lei appoggiava la schiena e il sedere. "Perfetto. Credo che siamo una buona squadra."

"Credo che il lavoro lo abbia fatto tutto tu," disse Hanna.

"Quando succederà a me, ci penserai tu." Rhys le mise il sacchetto in grembo, quindi la spinse fuori dalla stanza.

"Hai ragione. Lo farò." Il calore tornò prepotentemente e

sebbene la caviglia di Hanna le facesse ancora stringere i denti, lei faticava ad arrabbiarsi.

Proprio mentre stavano per uscire dalle porte a vetri, entrò la guaritrice Snow.

"Hanna!" esclamò la guaritrice. "Cos'è successo? Nulla di serio, spero."

Hanna sussultò. "Il terreno mi è saltato addosso e mi ha morsa. È solo una caviglia slogata. Sopravviverò."

"Mi dispiace." Snow annuì e osservò la benda. "Ti hanno dato la pomata che accelera la guarigione?"

"Certo." Hanna mostrò il sacchetto. "E delle erbe."

"Perfetto." La guaritrice contrasse le labbra come se stesse riflettendo. "Altro?"

"No. Perché?"

Un sorriso si allargò sul bel viso della donna, raggiungendo i suoi ampi occhi scuri. "Ottimo. Se prendessi altro, potrebbe generare interazioni. Ma se non devi assumere altri farmaci, dovremmo essere a posto."

"A posto per cosa?" chiese Rhys.

"La guaritrice Snow sta lavorando a una cura per la malattia autoimmune di Charlotte," disse Hanna, riferendosi alla malattia che aveva portato via sua sorella. Era una condizione relativamente rara, che colpiva soltanto all'incirca una strega su cento, ma negli ultimi dieci anni c'era stato un leggero incremento del numero di casi. Di recente, la guaritrice Snow si era assunta la missione di cercare di trovare una cura. "Dato che io ho il suo stesso DNA e sono portatrice dello stesso gene, il mio sangue è un buon candidato per i test."

Snow gli lanciò un'occhiata e sorrise. "Ehi, Rhys. È bello vederti. Come stai?"

"Bene." Il tono di voce dell'uomo era secco e leggermente guardingo. Poi si voltò verso Hanna, lo sguardo più cupo del normale e la bocca serrata. "Che significa che sei portatrice dello stesso gene?"

La guaritrice Snow gli posò delicatamente una mano sul braccio. "Forse questo non è il luogo migliore per parlarne."

"No, va bene così," disse Hanna, guardando accigliato Rhys. "Significa semplicemente che la malattia autoimmune è latente. Non ho nessuno dei sintomi di Charlotte e sto benissimo, ma un giorno la situazione potrebbe cambiare. È da un anno che contribuisco alle ricerche. Non può far male, no?"

"Hai lo stesso gene?" chiese nuovamente Rhys, come se faticasse a capire.

"Sì," disse Hanna. "Non è certo una sorpresa. Charlotte era mia sorella."

"Io… giusto," disse l'uomo, raddrizzando le spalle. "Certo. È che non avevo mai pensato…" Scosse la testa. "Scusa. Mi hai colto di sorpresa."

Hanna gli diede un colpetto sulla mano. "Va tutto bene, avventuriero. Sto benissimo. Sono in perfetta salute, tranne che per la caviglia, e quella non mi mette certo in pericolo."

Rhys sostenne il suo sguardo per un lungo istante, come per cercare di determinare se lei gli stesse raccontando tutta la verità. Alla fine, annuì. "Ottimo."

La guaritrice Snow lo stava fissando con le sopracciglia serrate. "Rhys? Posso parlarti per un istante?"

Lui si irrigidì e Hanna si aspettava che chiedesse perché la guaritrice volesse parlargli, ma invece si limitò ad annuire e a seguirla fino un angolo deserto. La guaritrice Snow premette una mano sul polso dell'uomo e cominciò a contare fra sé. Hanna si sottoponeva alla stessa routine tutte le volte che veniva a fare un controllo o a sottoporsi a una sperimentazione. Era il modo con cui la guaritrice verificava i livelli di energia. Il fatto che stava controllando Rhys la innervosì. Perché le era venuto in mente di farlo? Cosa stava succedendo?

Hanna si agitò mentre li guardava parlare e, una volta che ebbero finito, la guaritrice Snow tirò fuori il ricettario, scribacchiò qualcosa e lo diede a Rhys. L'uomo cominciò a incamminarsi verso Hanna, ma Snow gli mise una mano sul braccio e lo fermò di nuovo.

Alla fine, Rhys annuì, si ficcò la ricetta in tasca ed ebbe persino il coraggio di appiccicarsi un sorriso fasullo in volto mentre si avvicinava a Hanna.

"Cos'è successo?" chiese lei.

Rhys spinse la sedia a rotelle verso la porta. "Pensava che i miei livelli di energia fossero bassi. Mi ha prescritto delle erbe che dovrebbero rafforzare il sistema immunitario o qualcosa di simile."

Hanna allungò il collo per guardarlo. "Sei suo paziente?"

Lui non rispose mentre la spingeva fuori.

"Rhys?"

L'uomo si fermò sul lato del passeggero della Jeep e aprì la portiera. Quando si voltò verso di lei, disse: "La guaritrice Snow era il medico di mio padre."

"Oh." Il fastidio e i sospetti di Hanna svanirono. Sapeva quanto Rhys era stato legato a suo padre e quanto era rimasto distrutto per la sua morte improvvisa quando lui aveva solo quattordici anni. Quell'esperienza, probabilmente, era il motivo per cui era stato l'unico a sapere di cosa lei aveva bisogno dopo che avevano perso Charlotte. "Mi dispiace."

"Non hai nulla di cui dispiacerti, Hanna," mormorò l'uomo. "Ora alza le braccia, così ti aiuto a salire sulla Jeep."

"Lo so." Hanna sollevò le braccia. "È solo che non mi piace vederti triste."

Rhys la sollevò e se la strinse al petto. "Non sono triste,

bellezza. È solo che è stata una mattinata lunga. Sei pronta ad andare a casa e a pranzare?"

Lei gli avvolse le braccia attorno al collo e si sporse per dargli un bacio sulla guancia. "Sì. E dimenticavo: grazie per essermi stato vicino. Hai reso la situazione quasi sopportabile."

"Nessun problema, Muffin. Lo sai." Rhys la posò delicatamente nella Jeep e la aiutò a sollevare il piede. Poi, le allacciò la cintura e la portò a casa.

CAPITOLO 9

aith Townsend fissò la caviglia di Hanna, le mani sospese a pochi centimetri dalla carne gonfia. Erano alla spa di Faith e Hanna era lì per farsi fare un massaggio, ma prima di cominciare, aveva chiesto a Faith se ci fosse qualcosa che lei potesse fare per aiutare la caviglia a guarire più rapidamente. "È probabile," aveva detto Faith. "Ma sei sicura di volere che ci provi? Non so ancora esattamente cosa sia successo quel giorno all'ospedale con mio padre. Ho solo... non so, creato una valvola di sfogo per il suo dolore?"

Qualche mese prima, il padre di Faith aveva contratto una grave infezione respiratoria mentre si riprendeva dalla chemioterapia ed era finito in ospedale. Faith, in quanto strega dell'acqua, non aveva la capacità di utilizzare erbe o pozioni come faceva sua sorella Abby, ma era in grado di manipolare i fluidi e qualunque cosa avesse fatto quel giorno nella stanza di suo padre all'ospedale, tutti avevano giurato che aveva contribuito ad accelerare la guarigione dell'uomo.

"Prova," aveva detto Hanna, cercando di non implorare. Era stanca che tutti la trattassero come una bambina. "Se mi toccherà starmene seduta ancora un giorno sullo sgabello e guardare Candy che sbaglia a misurare la farina per gli scone, mi metterò a urlare."

"È proprio brutta, eh? Che fine ha fatto Rhys?" chiese Faith. "Pensavo avessi detto che si era offerto di aiutarti."

"Lo ha fatto. E lunedì si è presentato, ma io l'ho mandato via." Quando l'uomo l'aveva lasciata a casa domenica pomeriggio, era distante, come se fosse perso nei suoi pensieri. E invece di salutarla con un bacio, si era limitato a darle una stretta alla mano e a dire che si sarebbero rivisti l'indomani mattina. Era stata una bella delusione, dopo il bacio nell'ambulatorio. In quel momento, Hanna aveva capito che Rhys si era pentito delle sue azioni e che non voleva trovarsi nella situazione di doverla disilludere con garbo un'altra volta. "C'era Candy e io gli ho detto che poteva andarsene. Ha già un lavoro. Non ha bisogno di fare anche il mio."

Faith la fissò con espressione esasperata. "Sei seria?"

Hanna sollevò le mani. "Cosa vorresti che facessi, Faith? Che gli permettessi di frequentare il mio bar e di continuare a torturarmi dicendo che possiamo essere solo amici?"

Faith avvicinò uno sgabello al lettino e si sedette accanto a Hanna. "Ha detto davvero così? Persino dopo quel bacio in ospedale la domenica?" Dopo che Hanna aveva cancellato con riluttanza l'appuntamento con Chad, aveva chiamato Faith domenica sera e le aveva raccontato tutti i sordidi dettagli.

"No, ma è ovvio. Altrimenti, mi avrebbe già chiamata." Hanna si sdraiò sul lettino, si appoggiò un braccio sopra gli occhi e scacciò le lacrime che minacciavano di cadere. "So che è attratto da me, ma per qualche motivo ha deciso di non volermi frequentare. Non ce la faccio più, Faith. È una tortura. Per questo l'ho mandato via."

"Oh, Hanna," disse Faith. "Mi dispiace, tesoro."

Hanna prese fiato per farsi forza e si raddrizzò. "Lo so. Devo lasciar perdere. Non succederà nulla e aspettarsi che succeda mi sta uccidendo. Così, ho preso una decisione."

Faith inarcò le sopracciglia. "Ti prego, dimmi che permetterai a Chad di portarti fuori sul serio."

Hanna le rivolse un sorriso stiracchiato. "No. Avevamo un appuntamento per domenica, ma l'ho cancellato dopo essermi fatta male alla caviglia. Ma ora credo che sia una pessima idea stabilire una nuova data. Non posso fargli una cosa del genere. Sa già che fra me e Rhys c'è qualcosa di strano. Non è giusto trascinarlo in mezzo."

"Oh." Faith si curvò. "Peccato. È figo."

"Puoi dirlo forte," disse ridendo Hanna. "Rinuncerò a Rhys. Basta struggimenti, basta permettergli di intrufolarsi nei miei pensieri. Mi iscriverò a uno di quei siti di incontri e vedrò come va. Chiodo scaccia chiodo."

Faith si accigliò. "E in che modo questo sarebbe diverso dal frequentare Chad?"

Hanna fece spallucce. "Chad non è la persona giusta. È il tipo che porti a casa per presentarlo ai tuoi genitori. È affascinante, talentuoso e molto, molto figo. Decisamente, non è la persona giusta."

Ridacchiando, Faith annuì. "Già. Capisco cosa vuoi dire." Si alzò e si sfregò le mani. "D'accordo, vedo cosa posso fare per questo piede, poi tu mi permetterai di aiutarti con il tuo profilo di dating."

"D'accordo. Perché no?"

"Esco mentre ti infili sotto il lenzuolo," disse Faith. "Lancia pure l'accappatoio sulla sedia."

"Per favore. Non devi uscire. Quante volte mi hai vista cambiarmi? Resta lì, così posso appoggiarmi alla tua spalla mentre mi infilo sotto il lenzuolo."

"Alla faccia della professionalità," disse ammiccando Faith. "Ma il cliente ha sempre ragione."

"Verissimo," disse Hanna, sorridendole mentre si sollevava sulla gamba buona e lasciava cadere l'accappatoio. Qualche istante dopo, riuscì a infilarsi sotto il lenzuolo, ma si ritrovò supina invece che bocconi. "Prima devi lavorare sulla caviglia. Se mi giro, dovrò far penzolare il piede dal tavolo."

"Arrivo," disse Faith. "Tu rilassati."

"Ci sto provando," disse Hanna, leggermente esasperata. "Secondo te, perché sono venuta qui?"

Si scambiarono battute per i venti minuti successivi mentre Faith passava delicatamente le dita sul piede di Hanna. Il suo tocco era caldo e provocava un leggero prurito. Hanna si era aspettata che il trattamento le facesse male, ma invece fu piacevole. Avrebbe potuto restare lì per il resto pomeriggio, crogiolandosi nell'esperienza.

"Posso provare una cosa?" chiese Faith.

"Mmm? Certo," rispose Hanna.

"Non vuoi sapere cosa ti farò?"

"Mi fido di te." Hanna galleggiava. Faith non aveva nemmeno iniziato a massaggiarla e già la tensione stava svanendo. Sentì Faith sollevarle il piede e punzecchiarle delicatamente le zone doloranti. Ma esse facevano meno male di prima e Hanna non sussultò nemmeno.

"Ottimo," disse Faith. "Come va?" Ruotò delicatamente la caviglia di Hanna, mettendone alla prova la mobilità.

"Wow." Hanna trasse un lungo respiro. "È rigida, ma non fa male."

"Ottimo!" Faith ripeté il movimento alcune volte, quindi le infilò nuovamente il piede sotto il lenzuolo. "D'accordo, ora che abbiamo finito con quella, voglio chiederti un favore."

Hanna aprì gli occhi e lanciò un'occhiata alla sua amica. "Mi trovi in una posizione compromettente."

Faith le rivolse un sorriso malefico. "Lo so. È questo il bello. Se tu fossi una cliente pagante..."

"Cosa c'è?" chiese ridacchiando Hanna.

"Ti dispiacerebbe se lasciassi che una potenziale nuova dipendente ti massaggiasse come parte del suo colloquio?"

"È già qui?"

"Sì." Faith tornò a sedersi sullo sgabello. "Ti ricordi quella che sembrava brava sulla carta?"

Hanna annuì.

"È venuta oggi ed è interessante. Ha circa un anno di esperienza, ma non saprei. Ho una sensazione che non riesco a identificare con precisione. Non so come interpretarla."

"È una sensazione negativa? Sinistra?" chiese Hanna.

"No. Non..." Scosse la testa. "Non è proprio negativa, ma avrei bisogno di un secondo parere. Se ha delle mani fantastiche e andrà incontro alla tua approvazione, credo che la assumerò, ma in caso contrario..."

"Ho capito. Certo. Farla entrare."

"Sei fantastica." Faith si chinò e la strinse in un rapido abbraccio.

"Sono nuda qui sotto," disse sarcastica Hanna.

"E allora? Hai detto che non ti importa se ti vedo nuda." Faith sogghignò e uscì saltellando.

Hanna sollevò il piede e lo ruotò leggermente. Non sentì dolore, né molta resistenza. "Accidenti," bisbigliò. A proposito di mani magiche. Non aveva idea di come avesse fatto Faith, ma il piede era passato da un disastro gonfio e dolorante a qualcosa sul quale lei forse sarebbe persino riuscita a saltellare.

Qualcuno bussò delicatamente alla porta. "Hanna?" chiamò una voce dolce.

"Sì. Sono pronta."

La porta si aprì ed entrò una donna dai capelli biondo miele con il viso a cuore. Dimostrava una ventina d'anni, snella, con grandi occhi verdi e un sorriso che illuminò la stanza. "Buon pomeriggio, Hanna. Sono Luna. C'è qualcosa che dovrei sapere prima di cominciare?"

Hanna le disse di stare attenta alla caviglia, ma che per il resto era in ottima salute.

"Ti dispiace se tocco le zone illividite? Voglio solo farmi un'idea della situazione e capire se c'è qualcosa che posso fare per essere d'aiuto."

"Va bene. Ma stai attenta. Non voglio lesionarmela di nuovo," disse Hanna.

"No, certo che no. Sarò delicata." La terapista premette delicatamente la mano sulla caviglia e Hanna capì di essere in buone mani. Il tocco della donna produceva lo stesso tepore e gli stessi formicolii che lei aveva avvertito con Faith. Forse, solo forse, entro la fine della sessione la sua caviglia sarebbe stata come nuova.

"Allora?" chiese Faith. "Muoio dalla voglia di sapere com'è andata."

Hanna era seduta nella meravigliosa veranda che Hunter aveva costruito dietro la spa e sorseggiava un bicchiere di vino. In qualche modo, era riuscita a vestirsi dopo il massaggio, ma andare da qualche altra parte era fuori questione. Tutti i suoi muscoli si erano tramutati in gelatina, nel migliore dei modi possibili. "È stato stupendo. Se non la assumi tu, lo farò io."

Faith rise. "Che ve ne fate al bar di una massoterapista?"

"Offriamo massaggi ai clienti seduti? Non lo so. Qualcosa.

Quelle mani sono magiche." Hanna sollevò il piede e cominciò a scrivere l'alfabeto, proprio come le aveva raccomandato la guaritrice Snow. "Guarda. Ho una capacità di movimento incredibile. Credo che sia meglio di prima della slogatura."

Faith levò gli occhi al cielo. "Sai che quello è merito mio, vero?"

"E suo," insistette Hanna. "Ha fatto qualcosa di molto simile. Ha finito quello che tu hai cominciato."

"Davvero? Questo sì che è interessante." Faith lanciò un'occhiata alla sua amica. "Che sensazione ti ha dato a pelle? Ti è piaciuta?"

"Sta scherzando? La adoro. Mi ricorda un incrocio fra te ed Abby, almeno da quando ha sposato Clay. È davvero piena di gioia. Dovrebbe essere illegale sorridere così tanto."

Faith tacque mentre meditava. "Uh. Mi sa che hai ragione. È determinata al punto da assumersi dei rischi – lo ha fatto trasferendosi a Keating Hollow – ma ha anche quel viso da angelo che tutti adorano, proprio come Abby." Si accigliò e si sfregò la fronte. "Non capisco perché esito."

"Perché hai paura che ai clienti piaccia più di te?" disse Hanna con un sorriso inclinato.

"No," disse Faith, troppo in fretta.

Hanna le lanciò un'occhiata rassicurante. "Certo che no, tesoro. Ti stavo solo prendendo in giro. Rilassati. Lei è meravigliosa e ora, questo luogo magico potrà avere non una, ma due terapiste fantastiche. Accettalo."

Faith si masticò il labbro inferiore. "Credi davvero che vada bene?"

"Sì," disse Hanna. "Assumila o mi trovo una massaggiatrice nuova."

"Va bene, d'accordo. Lo farò." Faith sollevò le mani in un

gesto simulato di sconfitta. "Immagino che, se la mia migliore amica le dà due pollici alzati, sia un buon segno."

Hanna chiuse le mani a pugno e rivolse a Faith un sorriso da schiaffi mentre sollevava entrambi pollici, tanto per darle fastidio. "Non te ne pentirai. E pensa alle lunghe pause pranzo che potrai fare con Hunter mentre Zoey è a scuola."

Faith levò gli occhi al cielo, ma Hanna non mancò di notare il sorriso segreto che le allungava le labbra. Ma quando scorse che Hanna stava fissando, si schiarì la voce. "Adesso, riguardo a quel profilo di incontri…"

CAPITOLO 10

𝓛a luce precedente l'alba filtrava dalla vetrina del bar mentre Hanna si appoggiava a una delle sue stampelle, in attesa che l'impastatrice finisse il proprio lavoro. Lanciò un'occhiata alla sala e si chiese cosa avrebbe potuto disporre per ravvivare il locale. In occasione di eventi speciali, come ad esempio Halloween, i suoi genitori incantavano l'appendiabiti, trasformandolo in una sorta di maggiordomo che intratteneva i clienti con le sue pagliacciate.

Ma Hanna voleva qualcosa di un po' più spendibile. Qualcosa che i turisti potessero vedere dal marciapiedi, che li spingesse entrare anche se non desideravano propriamente dolci e caffè. Ebbe una visione di biscotti danzanti e cappuccini artistici di un certo livello. I cappuccini artistici era in grado di manipolarli da sola, ma avrebbe avuto bisogno dell'aiuto di sua madre per i biscotti danzanti.

Suonò il campanello dell'ingresso proprio mentre scattava il timer dell'ultima infornata di scone che lei aveva messo in forno appena arrivata.

"Arrivo subito," esclamò da sopra la spalla mentre saltellava sul retro. La caviglia aveva avuto miglioramenti notevoli, ma era ancora debole e Hanna doveva rafforzarla prima di poter abbandonare la stampella. Se non altro, ora riusciva a muoversi da sola e non aveva bisogno dell'aiuto di Candy se non a giornata inoltrata.

"Cosa c'è nel forno?" sentì chiedere a Rhys da dietro le sue spalle. "Ha un profumo delizioso."

Il cuore di Hanna fece una piccola danza della vittoria e lei sorrise fra sé mentre si voltava e diceva: "Acero e cannella." Gesticolò verso il vassoio che aveva appena messo a raffreddare. "Appena sfornati. Ne vuoi uno?"

"Certo che sì." L'uomo entrò sul retro come se fosse a casa sua, ma invece di puntare agli scone, si fermò dritto di fronte a lei e si chinò per darle un tenero bacio sulle labbra.

Hanna era talmente sconvolta che rimase immobile come un idiota a fissarlo.

"Buongiorno, Hanna." La voce dell'uomo era burbera e la mano con cui le accarezzò la guancia leggermente callosa. E non per la prima volta, lui si chiese cosa, esattamente, rendesse ruvide le sue mani. Rhys lavorava in un bar, non in cantiere.

"Buongiorno," disse lei, premendo una mano contro quella di lui. "Rhys?"

"Sì." Le labbra calde dell'uomo sfiorarono di nuovo le sue, facendole formicolare il corpo da capo a piedi.

"Come mai hai i calli?" Hanna si staccò delicatamente la sua mano dal viso e passò una delle sue sulle parti ruvide del palmo e dei polpastrelli dell'uomo.

Lui le lanciò un'occhiata perplessa, come se non riuscisse a credere che lei stesse facendo quella domanda. "Secondo te?"

"Onestamente, non ne ho idea," disse Hanna, sollevando il

palmo di Rhys e piazzando un bacio al centro. "Non penso che il lavoro da pub danneggi le mani."

Rhys chiuse gli occhi ed esalò lentamente il fiato. "No. Hai ragione. Ma spaccare la legna lo fa."

Le lampeggiò nella mente un'immagine di Rhys a torso nudo, con addosso solo un paio di jeans a vita bassa, che maneggiava un'ascia, e per poco non gemette. Porca miseria, il pensiero bastò quasi a farle prendere spontaneamente fuoco. "Tu spacchi la legna?"

Rhys emise una risata bassa. "Quasi tutte le mattine. Da dove credi che venisse quel mucchio di legna che i tuoi genitori hanno ricevuto lo scorso autunno?"

"Cosa?" Hanna si ritrasse di scatto in modo da poterlo guardare. "Sapevo che gliel'avevi consegnata tu, ma non che l'avessi anche spaccata."

"Secondo te come faccio a tenermi in forma?" L'uomo sollevò un braccio meraviglioso e lo fletté, mettendo ancora una volta in mostra l'avambraccio.

"Andando in palestra?"

Rhys rise. "Ci vado ogni tanto. Ma mi piace spaccare la legna da solo in cortile."

Hanna lo osservò per un momento. "Quand'è che hai cominciato? Prima non lo facevi."

L'uomo sollevò una spalla. "Poco più di un anno fa."

Dunque, aveva cominciato dopo che avevano smesso di frequentarsi. Interessante. "Beh, Rhys, ricordati di me se dovessi trovarti con un eccesso di legna."

Un barlume illuminò lo sguardo cupo di Rhys, che si avvicinò, intrappolandola fra il proprio corpo e il piano. "Hai per caso voglia di legna, Hanna[1]?"

Hanna abbassò involontariamente lo sguardo fino sotto la vita di Rhys e si sentì avvampare.

"Lascia che riformuli," disse lui con voce burbera. "Hai voglia della *mia* legna?"

Sì. Dea del cielo, sì. Ma se Hanna se lo fosse permesso, di certo sarebbe finita male. Rhys stava giocando a un gioco pericoloso e, si fossero mai finiti nudi insieme, avrebbe dovuto essere per costruire qualcosa. Con lui, non c'erano mezze misure. Hanna non sarebbe mai sopravvissuta. "Sei volgare, Rhys," mormorò lei, ma si leccò le labbra.

"Dico solo quello che pensi, Han." L'uomo le scostò un ricciolo scuro degli occhi e, senza dire una altra parola, premette le labbra contro le sue e la baciò con un tale fuoco che lei sentì fino all'ultima terminazione nervosa prendere vita. E la legna in questione le premeva contro il ventre mentre il corpo di Rhys si protendeva verso il suo. Hanna si aggrappò a lui, ricambiando con trasporto il bacio.

Mio, disse di nuovo la sua mente, e lei lo circondò con le braccia, attirandolo a sé.

Rhys emise un gemito sommesso e approfondì il bacio, mentre entrambe le sue mani ruvide le massaggiavano delicatamente le guance.

Hanna adorava la sensazione di lui, e avrebbe voluto avvolgersi attorno a lui e perdersi per delle ore.

"Ehi?" chiamò una voce dal bar. "Hanna, ci sei?"

"Accidenti," borbottò Rhys, tirandosi indietro. Respirava affannosamente e il suo volto era arrossato dal desiderio.

"Arrivo subito!" chiamò Hanna, la voce più acuta del solito mentre il limone duro sul retro le provocava un leggero attacco di panico. E se Candy o sua madre fossero entrate? Certo, erano ancora completamente vestiti, ma non si poteva negare che avessero cercato di fondersi l'una con l'altro.

Rhys ridacchiò e la baciò di nuovo, con delicatezza. "Vai. Io ho bisogno di un momento per ricompormi." Entrambi abbassarono lo sguardo sul palese rigonfiamento nei pantaloni dell'uomo.

"Ti dispiace?" disse Hanna.

Rhys le rivolse un sorriso sardonico. "No."

La porta si spalancò mentre Hanna rientrava di corsa nella zona principale del bar, alla massima velocità consentitale dalla stampella. Si era formata una piccola coda e lei sussultò. Accidenti. Detestava far aspettare i clienti. Ma sicuramente non detestava il motivo.

"Il lavoro deve essere molto faticoso, oggi," disse Barb Garber, guardandola perplessa. "Mi sembri un po' accaldata."

Hanna si schiarì la voce. "La stampella e i forni mi tengono decisamente al caldo."

"Hai bisogno di un aiuto, cara," aggiunse Barb, il volto contratto per la preoccupazione. "Non dovresti essere da sola, con il piede in quelle condizioni."

"Oh, ho qualcuno che mi aiuta. Uscirà fra poco. Abbiamo avuto un problema con il forno. Cosa posso portarle?"

La donna ordinò un cappuccino e un latte macchiato e si prese parecchio tempo per decidere i dolci mentre Hanna preparava con perizia le bevande. Quando lei iniziò a versare il latte nelle tazze, Rhys uscì dal retro, ostentando indifferenza. Dopodiché, l'uomo corse alla cassa, prendendo ordinazioni e tirando fuori i dolci come se fosse un dipendente come gli altri.

Entro breve, la coda si smaltì e loro due rimasero soli.

"Vieni." Rhys avvicinò lo sgabello al bancone. "Siediti. Io riempio le vetrinette."

"Rhys," disse lei, afferrandolo per un braccio per fermarlo. "Sono felice che tu sia qui e tutto il resto, ma non è il caso. Non devi essere al birrificio fra qualche ora?"

"Sì, ma per allora ci saranno qui Candy e tua madre. Non preoccuparti. Mi piace aiutarti."

Hanna si accigliò e lanciò un'occhiata all'orologio. "Candy avrebbe dovuto essere qui mezz'ora fa." Fece per prendere il telefono e chiamare sua cugina, ma le parole di Rhys la fermarono.

"Le ho detto che l'avrei coperta io," disse. "Ha trascorso tutta la notte a studiare, ieri." La ragazza aveva appena iniziato a frequentare l'università e, fra il lavoro al bar e gli studi, era molto impegnata.

Hanna fece una pausa. "Ti ha chiamato lei?"

"Sì." Rhys le ammiccò mentre puliva il bancone. "Sono stato più che felice di sostituirla. Lo sai benissimo."

Lei sospirò. "Mi dispiace. Non avrebbe dovuto farlo."

"Ehi." Rhys la raggiunse e avvolse le mani attorno alle sue. "Da quando non ho il permesso di aiutarti? Tu lo faresti per me, vero?"

"Sì, ma–"

"Niente ma. Voglio aiutarti. Volevo aiutarti lunedì e sarei venuto qui anche martedì e mercoledì, se tu me lo avessi permesso." Lui le passò un dito lungo la mascella. "E sappiamo entrambi che, se ci fosse stata Candy, tu mi avresti sbattuto fuori. Ho visto un'occasione e l'ho colta. Lo rifarei senza pensarci due volte."

Hanna scosse la testa. "Sei impossibile, sai?"

"In che senso?" Rhys la fissò, scrutandole negli occhi con i suoi.

"Non so mai cosa aspettarmi. Un momento siamo amici. Poi siamo di più. Poi non siamo niente. E poi, in men che non si dica, ci baciamo e poi litighiamo e…" Hanna serrò le palpebre, pregando di non piangere. "E ora tu ti comporti come se ci fosse di più fra di noi e io non posso fidarmi. Finisce sempre male."

La porta si spalancò ed entrò Chad.

Hanna si staccò repentinamente da Rhys e si spostò lungo il bancone fino alla cassa, sorridendo radiosa all'uomo bellissimo.

Gli occhi di Chad si illuminarono nel vederla. "Buongiorno, splendore."

Hanna udì Rhys emettere un basso grugnito prima che il rumore dei passi dell'uomo sfumasse mentre questi si svaniva sul retro. I casi erano due: o si era dato alla fuga dopo lo sfogo di Hanna o stava mettendo un altro vassoio di scone nel forno. Hanna non sapeva quale delle due alternative fosse corretta e non era sicura di volerlo sapere. Se Rhys se n'era andato, lei avrebbe dovuto rintracciarlo e prenderlo a calci nelle palle.

"Buongiorno," disse a Chad. "Cosa posso servirti questa mattina?"

"Un caffè nero grande, un muffin al mirtillo, due biscotti con scaglie di cioccolato e un appuntamento venerdì sera."

Hanna rimase a bocca aperta per lo stupore. "Un appuntamento?"

Dal retro giunse un forte schianto che la fece sobbalzare, ma lei non andò a controllare.

"Sì. Ho bisogno di un'accompagnatrice per un evento di beneficenza a Eureka e pensavo–"

"Spiacente. Hanna è già impegnata venerdì," disse Rhys, rientrando dal retro con un vassoio di scone all'acero e cannella fra le mani.

Hanna si voltò di scatto e gli rivolse un'occhiata interrogativa. "Ah sì?"

"Sì. Con me. È quello che stavo cercando di dirti prima, quando eravamo sul retro." Quelle guance cesellate arrossirono mentre lui diceva le parole e Hanna si scaldò da capo a piedi. Sollevò un dito all'indirizzo di Chad. "Mi dai un momento?"

Chad stava guardando accigliato nella direzione di Rhys, ma annuì. "Prenditi tutto il tempo che ti serve."

Hanna raggiunse Rhys il più velocemente possibile e bisbigliò: "Di che diavolo stai parlando?"

L'uomo posò il vassoio sul bancone e si chinò. "Della nostra uscita di venerdì sera. Ho già preparato tutto; solo, non sono riuscito a chiedertelo. E non ho intenzione di lasciare che quella sottospecie di Ken ti occupi la serata. Ho dei piani. *Abbiamo* dei piani. Sempre che tu non mi odi. So che sono stato…"

"Difficile?" concluse per lui Hanna, con un sorriso tenero.

"Sì. Difficile." Rhys le rivolse un sorriso imbarazzato. "Spero che tu non ce l'abbia con me."

Hanna levò gli occhi al cielo scosse la testa. Ma disse: "Probabilmente sì, almeno per un po'."

"Non saresti la mia ragazza se non lo facessi."

Hanna dovette trattenere un sospiro. Rhys aveva detto *la mia ragazza* e parlava sul serio. Hanna avrebbe voluto gettarsi fra le sue braccia e baciarlo con tutta se stessa, ma Chad era ancora in piedi vicino alla cassa a guardarli storto. "D'accordo. Ora devo andare a disilluderlo."

"Vai." Ma invece di lasciarla andare, lui le afferrò la mano e le diede un tenero bacio sulla tempia.

"Rhys," lo ammonì lei. "Sto lavorando."

L'uomo ridacchiò. "Anch'io."

Hanna levò gli occhi al cielo, quindi tornò al bancone principale, dove cominciò a versare il caffè per Chad. "Mi dispiace, Chad. Vorrei poterti aiutare, ma sembrerebbe che io abbia già un impegno con Rhys."

Chad lanciò a Rhys un'occhiata infastidita, ma poi fece

spallucce e disse: "Nessun problema. Peccato solo che io non sappia a chi altro chiedere. Tutte le sorelle Townsend sono impegnate, vero?"

Lei rise. "Sì. Vediamo. Potresti provare con Shannon alla cioccolateria, Lena alla spa, o anche con la ragazza nuova che ha appena cominciato a lavorare laggiù. Si chiama Luna."

"Luna e Lena?" chiese ridacchiando Chad.

"Non sono parenti. Luna è bionda come te, un po' alta e coi lineamenti delicati. Lena è una splendida donna latina. Dipende dal tuo tipo."

"Capisco. Beh, grazie per avermi indicato le donne libere del paese. Ce n'è una che consigli più delle altre?" chiese Chad, appoggiando un gomito al bancone.

"Dipende se preferisci la dolcezza, la vivacità o la sensualità," disse Hanna.

"Mmm, direi tutti e tre le cose," disse ridendo Chad.

Hanna sollevò le mani. "Su questo non posso aiutarti. Lena è vivace, Luna sembrerebbe molto dolce – anche se la conosco appena – e Shannon è una cioccolatiera forte e sensuale. Non ho altro per te."

Chad annuì. "Forse, oggi ho bisogno di mangiare un po' di cioccolato e poi di farmi fare un massaggio."

"Non è un brutto piano." Hanna gli porse la sua ordinazione, gli diede il resto dei venti dollari e disse: "Mi dispiace di non poter venire. Di solito, mi piacciono gli eventi di beneficenza. Suonerai il pianoforte?"

Chad annuì. "Solo qualche canzone."

"Mi dispiace perdermelo," disse Hanna, ed era sincera. Chad le piaceva. Se non fosse stato per Rhys e per tutto quello che avevano passato, ci si sarebbe vista a iniziare qualcosa con lui. "Chiunque sia la ragazza a cui chiederai di uscire, è fortunata."

"Grazie, Hanna. Ti auguro un buon appuntamento."

Lei gli rivolse un sorriso timido. "Grazie."

Chad se ne andò senza guardarsi alle spalle e, non appena lo scampanellio indicò che se n'era andato, Rhys tornò, abbracciandola da dietro. "Sarà un appuntamento magico, tesoro. Fidati di me."

Lei si appoggiò al suo petto e trasse un respiro profondo. Non aveva dubbi al riguardo. Purché lui non la respingesse, sarebbe stato *davvero* magico. Qualunque genere di appuntamento con Rhys la faceva sempre formicolare dentro. "Questo significa che devo cancellare il profilo di dating?"

"Hai un profilo di dating? Da quando?" chiese Rhys.

"Ha importanza?"

"No." Rhys si recò al portatile sul bancone. "Vediamo."

"Cosa? No." Lei scosse la testa. "Assolutamente no."

"Eddai, Muffin. Voglio vedere chi ci prova con la mia ragazza."

"Smettila di chiamarmi Muffin."

"Lo farò se mi fai vedere quel profilo."

Potrebbe valerne la pena, pensò Hanna. E poi, sapeva che Rhys non ci avrebbe rinunciato. Facendo spallucce, aprì il sito ed entrò nell'account.

"Accidenti. Sembrerebbe che io abbia molta rivalità. Questo tizio ha quarantotto anni, è sovrappeso di almeno venticinque chili ed è appassionato di antiquariato. È proprio il tuo tipo."

Hanna gli diede un buffetto. "Sai che detesto l'antiquariato."

"È la tua unica obiezione? Qui c'è scritto che gli piace anche andare a caccia. Povero Bambi."

"Piantala! Palesemente, non è quello giusto," disse lei.

"Che ne dici di questo? Ha ventidue anni e cerca una relazione poliamorosa. Una situazione un po' affollata."

Hanna ridacchiò. "Condividere è un modo di amare, giusto?"

Rhys spostò lo sguardo su di lei, soffermandosi sulle sue labbra. "Io non condivido."

"E cosa pensi di farci?" lo sfidò lei.

Le labbra di Rhys guizzarono nell'ombra di un sorriso mentre cliccava sul suo nome utente e premeva Elimina, cancellando il suo account. "Questo non ti serve più."

CAPITOLO 11

$\mathcal{H}$anna sedeva al tavolino vicino alla finestra della facciata del suo cottage color crema con le ante rosse, in attesa di Rhys. Fiori rossi, gialli e viola erano sbocciati nelle sue aiuole e il piccolo cortile era perfettamente curato. Era proprio come lei aveva sempre voluto fosse casa sua: elegante, dolce e piena di bellezza.

Era tardo pomeriggio quando l'uomo saltò giù dal sedile del guidatore e trotterellò fino alla porta rossa. Ma prima ancora che lui potesse bussare, la porta si spalancò e apparve Hanna, con indosso una romantica camicetta rossa che le lasciava le spalle scoperte e metteva in evidenza la sua pelle di bronzo, jeans blu scuro che sapeva gli facevano venire l'acquolina e scarpe dal tacco basso e con la cinghietta, di un color oro brillante. Quel genere di tacchi che non avrebbe ucciso la sua caviglia e l'avrebbe fatta comunque sentire sexy.

"Buonasera," disse con un sorriso quasi timido mentre osservava l'abbigliamento di Rhys. L'uomo si era presentato in jeans e un maglione nero che abbracciava il suo corpo muscoloso. "Porca pupazza. Whoa," disse Hanna, deglutendo faticosamente. "Sei una meraviglia."

"Anche tu non stai male, bellezza." Rhys passò lo sguardo lungo il corpo di Hanna e le rivolse un'occhiata che diceva che stava facendo fatica a non farla rientrare in casa e portarla in camera da letto.

"Grazie." Quello sguardo le bastò quasi a farlo trascinare dentro, ma Hanna riuscì a rimanere lucida mentre prendeva una giacca dall'appendiabiti e usciva completamente in veranda, chiudendosi la porta alle spalle. "Allora, dove mi porta esattamente questa sera, signor Silver?"

Lui le aprì la portiera della Jeep e le rivolse un sorriso misterioso. "È una sorpresa. Spero che tu non abbia troppa fame, perché prima dobbiamo fare una sosta."

"Nessun problema." Hanna lo guardò come per cercare di decifrarlo. "Non mi porti a una di quelle escape room, vero? O magari a una cena con delitto?"

"No. Questa sera ti tengo tutta per me." La voce di Rhys era leggermente roca mentre pronunciava le parole.

E quello le fece guizzare lo stomaco per la pregustazione.

Rhys si allungò ad accendere la radio. Lady Gaga e Bradley Cooper cominciarono a cantare la loro celebre *Shallow*. La musica accarezzò Hanna, facendole venire la pelle d'oca come faceva sempre quando sentiva quella canzone. Ma questa volta era peggio, perché era in un veicolo con Rhys. Invece di prendere il volante con la mano destra, l'uomo intrecciò le dita con quelle di Hanna e si mise la sua mano in grembo.

"Grazie per essere uscita con me, Hanna. Ti devo un ottimo appuntamento," disse lui, le labbra che si curvavano nel fantasma di un sorriso.

"Hai assolutamente ragione." Lei gli strizzò la mano mentre aggiungeva: "Spero che sarà all'altezza delle aspettative."

Rhys ridacchiò. "Immagino che lo scopriremo presto."

Rhys condusse la Jeep lungo la strada tortuosa che conduceva verso la costa. Mentre oltrepassavano i boschi di sequoie e le colline, Hanna si mise comoda e per la prima volta da molto tempo si sentì soddisfatta. Non si permise di pensare a ciò che sarebbe accaduto l'indomani o a quando Rhys avrebbe cambiato idea o a cosa sarebbe successo se non fosse andata bene. Erano insieme e lei non voleva far altro che goderselo.

Una volta raggiunta Eureka, Rhys imboccò la statale 101 e prima che lei se ne rendesse conto, prese la svolta che li avrebbe condotti all'aeroporto regionale. Hanna si rivolse a Rhys. "Dove siamo, in *Pretty Woman*? Avrei dovuto indossare un abito lungo per andare all'opera di San Francisco o qualcosa di simile?"

Rhys fece una risata nasale. "Ti sembro il tipo da opera?"

"No," ammise lei. "Quella è più una cosa da Chad."

Rhys le lanciò un'occhiata. "Rimpiangi di non essere uscita con lui?"

"No. Sto solo cercando di capire cosa ci facciamo in aeroporto."

"Non dovrà aspettare ancora a lungo, signorina Pelsh." Rhys fermò la Jeep nel parcheggio più vicino a un grosso hangar, quindi saltò giù per correre ad aprire la portiera.

"Grazie." Hanna accettò la mano dell'uomo e si sentì come una principessa mentre lui la aiutava a scendere dal veicolo. "Tu sì che sai viziare una ragazza."

"Non hai ancora visto niente, splendore." Rhys le passò un braccio attorno e insieme entrarono lentamente nell'hangar.

"Salve, signor Silver," disse un uomo in jeans e camicia da lavoro. "L'aereo è qui fuori. Abbiamo fatto i controlli di sicurezza e riempito il serbatoio. Potrà decollare non appena sarà pronto."

"Grazie, John." Rhys abbassò lo sguardo su Hanna. "Vieni. John ci porterà a destinazione." La sospinse verso un'auto da golf lì vicino e i due presero posto sul sedile posteriore.

"Non me lo aspettavo," disse Hanna con una risatina nervosa. Aveva già capito che Rhys l'avrebbe portata a fare un volo di qualche tipo, ma l'aereo verso il quale erano diretti era molto piccolo. Sul fianco era scritto *Skyhawk* e la coda aveva il logo della Cessna. Lei non era molto esperta di aerei, ma era piuttosto sicura che la maggior parte delle persone della zona usasse quel tipo di aereo quando imparava a volare.

"Sei nervosa?" le chiese Rhys.

"Un poco." Dire che aveva le farfalle nello stomaco sarebbe stato un eufemismo. La sensazione era più simile a dei grilli che le saltellavano nella pancia. Non era mai stata su un piccolo aereo personale, prima. "John è il nostro pilota?"

Il sorriso di Rhys si allargò. "No."

Joan fermò l'auto da golf accanto all'aereo. "Godetevi il volo."

"Grazie. Non mancheremo," disse Rhys, per poi aiutare Hanna ad alzarsi. Le aprì la portiera. "Tutti a bordo."

"Tu..." Hanna fissò il sedile del passeggero frontale del piccolo aereo e deglutì faticosamente. "Tu vuoi che mi sieda lì?"

"Già."

"E sei tu il pilota?" La voce le si crepò per il nervosismo sulla parola "pilota."

"Esatto." Rhys la fece accomodare sull'aereo, chiuse lo sportello e corse dall'altra parte. Una volta preso posto, si allacciò la cintura e le diede un paio di cuffie. "Allacciati e metti queste."

Hanna rimase immobile, paralizzata per un momento, cercando di assimilare la nuova informazione. "Hai imparato a *pilotare*? Quando?"

"L'anno scorso. Non preoccuparti. Ho la licenza e parecchie ore di volo alle spalle. Sei in buone mani." L'uomo le diede un colpetto sul ginocchio. "Ma se sei troppo nervosa, non dobbiamo per forza—"

"Sono a posto," disse di getto Hanna, mentre l'entusiasmo prendeva il sopravvento. Avrebbe volato con Rhys. Alla faccia dell'avventura. Ora che lo shock era passato, era più che pronta. "Andiamo. Mostrami quello che sai fare, Rhys. Stupiscimi."

Lui le sorrise. "Beh, questa sera non faremo acrobazie, ma speravo di mostrarti il tramonto sul Pacifico. Va bene?"

"Assolutamente. Facciamolo." Hanna osservò gli strumenti sul cruscotto di fronte a sé. "Ma io non devo fare niente, giusto? Voglio dire, te la cavi da solo?"

"Me la cavo da solo." L'uomo le strinse delicatamente il ginocchio. "Devi solo rilassarti e goderti il volo."

"Rilassarmi? Sono entusiasta." Hanna si sporse verso la finestra e sbirciò fuori.

Rhys rise e basta. "Ecco la mia ragazza."

Poi avviò il motore e le eliche cominciarono a girare. Prima che lei se ne rendesse conto, stavano percorrendo la pista e l'aereo prese il volo. Hanna sentì lo stomaco precipitare mentre si alzavano in aria. Ma adorò ogni momento. Non c'era nulla di meglio che vedere dall'alto la costa settentrionale della California. C'erano montagne a nord e a est, la valle a sud e l'oceano a ovest.

Rhys volò in un ampio cerchio, assicurandosi che Hanna potesse vedere tutto quello che voleva, poi voltò l'aeroplano verso ovest e si diresse verso la spiaggia.

"È bellissimo, Rhys," disse Hanna nel microfono. "Non credo di potermene saziare."

"Vuoi andare verso l'oceano?"

Hanna rispose istantaneamente. "Sì."

Rhys ridacchiò di nuovo. "Va bene."

Il paesaggio era incredibile e Hanna non riuscì a resistere alla tentazione di tirare fuori il telefono per scattare qualche foto del sole che affondava nel Pacifico. Si sentiva libera e viva e ridicolmente felice per il fatto che Rhys aveva saputo che lei sarebbe stata contentissima di volare su quel piccolo aereo. Era davvero l'appuntamento perfetto.

Hanna trascorse il resto del volo appiccicata al finestrino, scattando foto e meravigliandosi del mondo sottostante. E poi, troppo presto, Rhys voltò l'aereo e cominciò a dirigersi verso l'aeroporto.

"Dobbiamo proprio tornare indietro?" chiese amareggiata Hanna. "È bellissimo quassù."

"Mi dispiace, tesoro. Dobbiamo tornare indietro prima di perdere la luce. Non voglio restare bloccato qui al buio."

"D'accordo. Ma voglio ripetere l'esperienza… presto."

"Va bene."

Se Rhys non le avesse detto che aveva ottenuto la licenza di pilotaggio l'anno prima, lei avrebbe mai immaginato che la possedesse già da anni. Ogni aspetto del volo fu perfetto: la partenza, il volo in sé e persino l'atterraggio. E quando scesero dall'aereo, Hanna decise che si era innamorata un pochino di più di lui. Non che lei lo avesse mai ritenuto possibile, ma il suo cuore si era gonfiato di amore e ammirazione.

"Sei incredibile, sai?" disse mentre lui la riaccompagnava alla Jeep.

"Stavo giusto pensando la stessa cosa di te."

Hanna si appoggiò alla Jeep e lo attirò a sé. "Rhys?"

"Sì?"

"È stato magnifico. Grazie." Ciò detto, Hanna inclinò la testa e lo baciò.

CAPITOLO 12

*H*anna sapeva di miele e di fuoco e di tutto ciò che lui aveva sempre voluto. La combinazione inebriante della sensazione delle sue labbra e della scarica di adrenalina del volo serale bastò a fargli venire voglia di trascinarla fino all'albergo più vicino e mostrarle quanto lei significava per lui. Ma persino mentre premeva il suo corpo contro quello di Hanna, Rhys capì che prima dovevano dirsi delle cose. Dopo essersi preso il suo tempo per amarla con le labbra, si staccò.

"Pronta per la cena?" chiese lui.

"Sono pronta per qualcosa," mormorò senza fiato lei. "Non sono sicura che si tratti di cibo."

Quella risposta lo divertì e lui le sorrise mentre le sfiorava la mascella con le dita. "Magari non nel parcheggio."

La donna si guardò attorno come se avesse notato solo in quel momento dove si trovavano. "Giusto. Magari dovremmo mangiare qualcosa, dato che palesemente deliro per la fame."

"È questa la scusa che vuoi usare?"

"È buona come tante," disse lei, gli occhi che brillavano di birbanteria.

"Su questo non si può discutere." Rhys le aprì la portiera e attese fino a quando lei non fu sana e salva sul sedile del passeggero.

Una volta salito sulla Jeep e aver allacciato la cintura, Rhys li riportò in strada, diretto verso il ristorante di sushi preferito di Hanna.

~

Rhys imboccò il viale di Hanna e spense il motore. Hanna aveva continuato a parlare del volo e della sua avventura di paracadutismo per tutta la cena, ma una volta che si erano rimessi in strada, si era zittita e sembrava persa nei suoi pensieri. Si stava facendo tardi e lui decise che aveva semplicemente avuto bisogno di sfogarsi.

"Vuoi entrare a prendere un caffè?" chiese Hanna.

Sì. Rhys aveva decisamente voglia di seguirla in casa, ma temeva che, se lo avesse fatto, se ne sarebbe andato il mattino dopo e non voleva combinare un disastro. Aveva trascorso anni a negare a entrambi quella relazione e ora che aveva deciso di provarci, non voleva che qualcosa la rovinasse. E ciò significava essere per prima cosa onesti. "Che ne dici di parlare sul dondolo?"

Hanna inarcò un sopracciglio, il sospetto nello sguardo scuro. "Non vorrai farmi di nuovo *quel discorso*, vero?" C'era del fuoco nei suoi occhi e una sfida nella sua voce che fece venire a Rhys una gran voglia di prenderla fra le braccia. Ma poi, Hanna prese fiato e aggiunse: "Perché se questo appuntamento deve finire con la solita solfa, non voglio sentirla. Posso scendere da questa Jeep e possiamo tornare a comportarci come abbiamo fatto per tutto l'anno scorso, come se non sapessimo tutto l'uno dell'altra e come se non fossero dieci anni che ronziamo attorno a questa faccenda."

Rhys si concentrò su quel "come se non sapessimo tutto l'uno dell'altra." Si rigirò quelle parole nella mente, sapendo che l'affermazione non era vera. Non sapevano tutto l'uno dell'altra. Non più.

Hanna esalò un sospiro pesante e aprì bruscamente la portiera. "Grazie per il volo, Rhys." Aveva i piedi per terra e si muoveva più in fretta di quello che avrebbe dovuto, considerato che la sua caviglia era ancora un po' debole, e Rhys capì di averla fatta incazzare. Non era stato abbastanza veloce a rassicurarla che non aveva intenzione di tirarsi nuovamente indietro.

Scese dalla Jeep e la raggiunse mentre lei cercava con difficoltà di ficcare la chiave nella serratura. "Ehi, Han. Io non vado da nessuna parte. Te lo prometto."

Lei si voltò, lo sguardo colmo di furia. "Non ti credo."

Rhys fece un passo indietro, sconvolto come se lei gli avesse dato un pugno.

Si fissarono per un paio di istanti, senza che nessuno dei due battesse ciglio. Rhys aveva bisogno che lei vedesse che lui c'era, che questa volta non sarebbe scappato. Sapeva che lei non si fidava di lui. Non ancora. Ma non lo avrebbe fatto.

"Porca miseria," disse Hanna, distogliendo per primo lo sguardo. Abbassò la testa e bisbigliò: "Cosa vuoi da me, Rhys? Non capisco."

Lui le prese la mano e la attirò gentilmente verso il dondolo. Dopo essersi seduto, se la mise in grembo, stringendosela al petto. "Voglio te, tesoro. Ti ho sempre voluto. Ma c'è un motivo se ti ho respinta. Credo sia ora che tu lo sappia."

Hanna inclinò la testa quanto bastava per guardarlo negli occhi. Ma non disse nulla; si limitò ad aspettare.

Accidenti, pensò lui. Sarebbe stato molto più difficile dirle la verità mentre la fissava negli occhi, ma sapeva che Hanna se lo meritava. E meritava di sapere tutto. "Ti ricordi quel giorno all'ospedale, quando abbiamo incrociato la guaritrice Snow?"

"Sì."

"Tu hai detto qualcosa che io non sapevo, qualcosa che mi ha spinto a mettere in discussione tutte le mie opinioni riguardo a ciò che merito dalla vita."

La donna assunse un'espressione confusa. "Cos'è che non sapevi?"

Lui sollevò la mano e le circondò la guancia. "Mi hai detto che sei portatrice della stessa malattia autoimmune che ha provocato la morte di tua sorella. Non lo sapevo."

"Non lo sapevi?" Hanna sembrava sconvolta. "Non era un segreto."

"Quando lo hai scoperto?" le chiese lui.

"Non lo so. Forse quando ero all'università." Spalancò gli occhi e fece una risatina. "Credo sia stato quando tu uscivi con quella fastidiosa ragazza di Arcata. Sai, quella che parlava con un finto accento britannico e si dava arie da membro della famiglia reale."

"Aveva vissuto nel Regno Unito per quattro anni. E se non ricordo male, era lontanamente imparentata con la regina," disse Rhys, pur non sapendo esattamente perché stesse difendendo la ragazza che lo aveva tradito con il fratello del suo migliore amico.

"Ma per favore. Quella era parente della regina quanto me," disse sbuffando Hanna. "Anzi, il suo cognome, quello che sosteneva la legasse alla famiglia reale, era quello del patrigno."

Rhys rise. "D'accordo. Era fastidiosa, te lo concedo."

"Esatto. Inoltre, per colpa sua non trascorrevamo molto tempo insieme. Morgan e io non avremmo potuto essere più diverse." Hanna scosse la testa. "Come ti è venuto in mente?"

Rhys le fece scivolare le dita lungo il collo e la baciò teneramente sulle labbra prima di staccarsi e sorriderle. "Voleva essere una cosa temporanea."

Hanna lo guardò perplessa. "Temporanea? Non è molto gentile."

"Non le ho mai promesso nulla, Hanna. Non ho mai promesso nulla a nessuna delle donne che frequentavo. E quando loro cominciavano a volere qualcosa di più serio, io le lasciavo. Dovevo farlo."

"Perché?" Lei inclinò la testa e lo guardò con tanta intensità da dargli la certezza che gli stesse guardando dritto nell'anima.

"Perché, tesoro, io ho lo stesso gene che avevano mio padre e mio nonno."

Le parole rimasero sospese nell'aria fra di loro mentre Rhys lasciava che Hanna assorbisse ciò che lui aveva appena detto. Sapevano entrambi che ciò significava che Rhys era una bomba a orologeria vivente. Il gene che scorreva nella sua famiglia, più spesso che no, si manifestava sotto forma di un improvviso attacco cardiaco. Di solito un attacco molto grave, che lasciava poche speranze di recupero.

L'espressione di Hanna passò dallo stupore assoluto allo shock e poi alla rabbia. "Porca miseria!" La donna balzò in piedi e cominciò a camminare avanti e indietro in veranda. "Tu lo sapevi per tutto questo tempo e non me lo hai mai detto?"

Rhys appoggiò il braccio allo schienale del dondolo e disse: "Non lo sapevo per certo, ma lo sospettavo. Ho avuto la certezza una quindicina di mesi fa."

"Poco prima che mi dicessi che preferivi restare amici." Quella di Hanna non era una domanda.

Rhys rispose comunque. "Proprio così. Non potevo correre il rischio. Nella mia testa, ero sicuro che mi rimanessero solo pochi anni da vivere. Come potevo, in coscienza, restare con te, sapendo che ti avrei lasciata, sapendo che ti avrei recato quel dolore profondissimo che non svanisce mai? Ho guardato mia madre soffrire. Non volevo che la stessa cosa accadesse a te o ai figli che forse avremmo avuto."

"Figli?" chiese Hanna con voce leggermente stridente.

Lui le sorrise. "Sì. Figli."

"Accidenti." Hanna tornò al dondolo e si sedette, ma non si protese verso di lui.

Rhys si maledisse. Aveva detto troppo, troppo presto.

"Devo saperlo, Rhys," disse Hanna, voltandosi verso di lui. "Perché hai cambiato idea? Perché adesso?"

Rhys non ce la faceva più. Aveva bisogno di toccarla. Quando si sollevò una brezza fresca, si avvicinò a lei e la circondò con un braccio, avvicinandola al suo corpo. Dopo averle dato un tenero bacio sulla tempia, disse: "Perché ho scoperto che, nonostante i tuoi geni, tu sei impavida. Non hai mai permesso che essi ti impedissero di fare quello che volevi, mentre io ho vissuto una vita a metà. Mi sono detto che, se tu eri in grado di essere tanto coraggiosa, potevo esserlo anch'io. Ho smesso di oppormi, Hanna. Ti voglio e ti amo. Ti ho sempre amata. Se sei ancora disposta a darmi una possibilità, io ci sono, pronto ad andare fino in fondo a qualunque costo."

Le lacrime le riempivano gli occhi, facendoli diventare lucidi mentre lei cercava di scacciarle.

"Oh, Hanna." Rhys la attirò in un abbraccio, stringendola forte mentre le accarezzava la schiena. "Va tutto bene. Mi dispiace, dolcezza. Avrei dovuto dirtelo prima. Ma non volevo farti preoccupare."

Lei seppellì il viso nel suo collo ed emise un suono soffocato mentre cercava di parlare.

"Come?" chiese gentilmente Rhys.

"Sei un grandissimo stronzo," disse Hanna con un singhiozzo, restando tuttavia aggrappata a lui.

"Lo so."

"E ti odio," aggiunse la donna.

"Non mi stupisce."

Una risatina riecheggiò nel petto di Hanna, che finalmente si staccò per guardarlo di nuovo negli occhi. I suoi occhi scintillavano ancora di quelle lacrime non versate quando disse: "Sei un idiota."

"Perché?" chiese incuriosito lui. "Perché volevo proteggerti?"

"No. Perché non ti sei reso conto che io ti ho aspettato per tutto questo tempo e che, finché tu saresti rimasto single, io avrei continuato ad aspettare. Non è patetico?"

Rhys scosse la testa, avvertendo di nuovo quel tepore nel petto. "A dire il vero, credo che sia piuttosto romantico."

"Romantico?" sbuffò lei. "Diciamo piuttosto folle. Avresti dovuto volere che io fossi felice, non disastrata."

"Io ho sempre voluto che tu fossi felice, Hanna. Anche con qualcun altro. Me ne sarei fatto una ragione."

"A meno che non si trattasse di Chad. In quel caso, probabilmente lo avresti preso a calci."

Quelle parole lo fecero ridere. "Può darsi. Chad... È semplicemente troppo attraente e non abbastanza ardito per te."

"Ha ragione, signor Silver." Hanna scese dal suo grembo e lo fece alzare. Gli passò le braccia attorno al collo e disse: "Non è un segreto che sia tu il padrone del mio cuore."

"Questo è bene. Perché se fosse un segreto, probabilmente

io sarei troppo stupido per scoprirlo." Rhys la attirò ancora più vicino a sé, fino a quando i loro corpi non aderirono completamente.

Lei annuì, facendo sobbalzare i riccioli scuri. "Credo a ogni parola. Fortunatamente, non sono un'attrice così brava."

"Hanna?"

"Sì, Rhys?"

"Dimmi che mi perdoni."

"Non c'è nulla da perdonare. Sul serio. Capisco." Hanna accentuò la presa su di lui. Quel vecchio, familiare dolore era tornato nei suoi occhi, a ricordargli perché lui era stato così cauto. "Ma se mi tieni nascosta un'altra volta una cosa del genere, finirà male. Capito?"

"Capito." Rhys inclinò la testa e la baciò. Il cuore gli doleva per tante di quelle emozioni che fu costretto a scacciare faticosamente le lacrime. "Ti amo, Han."

"Anch'io ti amo." Gli occhi di Hanna erano colmi di lacrime mentre pronunciava quelle parole e cominciava ad attirare Rhys verso la porta d'ingresso. "Dai. Andiamo dentro."

Rhys piantò i piedi e scosse la testa, ignorando la libido che in quel momento stava gridando a gran voce di seguire quella donna nel piccolo e bel cottage. "Non posso, Hanna. Non questa sera."

"Perché?" Hanna inclinò la testa e lo osservò come se avesse tre teste.

Rhys per poco non rise al pensiero. Invece, si schiarì la voce e disse: "Ne ho tirate fuori parecchie, questa sera. Voglio che tu abbia la possibilità di assimilare tutto prima di passare alla fase successiva."

"Stai seriamente rifiutando del sesso per permettere a *me* di riflettere?" chiese incredula Hanna. La sua rabbia era così carina che per poco lui non la sollevò da terra e la portò in casa, e al diavolo le conseguenze.

"No, anch'io sono sicuro di avere parecchio su cui riflettere," disse con tono gentile. "È solo che non voglio andare troppo in là prima che tu ci abbia pensato approfonditamente. Non voglio mettere a rischio quello che c'è fra di noi perché siamo troppo impazienti."

"Accidenti, Rhys," disse Hanna, asciugandosi la singola lacrima dalla guancia. "D'accordo. Per il momento, ognuno a casa propria. Ma ti avverto: con il procedere di questa relazione, mi aspetterò qualcosa di più."

"E meno male," disse Rhys, dandole un'ultima volta il bacio della buona notte prima di tornarsene al suo letto freddo e vuoto.

CAPITOLO 13

*H*anna canticchiava fra sé mentre decorava un'infornata di biscotti allo zucchero con le parole *Entrate. Il caffè è più che discreto.* Badò a usare lo stesso carattere dell'insegna dell'Incantation Cafè. Dopo aver trascorso settimane a rimuginare sull'idea di una vetrina, Hanna era finalmente pronta a dare inizio a qualcosa.

"Come mai sei di così buonumore?" chiese sua madre dalla soglia che conduceva sul retro.

"Ho passato una bella serata ieri," disse Hanna, aggiungendo qualche ghirigoro a uno dei biscotti.

"Davvero? Con chi?" chiese sua madre. "Era–"

"Hanna?" chiamò una voce dal bar.

"Aspetta un attimo, mamma." Hanna oltrepassò sua madre e vide Noel Townsend nella lobby. Il viso della donna brillava come se le avessero appena fatto un trattamento facciale, ma Hanna sapeva che la nuova radiosità di Noel non c'entrava nulla con la spa e tutto con il bambino a bordo. "Ma guardati," disse Hanna, correndo attorno al bancone. "Guarda quella pancina. Giuro che non si vedeva la settimana scorsa, quando sei venuta qui. A quanti mesi sei?"

"Circa quattro e mezzo," disse sorridendo Noel. "E si vedeva, ma sono stata abbastanza brava a nasconderlo. Ora, non si può più fare." Noel si premette una mano sull'addome. "La bambina vuole far sapere a tutti che sta arrivando."

"È femmina?" disse sospirando Hanna. "Santo cielo. La tua famiglia è per caso allergica al cromosoma Y?"

Noel rise. "Sembrerebbe proprio di sì, vero?"

"Sono davvero felice per te." Hanna diede un grande abbraccio alla sua amica e sentì il bruciore di lacrime di felicità negli occhi. "Drew deve essere entusiasta."

Noel strizzò le mani di Hanna. "Lo è."

"Aveva sempre desiderato dei figli, sai." Hanna si morse il labbro inferiore e cercò di non pensare a cosa avrebbe potuto essere. Drew e Charlotte stavano insieme, alle superiori, e Drew trascorreva molto tempo a casa Pelsh, a quei tempi.

"Lo so," disse sottovoce Noel, sostenendo lo sguardo di Hanna. "Lei è ancora con lui, sai?"

La gola di Hanna si serrò e, accidenti, una lacrima le rotolò lungo il viso. "Mi dispiace, Noel. Non è giusto nei tuoi confronti. Tu e Drew siete perfetti insieme. Sai che io vi voglio bene e vi sostengo tutti e due; è solo che, a volte, il passato mi coglie alla sprovvista e mi morde il sedere, e io comincio a pensare a cosa sarebbe potuto succedere se lei fosse sopravvissuta."

"Lo so, tesoro. Fidati di me. Credi che a volte io non mi chieda cosa sarebbe successo se Xavier non fosse sparito? Come sarebbe stata la vita per me e Daisy?" Noel si riferiva al suo primo marito e al fatto che questi, un giorno, era scomparso, lasciandola sola con una bambina piccola. L'uomo era ricomparso di recente, ma ormai era troppo tardi. Erano successe troppe cose e Noel si era già innamorata di Drew. Rivolse a Hanna un sorriso acquoso; ora anche lei aveva le lacrime agli occhi. "Volevamo tutti bene a Charlotte. Lei avrebbe voluto che noi voltassimo pagina e fossimo felici."

"Hai ragione." Hanna la attirò in un altro abbraccio. "Ti voglio bene e non vedo l'ora di conoscere la tua prossima piccolina. L'unione dei tuoi geni e di quelli di Drew significa che sarà la cosina più bella che abbia mai graziato Keating Hollow."

"Fino a quando tu e Rhys non deciderete che è giunto il momento di procreare," disse Noel con un enorme sorriso.

Hanna si sentì avvampare mentre lanciava una risatina nervosa. "Beh, per il momento non c'è rischio. Non abbiamo nemmeno ancora... insomma, hai capito."

"Lo farete," disse ammiccando Noel. "Sono anni che ci girate attorno."

"Immagino di sì." Hanna le lanciò un'occhiata. "Suppongo che questo significhi che Faith ti ha detto della nostra uscita."

Noel annuì. "Questa mattina presto, mentre mi stavo facendo massaggiare un piede. Hai conosciuto la ragazza nuova? Luna? Le sue mani sono magiche."

"Letteralmente," disse Hanna, ruotando la caviglia. "Fra lei e Faith, dovrebbero aggiungere i servizi di guarigione al menu."

"Ho sentito," disse Noel un cenno del capo, per poi incamminarsi verso la cassa, dove si trovava Candy. La giovane stava fissando dalla finestra, lo sguardo perso e un piccolo sorrisetto melenso sul viso.

Hanna mosse una mano di fronte a lei. "Ehi, terra a Candy. Ci sei?"

Candy sobbalzò e rivolse l'attenzione a Noel. "Oh, ops. Scusa. Stavo pensando a un progetto per la scuola."

Noel inarcò un sopracciglio accuratissimo. "Deve essere un

bel progetto. Sembravi più una che stava ripensando a una notte di sesso o qualcosa di simile."

"Noel!" esclamò Candy, per poi guardarsi attorno, senza dubbio alla ricerca della zia. "Non dire cose del genere con zia Mary nelle vicinanze. Lei parla troppo."

Noel ridacchiò. "Sembra che abbia toccato un nervo scoperto."

Candy la guardò accigliata e Hanna ridacchiò. Candy rivolse il proprio sguardo furioso sulla cugina. "Non cominciare anche tu. Sto solo cercando di arrivare a fine giornata in modo da poter–"

"Incontrare il tuo bello al suo dormitorio?" la punzecchiò Noel.

"E piantala. Cosa vuoi?" domandò Candy.

"Cioccolata calda con aggiunta di panna." Noel mise un pezzo da cinque sul bancone. "Tieni il resto per comprare i preservativi."

Candy rimase con la bocca spalancata in una O di stupore. Poi levò gli occhi al cielo all'indirizzo di Noel. "Voialtre dovete trovare un modo migliore per passare il tempo."

Risero entrambe. Dopo che Noel ebbe la sua cioccolata calda in mano, Hanna disse: "Ehi, posso prenderti a prestito per un momento?"

"Certo. Ho un po' di tempo prima di dover andare a prendere Daisy."

"Ottimo. Sto lavorando a una vetrina. Voglio renderla spettacolare come quelle di Hollow Books e A Spoon Full of Magic, ma ho bisogno di una strega dell'aria che mi dia una mano. Potrebbe farlo la mamma, ma è tutta la settimana che è impegnata con la contabilità."

"Certo. Di cosa hai bisogno?"

Hanna le fece cenno di avvicinarsi alla vetrina in fondo a

sinistra, dietro il bancone delle aggiunte per il caffè. "Voglio creare una scena galleggiante che mostri della *coffee art* in movimento mentre i biscotti galleggiano in aria attorno a essa. Sui biscotti c'è un messaggio di saluto. Posso incantare da sola il liquido perché faccia quello che deve, ma ho bisogno di una strega dell'aria per incantare le tazze e la brocca, oltre che i biscotti. Crede di potercela fare?"

"Sicuro." Noel aggrottò la fronte. "Ma credo di aver bisogno che tu mi dia una dimostrazione della *coffee art*, in modo che io possa incantare le stoviglie per far sì che imitino i tuoi movimenti."

"Va bene." Hanna spostò le aggiunte ed esclamò voltando la testa: "Candy? Puoi portarmi una dose di espresso, una brocca di latte caldo e una tazza?"

"Certo."

Hanna diede una pulita alla vetrina e, per quando ebbe finito, Candy le aveva già portato tutto. "Grazie."

Con Noel accanto, Hanna usò le sue considerevoli capacità di barista per dimostrare il cuore di caffelatte. Prima versò l'espresso nella tazza, quindi alzò e abbassò la brocca di latte, lentamente e velocemente, fino a quando l'espresso non contribuì alla formazione di un cuore nella schiuma del caffelatte. Mentre lei faceva la dimostrazione, sentì il leggero formicolio della magia di Noel avvolgersi attorno a sé.

"Ma che bellezza," disse Noel.

Hanna aveva mollato la presa sul bicchierino di espresso e sulla brocca, ma grazie alla magia di Noel, essi continuavano a ripetere i suoi movimenti a intervalli di trenta secondi. A Hanna non rimase altro da fare che incantare i liquidi in modo che tornassero al bicchierino e alla brocca, cosicché la scena si ripetesse da sola all'infinito.

"Sarà perfetto," disse Hanna, giungendo le mani. Aveva

dovuto semplicemente pensare a come separare l'espresso e il latte e a farli tornare nei loro rispettivi contenitori, e all'improvviso la vetrina che aveva immaginato aveva preso vita. Ora mancavano solo i biscotti. "Torno subito."

Cinque minuti dopo, Hanna e Noel erano di fuori, a osservare il caffè che si esibiva da solo e a guardare i biscotti sollevarsi a mezz'aria per accogliere i clienti nel negozio. Noel aveva la sua cioccolata calda, mentre Hanna sorseggiava un cappuccino al chai.

"Che figata," disse una familiare voce maschile da dietro le spalle di Hanna.

Lei si voltò e sorrise a Rhys. "Mi ha aiutato Noel."

"È molto ben fatta." L'uomo rivolse un cenno del capo a Noel. "Può darsi che la birreria abbia bisogno di qualcosa di simile."

"Può darsi. Parlane con Clay." Hanna lo circondò con le braccia, perché poteva, e gli diede un dolce bacio sulle labbra. "Speravo proprio di vederti oggi."

"Oh, da oggi in poi mi vedrai tutti i giorni, bellezza," disse lui, stringendosela al petto e passandole una mano lungo la schiena.

Noel esalò un sospiro di contentezza. "Siete davvero perfetti. Non riesco a credere che ci abbiate messo così tanto a mettervi insieme."

Rhys le lanciò un'occhiata e sorrise. "Sai una cosa, Noel? Nemmeno io. Ma ora che abbiamo superato il mio grave caso di stupidità, spero che Hanna non ce l'avrà con me."

"Non preoccuparti," disse Hanna. "Credo che ormai siamo andati oltre. Ma non mandare tutto a quel paese di nuovo."

"Sì, tesoro," mormorò lui, e questa volta, quando la baciò, nel bacio non c'era nulla di gentile.

Una volta che Rhys si fu allontanato, Noel si fece vento.

"Acciderbolina. Qualcuno ha alzato il riscaldamento? Credo di aver bisogno di una doccia fredda." Poi, la donna ammiccò. "Congratulazioni, voi due. Ci vediamo."

Si salutarono mentre Noel si allontanava con la cioccolata calda ancora in mano.

"Hai bisogno di un caffè?" gli chiese Hanna.

"Ho bisogno di te, ma dato che a quanto pare mezzo paese ci sta fissando, magari rinviamo a più tardi."

Hanna sbirciò oltre le spalle di Rhys e notò che Shannon e la signorina Maple erano fuori da A Spoonful of Magic a guardarle, mentre Clarissa stava spingendo un Pauly Putzner a bocca aperta nell'ufficio dello sceriffo. E poi c'era la signorina Betty. Si stava trascinando lungo la strada, gli occhi fuori dalle orbite, ed era diretta proprio verso di loro.

"Oh-oh. Se la signorina Betty mette le mani sul tuo posteriore, non riuscirai a sederti per una settimana," disse ridendo lei. "Ti ricordi quello che ha fatto a Jacob?"

Rhys gemette. La signorina Betty aveva messo le mani addosso al partner di Yvette subito dopo che questi si era trasferito in paese ed era famosa per la quantità di commenti inappropriati che faceva. "Entriamo. Magari si dimenticherà dov'era diretta."

Hanna rise. "Se non dovesse farlo, ti salverò io."

Rientrarono frettolosamente e Hanna si diede da fare a preparargli il caffelatte decaffeinato al cacao che lui aveva chiesto.

"Decaffeinato?" chiese Mary Pelsh con una nota di giudizio nella voce. "Da quando hai smesso di assumere caffeina?" chiese a Rhys.

"Ordini della guaritrice," disse con un sorriso lui. "Come sta, signora Pelsh?"

"Beh, dato che me lo hai chiesto, Rhys," disse la donna in tono combattivo, "a onor del vero, sono stata meglio."

"Mi dispiace," disse Rhys mentre Hanna accorreva.

"Mamma?" chiese Hanna, preoccupata. Era raro che sua madre fosse brusca. Era sempre stata un tipo cordiale ed era inaudito che rispondesse seccamente. "Che succede? Sembri arrabbiata."

"*Sono* arrabbiata." Mary li guardò entrambi accigliata. "Cosa vi salta in mente?"

"Mi scusi, signora Pelsh," esordì Rhys. "Cosa intende? Eravamo di fuori a parlare con Noel-"

"Intendo questo." La donna gesticolò fra loro due. "Cos'è, siete di nuovo una coppia?" Guardò storto Rhys, quindi dedicò la propria attenzione a Hanna. "Non riesco a credere che tu gli abbia permesso di rientrare nella tua vita. Ti farà solo del male."

"Mamma!" gemette Hanna, inorridita perché sua madre l'aveva rimproverata di fronte a Rhys e ai pochi clienti presenti nel bar. "Non sai di cosa stai parlando."

"Ah no?" Mary si voltò di scatto verso Rhys. "Hai o non hai piantato mia figlia per poi ignorarla per oltre un anno fino a quando non hai deciso di aver commesso un errore?"

"Io…" Rhys lanciò un'occhiata a Hanna e fece una smorfia.

"Dunque?" domandò Mary.

"Rhys, non le devi nessuna spiegazione," mormorò Hanna. Cosa era preso a sua madre? Non si era forse entusiasmata quando erano usciti a cena poco prima che lei si slogasse la caviglia? Hanna non aveva idea del perché sua madre avesse cambiato repentinamente idea. Alzò la voce e aggiunse: "Madre, ne parleremo a casa. *In privato.*"

Ma Rhys e sua madre si stavano ancora guardando storto, Mary con le braccia incrociate e Rhys dritto e con la testa alta.

L'espressione determinata, l'uomo disse: "Io amo sua figlia, signora Pelsh. So di aver commesso degli errori e mi sono scusato. Ora mi rendo conto che avrei dovuto scusarmi anche con lei. Non è mai stata mia intenzione far del male a Hanna. Anzi, stavo cercando di proteggerla. Forse–"

"Ho sentito abbastanza," disse Mary in tono definitivo. "Sappiate solo che non approvo." Girò sui tacchi e tornò a grandi passi nel suo ufficio, sbattendosi la porta alle spalle.

Hanna sobbalzò quando la porta tremò contro il telaio, dopodiché guardò impotente Rhys. "Mi dispiace tanto. Non ho idea del perché si sia comportata in quel modo. Perdiana, non sapevo che la pensasse così."

Rhys fissò la porta chiusa e si accigliò. "Forse devo solo darle del tempo."

Hanna lo prese sottobraccio e lo condusse al bancone dove Candy aveva lasciato il suo caffellatte decaffeinato con cacao. Una volta che Rhys ebbe la bevanda in mano, lei lo accompagnò fuori. "Sai che mia madre ti vuole bene, vero?"

Lui ridacchiò. "Come no. Sprizza affetto da tutti i pori."

Hanna ridacchiò. "Mary Pelsh non si agita mai per nessuno, se non per le persone che ama."

"Vuole bene a te, Han," disse lui, attirandola lontano dalla vetrina del bar. Una volta che furono fuori vista, abbassò la testa e le diede un bacio delicato. "Sei tu il denominatore comune."

"Può darsi, ma tu fai parte della mia vita da quando ero una ragazzina. Lei ti voleva bene allora e te ne vuole anche adesso. E sono furiosa. Lascia che le parli. Sono certa che si risolverà tutto."

Rhys sospirò e la attirò a sé, appoggiandole il mento sulla spalla. "Lo spero proprio, tesoro. Perché l'ultima cosa che voglio è frappormi fra te e tua madre."

Hanna lo abbracciò, amandolo ancora di più perché teneva così tanto la sua famiglia. "Non succederà," promise. "Dobbiamo solo far sì che lei si abitui a noi. Quando vedrà che tu non vai da nessuna parte, cambierà idea."

"D'accordo." Rhys si staccò e le sorrise. "Nel frattempo, puoi venire al mio pub quando ho la pausa cena, questa sera? Ti porterei fuori, ma devo fare chiusura."

Hanna si era chiesta come avrebbero fatto a organizzarsi con i tempi. Di solito, lei apriva il bar e lui chiudeva il pub tre o quattro giorni alla settimana. Lentamente, un sorriso le si allargò sulle labbra. "Mi piacerebbe moltissimo."

CAPITOLO 14

"**M**amma!" Hanna attraversò come una tempesta il salotto dei suoi genitori, furiosa con sua madre. Il modo in cui Mary aveva trattato Rhys era assolutamente maleducato e inaccettabile.

"Sono qui, Hanna," chiamò sua madre dalla cucina sul retro della casa.

Hanna entrò come una furia e si fermò di colpo quando vide sua madre a capo chino sul tavolo, un fazzoletto usato stretto in mano. "Mamma?" chiese in tono più gentile mentre si sedeva accanto a lei. "Cosa c'è che non va?"

"Tutto." Mary sollevò la testa e guardò sua figlia con gli occhi cerchiati di rosso. "Mi sono comportata in modo orribile. Mi dispiace."

"Oh, mamma." Hanna si allungò e appoggiò la mano sul polso di sua madre. "Va tutto bene. Non è successo nulla di irreparabile. Sono certa che Rhys–"

Mary agitò una mano. "Non mi importa quello che pensa Rhys, tesoro. Mi importa solo di averti turbata. Non avrei dovuto comportarmi così in negozio. È stato poco professionale. Non è questo che si aspettano i nostri clienti."

Hanna allontanò la mano e si raddrizzò, la rabbia che ancora una volta le ribolliva nello stomaco. "Dunque sei triste per la figura che hai fatto con i clienti?"

"Più che altro, sono triste per aver intristito te," disse Mary.

Hanna spinse indietro la sedia e andò al piano della cucina, dove iniziò a preparare del caffè al solo scopo di tenersi le mani occupate. Dopo aver premuto l'interruttore della macchinetta, si voltò e chiese a sua madre: "Che problemi hai con Rhys?"

"Non è l'uomo giusto per te." Le lacrime di sua madre erano svanite e la sua espressione era dura come l'acciaio.

"Non spetta a te prendere quella decisione, madre," disse Hanna, senza esitare. "Stai dicendo che la tua relazione con papà è sempre stata tutta rose e fiori? Che non avete mai avuto alti e bassi e che non vi siete mai chiesti se fosse il caso di continuare a stare insieme? L'unico crimine di Rhys è stato volermi proteggere."

Mary strinse gli occhi. "Proteggerti da cosa, esattamente?"

"Dalla sofferenza." Hanna sollevò le mani in aria. "Dall'innamorarmi di lui, sposarlo e magari persino avere i suoi figli, per poi perderlo per la stessa cardiopatia che ha portato via suo padre e suo nonno."

"Beh, almeno quella l'aveva combinata giusta." Mary si alzò in piedi. "Peccato che non sia forte abbastanza da mantenere quella posizione."

Hanna ebbe la sensazione che qualcuno le avesse rovesciato dell'acqua fredda lungo la schiena. Sua madre credeva davvero che Rhys avrebbe dovuto mantenere le distanze da lei per quello che *sarebbe potuto accadere* in futuro? "È questo il punto?" La voce di Hanna tremava un poco mentre lei aggiunse: "Stai dicendo che Rhys non merita di essere amato a causa di una patologia su cui non ha alcun controllo?"

Mary chiuse gli occhi e sospirò. "Hanna... Oh, tesoro. Suona orribile se lo dici così. Certo che non penso che lui non meriti di essere amato." Tornò a sedersi e diede un colpetto al tavolo col palmo della mano. "Per favore, vieni a sederti e lasciami sfogare. Poi giuro che, qualunque cosa tu decida, io non dirò un'altra parola."

Come no, pensò Hanna. Ma se non si fosse seduta e non avesse lasciato che sua madre parlasse, non sarebbero mai riuscite a superare le preoccupazioni della donna. Per cui, Hanna trasse un respiro profondo, prese il caffè e si sedette accanto a Mary. "D'accordo. Ti ascolto."

"Rhys è una delle poche persone al mondo che sappia com'è stato per te quando abbiamo perso Charlotte," esordì sua madre.

"E allora? È successo anche perché lui è stato l'unico amico a rimanermi accanto quando aveva bisogno di qualcuno. Mi ha sostenuta, facendo in modo che io superassi il dolore."

"Lo so." Il tono di voce di Mary era più mite, ora. "E io gli sono grata per questo."

"D'accordo. Allora qual è il problema? Il vero problema? Perché so che non è semplicemente il fatto che ci siamo lasciati l'anno scorso e che abbiamo faticato a mantenere intatta la nostra amicizia."

"È egoistico, da parte sua, volere questa cosa con te, Hanna," disse sua madre. "La sua storia di famiglia..." Scosse la testa. "Vuoi davvero dirmi che nessuno di voi due è preoccupato che lui un giorno se ne andrà dopo che avrete unito le vostre vite?"

"Potrebbe succedere a chiunque. Potrebbe succedere a me. E se sviluppassi la malattia autoimmune di Charlotte? Ci hai mai pensato? Potrebbe essere lui ad avere una bomba a orologeria fra le mani." Hanna parlò con voce dura, detestando il fatto che sua madre stava riducendo Rhys al gene di cui era portatore.

"Non succederà," disse Mary, come se quella su Charlotte fosse un'affermazione ridicola. "Sei arrivata quasi a trent'anni senza alcun segno di quella malattia. La guaritrice Snow dice che è molto improbabile."

"Sì, so cosa ha detto Snow. Ma so anche che nulla è sicuro. Lei non ha mai detto che non svilupperò la malattia. Anzi, si è premurata di consigliarmi di continuare a fare i controlli, perché non si sa mai quando le cose potrebbero cambiare."

Mary si premette una mano sulla fronte. "Hanna, sii seria. Nessuno crede che tu ti ammalerai. È per questo che sei un ottimo campione di controllo per le sperimentazioni di Snow."

"Va bene. D'accordo. Voglio solo dire che chiunque di noi potrebbe morire in qualunque momento. E se venissi investita da un'auto o mi soffocassi con un anacardo? Ciò rende forse irragionevole innamorarsi, sposarsi, fare un figlio o due?"

"No." Mary si alzò e sbatté la mano sul tavolo. "Ma è irragionevole che un uomo prenda moglie sapendo che il suo cuore ha una data di scadenza. Sono arrabbiata con lui perché questa cosa ti farà stare molto peggio, Hanna. Voglio solo risparmiarti quel dolore."

Hanna fissò a lungo sua madre. Alla fine, abbassò lo sguardo sulle mani giunte che aveva appoggiato sul tavolo. "Ho capito, mamma. Quello che tu non capisci, o che magari ti rifiuti di capire, è che io lo amo già tantissimo. Soffrirò comunque, non importa quale sia il nostro rapporto, per cui scelgo lui indipendentemente dal risultato. Preferisco restare al suo fianco per quanto mi sarà concesso, anche se solo per pochi anni. Questa è la mia scelta. E l'ho già fatta."

"D'accordo." La voce di Mary si fece più dolce mentre

aggiungeva: "Ma ricordati di questa conversazione quando la vostra relazione andrà avanti e di cosa significherebbe per te e per i vostri eventuali figli. Come sarà la tua vita se tu dovessi perderlo?"

Hanna sollevò di scatto la testa e fulminò con lo sguardo sua madre, ferita in modo indicibile. "È una cosa terribile da dire a me."

Le lacrime spuntarono negli occhi di Mary Pelsh mentre diceva: "Lo so, tesoro. Ma è una realtà che devi affrontare." Ciò detto, la donna corse in corridoio e Hanna fu certa di averla sentita singhiozzare mentre correva su per le scale.

"GRAZIE PER ESSERE VENUTA, HANNA," disse la guaritrice Snow mentre Hanna entrava nel suo ufficio. La donna si era legata elegantemente i capelli scuri e indossava una camicetta di seta rosa acceso che suggeriva una donna d'affari di alto livello piuttosto che una guaritrice strega della terra. "Siediti, per favore."

Hanna si sedette su una vecchia sedia grigia e la spinse più vicino alla scrivania della guaritrice. L'ambiente era piccolo e un po' severo, con le pareti bianche e la scrivania di metallo. Ma la guaritrice Snow aveva un'energia ottimistica che illuminava la maggior parte delle stanze. Era il genere di persona sicura che, se avesse continuato a sbirciare sotto i mobili dietro gli angoli, prima o poi avrebbe trovato trattamenti o cure efficaci anche per le malattie più misteriose. "Allora, c'è una nuova sperimentazione a cui lei vorrebbe che io partecipassi?"

La guaritrice Snow lavorava sulla malattia autoimmune che aveva portato via Charlotte da oltre quindici anni. Quando

Hanna aveva scoperto che c'era bisogno di donatori di sangue che fossero portatori del genere in massima parte responsabile della malattia, si era offerta immediatamente. Se c'era qualcosa che poteva fare per salvare altri dalla sorte toccata a Charlotte, lo avrebbe fatto. Guardare sua sorella vivere nel dolore e fingere di stare bene in modo da godersi gli ultimi giorni di vita era stata una tortura.

Hanna aveva sempre saputo quanto male stava Charlotte. Era stata al suo fianco quando Charlotte collassava la sera dopo che una giornata trascorsa a comportarsi da adolescente normale era stata troppo per lei. Aveva visto i giorni in cui Charlotte non riusciva ad alzarsi dal letto e quelli in cui si costringeva a farlo anche quando le borse sotto i suoi occhi erano così brutte che sembrava che qualcuno l'avesse picchiata.

Ma Charlotte non si era lasciata trattenere dalla malattia. Aveva vissuto e amato abbastanza per una vita intera prima ancora di diplomarsi. E Hanna cercava di imitarla da allora. Non che avesse mai dovuto affrontare nemmeno una frazione delle difficoltà che aveva dovuto affrontare Charlotte. Cercava semplicemente di ricordarsi che la vita era un dono e che sprecarla a causa dei dubbi era un insulto alla memoria di Charlotte.

"Sì," disse lentamente Snow, annuendo. "Ma non si tratta semplicemente di donazioni di sangue. Si tratta di sperimentazione umana al fine di determinare se un dato farmaco può modificare i marcatori delle cause sottostanti alla malattia autoimmune."

Hanna si accigliò. "Ma io non ho la malattia."

"È corretto. Ma come abbiamo già detto, hai i marcatori, il che significa che, se il tuo livello di anticorpi dovesse aumentare, saresti a un alto livello di rischio di sviluppo della malattia. Vogliamo usarti come campione di controllo. Vedere se i tuoi marcatori si abbassano."

La maggior parte del discorso sfuggì alla comprensione di Hanna, che tuttavia si fidava della guaritrice Snow. "Il farmaco potrebbe farli aumentare?"

"È molto improbabile. Se anche non dovesse funzionare come pensiamo, è probabile che verrà semplicemente espulso senza avere effetti."

Hanna fece spallucce. "Allora va bene. Cosa devo fare?"

"Dobbiamo fare un esame completo del sangue per assicurarci che non sia cambiato nulla dall'ultimo controllo; poi, se andrà tutto bene, cominceremo a somministrarti un basso dosaggio del farmaco la settimana prossima."

"Suona bene." Hanna si alzò e tese la mano a Snow. "Grazie per la sua insistenza a imparare sempre di più. Mia sorella," disse, la voce che si crepava sulla parola *sorella*, "avrebbe meritato più persone come lei."

"E senza dubbio più persone come te, Hanna. Grazie perché fai tutto il possibile per questa ricerca." Snow strinse la mano di Hanna con entrambe le sue. "Sei un vero angelo."

A Hannah vennero di nuovo le lacrime agli occhi, ma lei le scacciò. "Facciamo tutti quello che possiamo."

"Immagino che sia vero." La guaritrice Snow le sorrise. "Va bene, ti auguro una buona settimana. Ci vediamo al prossimo appuntamento."

"Anche a lei." Hanna uscì dall'ufficio di Snow e si incamminò verso il laboratorio.

CAPITOLO 15

*R*hys era seduto su una sedia di plastica nell'ambulatorio, ad aspettare la guaritrice Snow mentre fissava il lettino. Sapeva che lei gli avrebbe chiesto di sedervisi in fondo quando sarebbe stata pronta a controllargli il cuore, ma non aveva intenzione di accelerare il processo. Tutte le volte che sentiva scricchiolare la carta quando prendeva posto sul lettino in vinile, immaginava suo padre che giaceva privo di conoscenza sul pavimento.

Probabilmente, se avesse spiegato a Snow il motivo del suo comportamento, lei gli avrebbe consigliato uno psichiatra. Ma Rhys sapeva di aver soltanto bisogno di una bella camminata, o di una nuotata, o di un volo a bordo di quello Skyhawk. Qualunque cosa pur di schiarirsi la testa. O forse aveva solo bisogno di uscire con Hanna. Erano trascorsi quattro giorni da quando la madre di lei gli era saltata addosso e da quel momento, Rhys aveva cenato con Hanna una sola volta. Ma ciò stava per cambiare. Aveva la serata libera e le sei in punto non sarebbero mai arrivate troppo presto. Gli prudevano le braccia per la voglia di passarle attorno a Hanna.

La porta si aprì ed entrò la guaritrice Snow. La donna indossava un sottile top rosa acceso e dei pantaloni bianchi e Rhys si chiese come facesse a non sporcarsi cinque minuti dopo essersi vestita.

"Buongiorno," disse la guaritrice, avvicinando una sedia con le rotelle nera e prendendo posto vicino a lui. "Spero di non averti fatto aspettare troppo."

"Buongiorno." Rhys le rivolse un sorriso rassicurante. "Sono appena arrivato."

"Ottimo. Adoro quando la giornata comincia bene." Snow aprì la cartella clinica che aveva con sé. "Allora, come ti senti dall'ultima visita? È cambiato qualcosa? Come va il tuo livello di energia?"

"Mi sento bene," disse lui. "Una ex-guaritrice mi ha toccato e ha detto che il mio livello era al di sotto del normale. Non ho notato nulla di diverso, ma per prudenza ho preso una pozione energetica all'erboristeria locale."

La guaritrice annuì. "Continui a correre?"

"Certo."

"Vai in deltaplano?"

"Sicuro. Ci sono andato giusto la settimana scorsa."

"Fai surf?"

Rhys rise. "Non da alcune settimane."

"E il nuoto? L'ultima volta che abbiamo parlato, andavi in piscina quattro volte la settimana."

"Negli ultimi tempi, non nuoto spesso. Ma faccio delle escursioni nel bosco."

"Quanto lunghe?" chiese la guaritrice, la cui penna stava già scorrendo sul foglio.

"Dipende dal tempo che ho a disposizione, ma di solito fra gli otto e i sedici chilometri."

Snow ridacchiò sommessamente. "Non c'è da stupirsi che

tu fossi a corto di energia. Sei l'uomo più attivo che io conosca. Soffri di mancanza di fiato? Dolori al petto? Formicolii?"

Rhys scosse la testa.

"Ottimo." La guaritrice gli rivolse un sorriso smagliante. "Ti dispiace sdraiarti sul lettino?"

Rhys trattenne un gemito e si spostò all'estremità del lettino.

"Sai cosa devi fare," disse la guaritrice.

Di solito, Rhys non era un tipo pudico, ma seduto in quell'ambulatorio, in attesa di sentirsi dire che il suo cuore non si sarebbe autodistrutto, si sentì improvvisamente timido mentre si sbottonava la camicia per dare alla guaritrice accesso al suo petto.

"Vediamo come vanno le cose qui." La guaritrice premette il freddo metallo dello stetoscopio sul suo petto e gli disse di respirare normalmente. Lo spostò qualche volta prima di ritrarsi. "D'accordo. Puoi abbottonarti la camicia."

Rhys tacque mentre si ricomponeva. Poi attese mentre la guaritrice consultava il suo ultimo ecocardiogramma. Snow prese qualche appunto, quindi chiuse la cartella e gli sorrise.

"Allora… sopravvivrò?" chiese Rhys in tono leggero. Le faceva la stessa domanda tutte le volte e a ogni visita tratteneva il fiato mentre attendeva la risposta.

"Sembrerebbe di sì. Pare che tutto sia rimasto come prima, ma quella ex-guaritrice ha ragione: il tuo livello energetico è un po' più basso di quello che vorrei, ma non credo che ciò sia dovuto all'attività fisica. Non hai cambiato la quantità di esercizio che fai, solo la tipologia."

Gli si serrò lo stomaco mentre aspettava che la guaritrice proseguisse. Un abbassamento del livello energetico, nelle streghe, era problematico quanto un aumento repentino dei globuli bianchi. "Questo significa altri esami?"

"Solo un paio di esami del sangue, per precauzione. Nel frattempo, voglio cambiare il tuo farmaco per il cuore. Credo che quello che usi adesso possa essere la causa della fatica." Snow gli porse una ricetta. "Il principio attivo è lo stesso, ma la guaritrice che lo prepara ha una mano più gentile."

"D'accordo. Devo cominciare subito?" chiese Rhys.

"Sì. E compra ancora un paio di pozioni energetiche. Prendine una ogni due giorni per tutta la prossima settimana, in modo da tornare al livello normale. Voglio rivederti fra due settimane, per verificare come funziona il trattamento nuovo."

"Va bene."

"Ottimo. È stato bello rivederti, Rhys. Ti auguro una giornata fantastica." La guaritrice gli sorrise e gli strinse la mano.

"Grazie, guaritrice Snow." Rhys si alzò, grato di essersi staccato dal lettino, e seguì la donna fuori dalla porta. Percorsero il corridoio a ritmo sostenuto. La guaritrice si recò alla reception e Rhys si spostò nel piccolo laboratorio della struttura. Proprio mentre arrivava a destinazione, la porta del laboratorio si aprì e Hanna uscì dalla stanza e gli andò a sbattere contro.

"Ehi!" disse lui, ridacchiando mentre la sorreggeva. "Cosa ci fai qui?"

Hanna spostò lo sguardo da lui a Snow. La guaritrice le rivolse un cenno di saluto, ma non si fermò e un attimo dopo svanì dietro l'angolo che conduceva al banco dell'amministrazione.

"Mi sono fatta prelevare il sangue per una nuova sperimentazione. Cosa ci fai *tu* qui?" C'era una nota di accusa, nella voce di Hanna, che fece accigliare Rhys.

"Un controllo. Niente di serio." Rhys le sorrise. "Devo farmi prelevare un po' di sangue. Mi aspetti?"

"Va bene." Hanna si accigliò. "Sei sicuro che sia solo un controllo? Sembri pallido."

Rhys rise. "Sono sicuro. È solo un appuntamento regolare per controllare l'energia e correggere i farmaci."

Hanna fece un passo indietro e sbatté le palpebre. "Sei sotto farmaci?" La sua voce era acuta e nei suoi begli occhi lampeggiava l'incertezza.

"Hanna, rilassati," disse gentilmente Rhys. "È solo prevenzione. Nulla di serio. Lo giuro."

"Avresti dovuto dirmelo," disse lei, fissandosi i piedi.

Rhys usò due dita per sollevarle delicatamente il mento. "Lo avrei fatto. È solo che non ci ho pensato. Non è niente di che. Te lo assicuro." Accennò con il capo alla porta. "Vuoi entrare con me mentre mi faccio dissanguare?"

Hanna lanciò un'occhiata al laboratorio e si produsse in un piccolo brivido. "Ehm, no. Che ne dici di vederci più tardi a casa tua? Devo fare alcune commissioni in città prima di tornare a Keating Hollow." Si sporse a dargli un bacetto sulle labbra. "Scusa," bisbigliò, per poi trarre un respiro profondo. "Mi ha solo stupito vederti qui, oggi."

"Nessun problema," disse lui, che capiva perfettamente. Se non avesse saputo che Hanna partecipava alla sperimentazione di un farmaco, avrebbe avuto una piccola crisi di nervi a trovarla lì. La guaritrice Snow seguiva tutti i casi difficili della zona. Se era lei la tua guaritrice, era perché nessun altro aveva il talento necessario per assisterti. "Io sto bene. Tu stai bene. E questa sera, staremo bene insieme." Rhys le ammiccò. "Che ne dici di un po' di gelato fatto in casa?"

"Al cappuccino?" chiese lei.

"Assolutamente." Rhys le diede un ultimo bacio sulla fronte. "Forza, bellezza. Fai quello che devi, così questa sera potremo rilassarci."

Lei lo attirò in un abbraccio e, mentre lo stringeva, disse: "Cosa ho fatto per meritarti?"

"Sei tu." Rhys strinse l'abbraccio e aggiunse: "O magari è merito di tutti quei biscotti che mi hai passato al primo anno delle superiori."

"Te li ho passati tutti i giorni per quattro anni, Rhys," lo corresse lei.

"Sì, ma alla fine del primo anno io ero già innamorato di te, per cui gli altri non contano."

Hanna sollevò lo sguardo su di lui. "Davvero? Perché non hai detto nulla?"

Rhys fece spallucce. "Immagino che sarebbe stato troppo traumatico per entrambi. Tu eri l'unica persona che avevo e io non volevo rovinare tutto facendo l'allupato."

Le labbra di Hanna si allargarono in un ampio sorriso e lei rise. "Va bene, d'accordo. Ma per tua informazione, anch'io ero già innamorata di te."

Rhys gemette. Odiava che avessero perso tutto quel tempo. "Al diavolo la mia cavalleria adolescenziale."

"Puoi dirlo forte," disse lei sbuffando. "Ora vai. Ci vediamo questa sera."

Rhys la immaginò in casa sua, con un bicchiere di vino in mano. Era bellissima sotto ogni aspetto. Si chinò e le diede un ultimo bacio sulla guancia. "Ti amo."

Il sorriso di Hanna si allargò e l'amore le brillò negli occhi mentre pronunciava le parole che Rhys aveva aspettato per anni di sentirsi dire da lei. "Anch'io ti amo."

CAPITOLO 16

*H*anna imboccò con il suo piccolo SUV la strada tortuosa che conduceva alla casa di Rhys. Si stava ancora rimproverando per la reazione eccessiva che aveva avuto quando l'aveva visto in quella clinica a Eureka. Non appena lo aveva incrociato, il suo unico pensiero era stato che avesse tenuto nascosta la sua malattia... proprio come Charlotte aveva fatto con tutti i suoi cari, con l'eccezione dei parenti stretti. Il cuore di Hanna aveva accelerato violentemente i battiti e lei aveva iniziato a sudare, terrorizzata all'idea che Rhys non le avesse detto tutto.

Ma certo che non glielo aveva detto. Hanna non poteva sapere che lui stava seguendo una terapia preventiva, perché Rhys non aveva mai parlato di ciò che sarebbe potuto accadere. Lei capiva il perché, ma sperava che l'uomo non stesse rifiutando la realtà, perché per quanto lei detestasse ammetterlo, sua madre aveva ragione almeno in parte. Se Hanna voleva dare il tutto per tutto in quella relazione con Rhys, doveva accettare la possibilità concreta di perderlo prematuramente. E doveva mettersi il cuore in pace.

La casetta di Rhys apparve alla vista e Hanna imboccò il suo viale, parcheggiando proprio accanto alla Jeep. Scese dal vicolo e vi girò attorno fino al lato del passeggero per prendere le cose che aveva comprato lungo la strada. Nel tempo che impiegò a raggiungere la porta d'ingresso, Rhys era già in veranda che la aspettava.

"Ehi," disse, lanciando una lunga e lenta occhiata lungo il corpo di Hanna. Si era cambiata, indossando una gonna e una camicetta con le spalle scoperte, e si era fermata i capelli in alto, accentuando il collo lungo e le spalle muscolose. Secondo lei, quelli erano le sue caratteristiche migliori. Rhys le venne incontro sul marciapiedi e le prese i sacchetti della spesa. "Lo sai che spettava a me occuparmi della cena, vero?"

Lei ridacchiò. "Lo sai che non ce la faccio a presentarmi a mani vuote."

Lui le afferrò la mano e la attirò in casa. Era trascorso parecchio tempo dall'ultima volta in cui era stata lì, ma non era cambiato nulla. Il salotto era ancora decorato con mobili in cuoio liso da scapolo, un paio di stampe costiere e un semplice tavolino da caffè di legno. Non era esattamente un ambiente da servizio fotografico, ma lei sapeva per esperienza che il divano era molto comodo.

"D'accordo, bellezza, cosa hai portato?" chiese Rhys mentre appoggiava il sacchetto sul piano della cucina e cominciava a tirare fuori le cose.

"Un cabernet da abbinare al tuo spinacino di manzo, del decaffeinato speciale da prendere con il caffè e torta al caffè per colazione," disse Hanna, prendendo posto di fronte a lui su uno degli sgabelli.

"Colazione, eh?" Rhys le lanciò un'occhiata speranzosa. "E tu sarai qui a condividerla con me?"

Hanna sollevò una spalla, senza prendere impegni.

Lui ridacchiò. "Misteriosa. Mi piace."

"D'accordo, come posso darti una mano?" Hanna scese dallo sgabello e girò attorno all'angolo. "Sto morendo di fame."

"Basta che tiri fuori le insalate dal frigo. Al resto ci penso io," disse Rhys.

"Ci penso io." Hanna si recò al frigorifero di ultima generazione in acciaio inossidabile e avvertì una fitta di invidia. Il suo frigorifero era quello smesso dei suoi genitori. Funzionava bene, ma non era né bello né efficiente come quello di Rhys. All'interno, Hanna trovò due insalate già pronte e le tirò fuori, prendendo nota di quella con noci e caprino: era la sua preferita. "Gnam, Rhys. Stai già guadagnando punti e io non ho ancora visto la portata principale."

"Ottima notizia," disse Rhys attraverso la finestra. Era uscito, senza dubbio per controllare la griglia. "Mettile in tavola. Io arrivo subito."

"Certo. Vuoi che apra il vino?" chiese Hanna.

"Non ancora. Voglio farti provare un'altra cosa."

"Va bene." Hanna lanciò un'occhiata al tavolo ed emise un minuscolo gemito di stupore. Era bellissimo, apparecchiato con tovaglioli di stoffa, fiori freschi e quelle stoviglie che lei aveva indicato a Rhys in un catalogo qualche mese prima. Ma la ciliegina sulla torta era il candelabro che illuminava la scena romantica.

Hanna mise le insalate sugli eleganti piatti bordati di blu e oro e prese posto, aspettando con le farfalle nello stomaco. Aveva trascorso innumerevoli ore in quella casa, ma mai nelle vesti di ragazza di Rhys. Non sapeva bene come comportarsi.

La porta scorrevole a vetri si aprì e Rhys entrò con due piatti, uno pieno di spinacino di manzo e l'altro di verdure grigliate. Il profumo della carne appena tolta dalla griglia riempì l'aria, facendole brontolare lo stomaco.

"Tutto ha un aspetto meraviglioso," disse a Rhys mentre lui posava il cibo sul tavolo.

"Spero che sia all'altezza delle aspettative." L'uomo sorrise e tornò in cucina per tirar fuori una bottiglia di vetro dal frigorifero. La bottiglia aveva il tappo di gomma ed era del genere che lui utilizzava per preparare il sidro. Una volta tornato a tavola, mostrò la bottiglia, rivelando lo splendido colore dorato del contenuto. "Pronta per un assaggio di prova?"

"Assolutamente."

Rhys tolse il tappo e riempì due bicchieri. Poi si sedette e sollevò il bicchiere. "A un nuovo inizio per tutti e due."

Hanna sollevò il bicchiere e disse: "A un futuro lungo pieno di amore, gioia e passione."

"Passione," fece eco lui, facendo tintinnare il bicchiere contro quello di Hanna. "Assolutamente."

"Ti pareva," disse lei, sentendosi improvvisamente timida.

"Sei stata tu a tirarla fuori." Rhys si allungò a stringerle la mano. "Sei adorabile quando sei in imbarazzo, lo sai?"

"Non sono in imbarazzo," disse lei, sentendosi stupida. Certo che era in imbarazzo. Aveva appena brindato alla passione e ancora non avevano trascorso la notte insieme. Ed era nervosissima, il che la spinse a chiedersi se fosse anche solo in grado di rilassarsi quanto bastava per godersi la cena.

"Prova il sidro, Hanna," disse l'uomo, gli occhi che brillavano di divertimento.

Sapeva cosa lei stava pensando? Hanna non lo riteneva impossibile. Di solito, Rhys riusciva a leggerle nel pensiero così bene che lei stessa chiedeva se non avesse un collegamento diretto con il suo cervello.

"Ti aiuterà a rilassarti, Han," disse gentilmente Rhys. "Dai. Sono solo io. Quante volte ci siamo seduti a mangiare insieme a questo tavolo?"

Hanna lanciò un'occhiata allo splendido tavolo e rise nervosamente. "Innumerevoli. Ma è la prima volta che accendi delle candele o che compri dei fiori."

Rhys guardò il tavolo. "Cercavo di essere romantico."

Dèi, Hanna stava seriamente rovinando tutto. Che le era preso? "Lo so. Ed è bellissimo, Rhys. Apprezzo lo sforzo. Davvero. È solo che... Non lo so, è come se ci fossero delle aspettative per il dopocena e ora quella è l'unica cosa a cui riesco a pensare."

Rhys posò il bicchiere. "Io non mi aspetto nulla. E di sicuro non mi aspetto che tu venga a letto con me al nostro secondo, vero appuntamento dall'anno scorso. Volevo solo farti sapere quanto sei speciale."

Argh! Hanna lo sapeva. Perché ne stava facendo un dramma? In fondo, era già stata con degli uomini. Andava per i trenta, santi numi. Era solo che non era mai stata con *quell'*uomo. Quello che desiderava da quando era ragazzina. "Credo che l'intensità di tutto sia un po' schiacciante."

Rhys la guardò per un istante, quindi annuì in segno di comprensione. "D'accordo. Cambiamo ambiente." Prese il piatto con l'insalata il bicchiere di sidro e si alzò. "Forza. Prendi il bicchiere e il piatto. Andiamo sul divano."

"Cosa?" Hanna rise mentre faceva come le era stato detto e seguì Rhys in salotto.

L'uomo prese posto all'estremità del divano e diede un colpetto sul cuscino per farle segno di mettersi comoda accanto a lui. "Proprio qui, tesoro. Come al solito."

Hanna ridacchiò mentre si lasciava cadere sul divano. "Di solito prendiamo il cinese e guardiamo un film brutto."

"Possiamo fare così la prossima volta, se questo non funziona." Rhys bevve un lungo sorso di sidro e le fece cenno di fare lo stesso.

Finalmente, le farfalle si tranquillizzarono e lei assaggiò il sidro. Chiuse gli occhi e trovò il gusto fresco e vivace, con note di ciliegia. "Slurp. Accidenti, Rhys. È buonissimo."

"Lo credi davvero?"

Hanna aprì gli occhi. E il modo in cui lui la guardava, con gli occhi pieni di calore, le diede la sensazione che stesse pensando che fosse lei a essere deliziosa. Ma in qualche modo, ora che erano sul suo vecchio divano, lei non avvertiva più la strana impressione di prima, nonostante il desiderio dell'uomo fosse palese. Non aveva idea del perché si sentisse più a proprio agio sul divano, ma adorava che Rhys avesse saputo esattamente come farla rilassare. "Lo so. Lo adoro. È quello che hai preparato per Lincoln Townsend?"

"Già. In settimana gliene porterò qualche campione." Rhys si voltò verso di lei e le ravviò un ricciolo dietro l'orecchio. "Vuoi venire con me?"

"Sì," rispose Hanna senza esitazione. Adorava la famiglia Townsend, soprattutto Lincoln. Accompagnare Rhys le avrebbe dato la possibilità di controllare come stava l'uomo, di vedere come se la cavava ora che aveva concluso la terapia per il tumore.

"Ottimo. Adesso mangia l'insalata, così possiamo passare alla bistecca. Pensavo che avessi fame."

"Ne avevo, ma..." Hanna fece spallucce e mangiò un boccone di insalata. Il gusto le esplose sulla lingua. Rhys aveva usato una qualche vinaigrette aromatizzata; lei non sapeva esattamente quale. "Melograno?" tirò a indovinare.

"Quasi," disse annuendo lui. "È una combinazione di lampone e melograno. È buona, vero?"

"È ottima." Hanna spostò l'attenzione da Rhys all'insalata e un attimo dopo si ritrovò col piatto vuoto. Se avesse avuto del pane, lo avrebbe intinto nel condimento rimasto.

"Mi sa che ti è piaciuta," disse ridacchiando l'uomo, prendendole il piatto.

Hanna si alzò dal divano e lo seguì a tavola, ma invece di portare il piatto con la carne e la verdura al divano, si sedette a tavola e gli fece cenno di prendere posto di fronte a lei. "Adesso va bene, Rhys. Godiamoci questa bella tavola. Possiamo tornare al divano per il dolce."

Lui le rivolse un mezzo sorriso sexy. "Suona bene."

LA SPINACINA si era rivelata il cibo migliore che Hanna avesse mangiato dall'ultima volta in cui lei Rhys si erano visti. Quell'uomo era un vero esperto di tagli di manzo morbidi e delicati e lei aveva sentito la mancanza della sua perizia. Lasciata a se stessa, normalmente lei avrebbe lasciato perdere, perché ciò avrebbe significato cucinare, cosa per cui lei non aveva davvero il tempo. Non se voleva dormire qualche ora prima di recarsi al lavoro al sorgere del sole.

"Mangiamo il dolce o vuoi andare in paese per fare una passeggiata lungo il fiume?" chiese Rhys.

Hanna lanciò un'occhiata alla bottiglia di sidro vuota, quella che aveva svuotato lei, e disse: "Ne hai dell'altro?"

Rhys ridacchiò. "Sì."

"D'accordo. Prendilo e andiamo verso il fiume. È una splendida serata."

"D'accordo." Rhys svanì per un attimo in cucina e tornò con una bottiglia di sidro piena e un paio di bicchieri di plastica.

Rhys, che aveva bevuto solo un bicchiere, guidò giù per la

collina e parcheggiò la Jeep in Main Street. Con il sidro e due bicchieri in mano, condusse una Hanna già leggermente brilla lungo la strada speciale riservata alle auto da golf, che conduceva al fiume. La luna splendeva brillante nel cielo e la notte profumava di rugiada fresca ed erba tagliata.

"È proprio bello," disse Hanna, aggrappandosi al braccio di Rhys e appoggiandosi a lui. "Romantico. È l'appuntamento perfetto, Rhys."

"Con te, è sempre tutto perfetto," disse lui.

Hanna sbuffò, completamente divertita da quell'affermazione. "Sei ridicolo."

"Forse. Ma è la verità." L'uomo le baciò la sommità del capo e proseguì lungo la strada.

Il cuore di Hanna si sciolse leggermente e lei giunse alla conclusione che il ridicolo le andava bene. Anzi, benissimo.

"Hanna? Rhys? Siete voi?" chiamò una voce proveniente dalla riva del fiume.

Hanna si staccò da Rhys e strinse gli occhi. Vicino alla riva, riusciva a intravedere appena i contorni di un'auto da golf. "Wanda? Sei tu?"

"Sì. Venite qui. La sorgente termale è fantastica." Wanda era l'amica con cui Abby faceva le gare di auto da golf e in generale, se a Keating Hollow succedeva qualche bravata, Wanda era al centro di tutto. Il divertimento era la sua religione. Fra lei ed Abby c'era una rivalità amichevole nelle gare di auto da golf e, per quanto ne sapeva Hanna, Abby aveva un vantaggio a due cifre.

Hanna lanciò un'occhiata a Rhys. "Forse dovremmo andare a salutare."

"Certo. Se vuoi," disse lui, che già si era voltato verso la riva.

Hanna, a onor del vero, non aveva poi tanta voglia di salutare. Il tempo trascorso da sola con Rhys le piaceva e avrebbe voluto tenere per sé l'uomo, ma sarebbe stato maleducato ignorare le altre.

Mentre loro due si avvicinavano, delle risate filtrarono attraverso l'aria notturna, aleggiando dalla direzione del fiume. E quando giunsero sulla cima del dolce pendio dell'argine, Hanna vide la seconda auto da golf. A giudicare dagli spruzzi di fango sulla fiancata dell'auto di Abby Townsend, si poteva dare per scontato che le due avessero già gareggiato quella sera.

"Hanna!" chiamò Abby dall'acqua. Faith, Wanda, Brian, Shannon e la nuova arrivata, Luna, erano tutte con lei nella sorgente naturale adiacente al fiume. "Venite qui."

Dopo essersi tolta le scarpe, Hanna si recò sulla riva del fiume e lanciò loro un'occhiata. "Chi ha vinto, questa volta?"

Abby gemette mentre Wanda si sollevava nell'acqua e puntava entrambi gli indici nella propria direzione. "La mia squadra l'ha presa a calci nel sederino. Sto recuperando, bellezza!"

"Ti abbiamo aiutato noi," disse Brian, levando gli occhi al cielo. "Senza quei draghi di fuoco che danzavano sul fiume, Abby non si sarebbe mai distratta abbastanza da finire in quella pozzanghera gigantesca che Faith aveva creato con quella pessima ninfa acquatica che non riusciva a controllare."

Le gare di auto da golf erano piene di ostacoli magici. Le regole consistevano nel fatto che non c'erano davvero delle regole e i conducenti, spesso, sceglievano i compagni di squadra sulla base del loro talento magico.

"Draghi di fuoco danzanti?" chiese Hanna. "Mi piacerebbe davvero vederli."

"Allora porta qui il tuo bel culetto e io ripeterò lo spettacolo."

Rhys si schiarì la voce. "Ci stai provando con la mia ragazza, Brian?"

"Io?" chiese innocentemente l'uomo in questione. "Mai."

"Certo, Bri," disse sbuffando Shannon, la donna che gestiva la cioccolateria della signorina Maple. "Come no."

Brian era più o meno nuovo in paese. Era il miglior amico di Jacob, il fidanzato di Yvette Townsend, e si era trasferito a Keating Hollow circa un anno prima. Era uscito qualche volta con Faith prima che lei si mettesse con Hunter. Hanna si chiese con chi si sarebbe accoppiato. Al momento, sembrava che si stesse tenendo aperte più opzioni, con Shannon da una parte e Luna dall'altra.

"Ciao, Luna," disse Hanna. "Come va alla spa?"

"Benissimo," rispose quasi timidamente la ragazza mentre si immergeva un po' di più nella fonte. "Faith è meravigliosa e a me piace molto lavorare lì."

"Ottimo." Hanna le sorrise.

"Venite qui o cosa?" chiese Wanda. "È meraviglioso. Soprattutto se avete bisogno di ricaricare le batterie."

Hanna guardò Rhys. "Che ne dici?"

Lui fece spallucce. "Non abbiamo i costumi."

Faith fischiò sonoramente. "Chi ha bisogno di costumi? Mettetevi in mutande. È quello che abbiamo fatto noi."

Hanna arrossì. "Mi serve dell'altro sidro."

Rhys ridacchiò e le riempì il bicchiere. "Tieni."

"Grazie." Hanna tranguiò il sidro e chiese un rabbocco.

Rhys si sporse. "Non dobbiamo farlo, se ti mette a disagio."

Lei scosse la testa. "No. Voglio farlo." Il suo piede scivolò leggermente nell'erba, facendola barcollare.

Rhys la afferrò e ridacchiò. "Occhio. Tutto bene?"

"Sì." Hanna si sentiva benissimo e l'idea di stringersi a Rhys nell'acqua era fin troppo allettante. Sorridendogli, gli porse il bicchiere, si tolse la gonna e si sfilò la camicetta.

Gli occhi di Rhys per poco non uscirono dalle orbite mentre la fissava.

Hanna sostenne il suo sguardo per un momento. Poi rise e corse nella fonte. L'acqua era magnifica. Era calda, ma non troppo, e la sosteneva abbastanza da permetterle di galleggiare anche in quei punti in cui lei non toccava.

L'uomo magnifico che aveva lasciato sulla riva la seguì con lo sguardo fino a quando lei non sollevò un dito per invitarlo a raggiungerla. Rhys non esitò. Si tolse camicia e pantaloni, ma prima che potesse tuffarsi nella fonte, Hanna esclamò: "Porta il sidro!"

Disponibile come sempre, Rhys riempì entrambi i bicchieri ed entrò in acqua. Le diede un bicchiere e fece passare l'altro per farne assaggiare il contenuto.

Mormorii di approvazione si diffusero all'interno del gruppetto e presto la bottiglia fu vuota.

"Luna," biascicò leggermente Hanna. La sua vista cominciava ad annebbiarsi un po'. Ops. Forse aveva bevuto un po' troppo. Deglutì e cercò di concentrarsi sulla nuova arrivata. "Parlaci un po' di te. Di dove sei?"

Luna abbassò lo sguardo sull'acqua mentre diceva: "Vengo dalla baia di San Francisco, a nord."

"Oh? Marin County?"

Luna annuì.

"È una zona bellissima," disse Hanna, strizzando gli occhi per distinguere il volto di Luna. Ma l'altra donna era completamente sfocata. Quando Hanna parlò di nuovo, la sua voce era un po' troppo alta, ma lei sembrava incapace di controllarsi. "Una volta, ho fatto un servizio fotografico a Point Reyes. Io adoro la costa, e tu?"

"Non era male."

"I tuoi genitori vivono ancora laggiù?" chiese Faith, spostandosi per andare a sedersi accanto a Luna.

L'altra donna scosse la testa. "No. Sono cresciuta in affidamento. Me ne sono andata non appena ho compiuto diciott'anni."

La conversazione morì lì. Hanna si allungò per cercare di dare un colpetto sulla spalla di Luna, ma lei si voltò proprio in quel momento e Hanna finì con lo schiaffeggiarla per errore.

"Ahi!" esclamò Luna.

"Oddio! Scusa tanto." Hanna si avvicinò per dare un'occhiata al danno che aveva fatto, ma non riusciva a schiarirsi la vista e faticava a tenere sollevata la testa. Si sentì affondare nell'acqua e, quando prese fiato, ingoiò una boccata di acqua di fonte. I suoi polmoni si contrassero e cominciò a tossire in maniera incontrollabile nel tentativo di espellere il liquido. Le vennero le lacrime agli occhi e sentì la gente parlarle attorno, ma la sua vista cominciava a oscurarsi. Le stelle si trasformarono in fari abbacinanti e, all'improvviso, Hanna fu presa dal panico.

"Rhys! Rhys!" sputacchiò.

"Ci penso io, Hanna," disse la voce rilassante dell'uomo nel suo orecchio. "Va tutto bene."

Hanna sentì le braccia forti dell'uomo avvolgersi attorno a lei e la fredda puntura dell'aria notturna. Sbatté le palpebre e lo guardò, non sapendo esattamente cosa fosse successo. Ma il mondo stava girando e il suo stomaco era in rivolta.

"Ti riporto a casa, d'accordo?" disse l'uomo.

"Va bene." Hanna chiuse gli occhi e pregò di non vomitargli addosso.

CAPITOLO 17

*R*hys fissò il viso pacifico di Hanna con cuore colmo di amore. Dopo che il sidro le aveva fatto lo sgambetto, la sera prima, lui l'aveva riportata a casa sua, le aveva infilato una delle sue magliette larghe e l'aveva messa a letto. Era stato combattuto se lasciarla sola e dormire nella stanza per gli ospiti o restare a tenerla d'occhio. Durante il viaggio in Jeep, la donna era stata semi-cosciente, ma poi aveva iniziato a perdere e riprendere conoscenza. Alla fine, Rhys era giunto alla conclusione che non sarebbe mai riuscito a dormire se si fosse preoccupato per lei dall'altra parte della casa.

Per cui, aveva indossato un paio di pantaloni della tuta, si era messo a letto accanto a lei e l'aveva tenuta stretta al punto da sentirla respirare profondamente nel suo orecchio. Subito dopo, si era addormentato e aveva dormito meglio di quanto avesse fatto da anni.

La luce del mattino filtrò attraverso la finestra e brillò sul volto di Hanna. Rhys si sollevò su un gomito e le scostò i riccioli arruffati dagli occhi.

Hanna mormorò qualcosa e rotolò verso di lui,

chiudendogli la mano sul petto mentre apriva lentamente gli occhi.

"Ciao," mormorò lui.

Le labbra di Hanna si curvarono in un sorriso minuscolo. Ma poi la donna si accigliò e, all'improvviso, si ritrasse e si guardò attorno. "Ehm, Rhys?"

"Sì, splendore?" Lui non riusciva a non sentirsi divertito dalla confusione mattutina di lei.

"Cosa ci faccio in camera tua?" Hanna sollevò le coperte e abbassò lo sguardo su di sé e sulla maglietta che indossava.

"Hai smaltito il troppo sidro." Rhys le diede un bacio sulla fronte. "A quanto pare, la combinazione della sorgente calda e del sidro ti ha tagliato le gambe e io ho dovuto metterti a letto. Avevo pensato di riportarti a casa tua, ma la tua auto è qui. E poi, non volevo frugarti nella borsa per cercare le chiavi di casa, per cui ti ho portata qui e ti ho tenuta d'occhio."

"E non hai fatto altro?" Hanna passò lo sguardo sul corpo di Rhys, soffermandosi sul suo petto nudo.

Accidenti, pensò lui. Aveva sognato per anni di svegliarsi accanto a lei, ma nella sua mente la scena era stata un po' meno casta. "Confesso che ti ho abbracciata. Spero che non ti dispiaccia troppo."

Hanna si morse il labbro inferiore e distolse lo sguardo. "No, non mi dispiace." Il suo volto era contratto dall'imbarazzo quando lei tornò a guardarlo. "Mi dispiace, Rhys. Cavolo. Non volevo comportarmi come una ragazzina stupida. Davvero ho bevuto così tanto?"

Rhys sollevò una spalla. "Non credo che tu abbia bevuto *tantissimo*. Il sidro non è più alcolico delle birre che serviamo al birrificio."

Hanna si sollevò e si accigliò. "Mmm. Non avrei dovuto ubriacarmi così tanto, soprattutto visto che ho cenato."

"Come ti senti?" chiese Rhys, lanciandole un'occhiata. "Qualche postumo?"

Hanna scosse la testa. "No. Anzi, sto bene." Gli sorrise. "Mi sa che ti sei preso buona cura di me."

"E lo farò sempre, amore." Rhys si alzò dal letto e si infilò una maglietta. "Non devi andare a lavorare?"

Hanna lanciò un'occhiata all'orologio e gemette. "Non poteva essere il mio giorno libero?"

"Dai, vai a fare una doccia. Io ti preparo la colazione."

Hanna lanciò un'occhiata al bagno in camera e poi a lui, come se fosse combattuta. Rhys conosceva la sensazione. L'impulso a tornare a letto con lei era quasi travolgente. Ma non era il momento. Quando avrebbero finalmente fatto quel passo nella loro relazione, non sarebbe accaduto frettolosamente. Lui avrebbe assaporato ogni centimetro di lei.

"Prepara il caffè," disse, per poi costringersi a scendere.

RHYS RIMASE in piedi sulla soglia a guardare Hanna che imboccava la strada con l'auto. Attese che la RAV4 svanisse oltre la curva, quindi chiuse la porta e tornò alla sua casa incredibilmente silenziosa. Era strano come una notte con lei nel suo spazio, all'improvviso, lo spingesse a chiedersi come avesse fatto a vivere da solo tanto a lungo. L'idea di non trovarla lì una volta uscito dal lavoro, quella sera, lo faceva sentire un po' solo. E ciò lo contrariava.

Doveva darsi una calmata. Ritrovare una sorta di normalità. Avrebbe dovuto prenotare una sessione di deltaplano o andare all'aeroporto. Ma non aveva tempo per nessuna delle due cose, per cui, invece, indossò i vestiti da corsa e andò nel bosco. L'aria fresca e la nebbiolina rendevano quella mattinata perfetta per una corsa. Il battere dei piedi sulla terra era un ritmo che di solito lo tranquillizzava e lo stabilizzava. Ma ciò non accadde, non importava quanto lui cercasse di concentrarsi.

Tutto ciò a cui Rhys riusciva a pensare era Hanna e il farla finalmente sua una volta per tutte. La immaginò vestita di bianco, accanto a lui, che si votava per sempre a lui. La scena nella sua mente si trasformò in Hanna che teneva in braccio una neonata avvolta in una morbida coperta rosa: le sue due ragazze che lo guardavano sorridendo. Le prime parole, i primi passi, il primo giorno di scuola, era tutto lì, nella sua mente.

Arrivato che fu a dodici chilometri, ritrovatosi di nuovo nel suo cortile, Rhys aveva un piano. Ma gli serviva un piccolo aiuto.

Dopo una doccia veloce e un altro caffè, Rhys salito sulla Jeep e si diresse verso A Touch of Magic.

La porta della spa di Faith era ancora chiusa a chiave quando Rhys arrivò, ma lui vide Lena seduta al banco della reception e sussultò. Erano usciti insieme per un breve periodo, non molto tempo prima, ma quando lei aveva cominciato a chiedere qualcosa di più, lui aveva interrotto la relazione. Non sarebbe stato giusto illuderla, quando lui sapeva benissimo di essere innamorato di un'altra.

Rhys non riusciva a ricordare un'epoca in cui non fosse stato innamorato della sua migliore amica. Certo, aveva frequentato alcune ragazze all'università, quando aveva avuto la certezza che nulla sarebbe potuto derivare da una relazione con Hanna, ma non aveva mai provato quell'inebriante misto di amore, desiderio e pura amicizia con nessuna di quelle altre donne. Esso era riservato per Hanna. E, per quanto lo riguardava, lo sarebbe stato per sempre. Gli dispiaceva aver ferito Lena, ma sarebbe stato molto peggio lasciarle credere che per loro ci fosse una possibilità.

"Lena?" chiamò mentre bussava sul vetro. Sapeva che lei lo aveva sentito, perché sollevò la testa e lo guardò. Solo che, invece di venire alla porta, la donna abbassò lo sguardo e continuò a lavorare al computer. "Lena?" riprovò Rhys. "Sto cercando Faith. È qui?"

La receptionist smise di scrivere per un momento, ma non sollevò lo sguardo. Le sue dita ricominciarono a volare sui tasti mentre continuava a ignorarlo.

"Accidenti, Lena," borbottò Rhys, per poi tirare fuori il telefono e cercare il numero di Faith. Quando si rese conto di non averlo, chiamò il numero di telefono scritto sulla porta.

"Spa A Touch of Magic, parla Lena. Come posso aiutarla?"

"C'è Faith? Devo parlarle," disse Rhys nel telefono.

"Oh. Sei tu." Lena sollevò la testa e lo fissò dritto negli occhi. "Volevi prendere appuntamento?"

"No. Devo parlare con Faith. C'è?" ritentò Rhys.

"No." Cadde la linea e Rhys si accigliò.

"Buongiorno," disse una voce sommessa alle sue spalle.

Rhys si voltò e vide Luna con in mano un vassoio di caffè dell'Incantation Cafè. La bella ragazza dai capelli biondo miele gli sorrise gentilmente, gli occhi verdi dolci e amichevoli.

"Hai appuntamento presto?" chiese la ragazza, bussando alla porta.

"No. Sto cercando Faith," disse Rhys.

"Ah, è ancora al bar. È passata a vedere come sta Hanna. Voleva assicurarsi che non stesse troppo male dopo ieri sera."

"Giusto," disse Rhys, chiedendosi se non fosse il caso di andare al bar. Ma se lo avesse fatto, Hanna avrebbe saputo perché lui aveva bisogno di parlare con Faith. No. Avrebbe aspettato alla spa. "A me ha detto che si sentiva bene."

"Beata lei. L'ultima volta che mi sono ubriacata, ho vomitato per giorni." La donna rise e quel suono argentino gli ricordò Faith. Forse, ora che lavoravano insieme, si stavano influenzando a vicenda.

"Credo sia stata colpa della combinazione della sorgente calda e del sidro. Adesso sta bene," disse Rhys, tanto per rassicurare se stesso quanto lei.

"Può darsi," disse annuendo Luna.

Il suono di una serratura che scattava attirò l'attenzione di Rhys. Lui sollevò lo sguardo appena in tempo per vedere Lena allontanarsi dalla porta.

"Entra pure ad aspettarla. Sono sicura che arriverà a momenti," disse Luna.

Rhys lanciò un'occhiata al cipiglio di Lena e per poco non si prese paura. Ma se voleva arrivare fino in fondo al suo piano, ci sarebbe voluto parecchio coraggio. Non c'era momento migliore per farsi forza del presente. "Grazie."

Seguì la donna nella spa elegante. L'aria era permeata da un profumo di vaniglia che lo rilassò all'istante. "Questo posto è fantastico."

Lena fece una risata sarcastica e voltò loro le spalle.

"Qualcosa non va?" le chiese Luna.

"No. È solo che non mi interessa intrattenere uno che non riesce nemmeno ad aspettare i quarantacinque minuti che mancano all'apertura," disse, gettandosi dietro le spalle i lunghi capelli scuri.

Luna spostò lo sguardo fra Rhys e Lena, un'espressione perplessa sul viso.

Rhys si chinò a bisbigliare: "Una volta, uscivamo insieme. L'ho lasciata durante le feste."

"Capisco," bisbigliò di rimando la donna. "Mi sa che c'è rimasta male."

Rhys si limitò a sollevare una spalla. Non si erano frequentati molto a lungo. Lui faticava a capire perché Lena fosse così contrariata.

La sua ex lo fulminò con lo sguardo e poi, con le mani chiuse a pugno, uscì a grandi passi dalla reception per andare sul retro.

"Brutta storia," disse Luna.

"Puoi dirlo forte." Rhys si accigliò. "Sono passati quasi tre mesi. Non può avercela ancora con me, vero?"

Luna ridacchiò. "Oh, Rhys. Sei proprio un uomo."

"Che significa? Hai qualche rivelazione da farmi?" Più che altro, Rhys era curioso.

"Ti sei appena rimesso con Hanna, giusto?"

Rhys annuì.

"È proprio questo il punto. Finché tu eri single, Lena poteva continuare a sperare che le cose fra di voi sarebbero funzionate, oppure poteva consolarsi all'idea che tu non volessi avere una relazione. Nessuna delle due cose è più vera. Il suo ego ha subito un duro colpo."

Rhys rimase a bocca aperta. "Davvero? Mi sembra un po' tirata."

"Benvenuto al cervello femminile." Luna gli diede un buffetto sul petto. "Vieni. Ti accompagno nell'ufficio di Faith."

Rhys la seguì lungo il corridoio dalla luce soffusa, fino a quando non raggiunsero la porta in fondo.

"Eccoci." La donna aprì la porta e accese la luce. L'ambiente era accogliente, con un morbido divano lungo una parete e un paio di poltrone abbinate di fronte a esso. In fondo alla stanza c'era una scrivania piena di foto della famiglia di Faith, di Hunter e di Zoey.

"Grazie. Te ne sono grato," disse Rhys. "Ho bisogno di

qualche consiglio riguardo a Hanna e non potevo proprio chiederlo davanti a Lena."

"È perfettamente comprensibile." Luna fece per andarsene, ma si fermò. "Faith e Hanna sono ottime amiche, vero?"

"Sì. Sono molto legate. Come sorelle," disse Rhys, annuendo mentre affondava nel divano di Faith. "Si conoscono da tutta la vita."

Luna sospirò amareggiata. "Mi sono sempre chiesta come sarebbe stato avere una sorella, avere un legame del genere. Sono stata quasi sempre da sola, sai?"

"Beh, non devi più chiedertelo, cara Luna," disse Faith mentre entrava nella stanza. "Perché adesso siamo una famiglia. E non ti libererai più di me."

Il sorriso di Luna le illuminò completamente il volto. "Sei troppo gentile con me, Faith."

"Temo di non esserlo abbastanza. Non se tu non ti rendi conto che ti ho già messo le zampe addosso." Faith ammiccò a Luna. "Seriamente: tu sei fantastica e io non potrei essere più felice di averti qui, tanto a livello personale quanto a livello professionale."

"Grazie, Faith," disse timidamente Luna. "Anch'io mi trovo molto bene qui."

"Ottimo." Faith ricambiò il sorriso della donna, quindi dedicò la propria attenzione a Rhys. "Hai avuto la possibilità di avere questa creatura magica al lavoro sulla tua schiena?"

Rhys scosse la testa. "No; anzi, è da un paio di settimane che non riesco a prendere appuntamento. È sempre pieno."

"Cosa?" Faith si accigliò e prese il telefono. "Lena? Sì. Ho bisogno che tu segni Rhys per questa settimana, da qualche parte. No, non mi interessa se è tutto pieno. Segnalo prima dell'apertura, se devi." Vi fu una pausa. Poi, Faith sbraitò: "E non provare mai più a dirgli di no. Trova una soluzione o chiedi a me. È uno dei miei migliori clienti da quando abbiamo aperto." Faith sbatté il telefono nella sua base e scosse la testa, palesemente infastidita. Quando sollevò lo sguardo, era tutta sorrisi. "Dopodomani alle nove. Va bene?"

"Va benissimo," disse Rhys. "Grazie."

"Vado a preparare le salette," disse Luna. "È stato un piacere parlare con te, Rhys."

"Anche per me." Lui la salutò mentre lei svaniva in corridoio.

"D'accordo," disse Faith, prendendo posto su una delle poltrone. "Come mai sei qui? Per lamentarti di Lena?"

Rhys rise. "No. Ma lei sembra odiarmi parecchio."

"Le passerà." Faith si sporse e giunse le mani. "Allora?"

"Ho bisogno del tuo aiuto." Il nervosismo serrò lo stomaco di Rhys. "Hai tempo, oggi o domani, per andare da Vallente?"

"Da Vallente? Perché... Oh! Oddio!" Faith balzò in piedi e sussultò mentre aggiungeva: "Rhys, non vorrai... Vuoi farlo sul serio, vero?"

"Sì. È già passato abbastanza tempo." L'entusiasmo di Faith gli strappò un sorriso. Era la cosa giusta da fare. Ne era sicuro.

"Troverò il tempo. Vediamo." Faith corse al computer e passò in rassegna il calendario. Si morse il labbro inferiore mentre rifletteva. Poi, il suo sguardo si illuminò e lei afferrò il telefono. Dopo aver digitato un numero, disse: "Abby? Devo spostarti l'appuntamento. Lo so, ma è importante. Fidati: quando saprai il perché, sarai entusiasta." La donna giocherellò con la penna e annuì. "Sì, davvero. D'accordo, passa dopo la chiusura. Farò gli straordinari." Faith mostrò il pollice sollevato a Rhys. "Ci vediamo allora. Ti voglio bene!" Il telefono sferragliò mentre lei lo lasciava ricadere al suo posto.

"Non dovevi cancellare un appuntamento e poi fare gli

straordinari," disse Rhys, sentendosi in colpa per scombinato l'agenda di Faith.

"Sì che dovevo. Sono libera alle undici. Ci vediamo laggiù?"

"Certo." L'entusiasmo e il nervosismo si mescolarono in Rhys, rendendolo ansioso. E poi nauseato. Se voleva farlo davvero, avrebbe dovuto parlare con i genitori di Hanna. Lanciò un'occhiata all'orologio. Aveva due ore. Era ora di prendere la situazione di petto.

CAPITOLO 18

*R*hys era nella veranda della facciata di casa Pelsh e gli veniva da vomitare. Sapeva cosa avrebbero pensato i due. Porca miseria, lo avrebbe pensato lui stesso. Lui e Hanna si erano frequentati per qualche mese più di un anno prima ed erano tornati insieme da cinque minuti. Non sarebbe andata bene, ma lui lo avrebbe fatto comunque.

Traendo un respiro profondo per farsi forza, Rhys bussò alla porta.

Essa si aprì quasi immediatamente. "Era ora che ti decidessi a bussare," disse Mary Pelsh, senza nemmeno curarsi di nascondere la contrarietà. "Pensavo che saresti andato avanti a camminare avanti e indietro per tutta la mattina."

"Buongiorno, signora Pelsh," disse lui, ignorando lo sfogo della donna. "Speravo di poter parlare con lei e con il signor Pelsh per qualche minuto."

"Walter!" chiamò Mary. "C'è quel ragazzo che piace tanto a te e a Hanna."

Quel ragazzo. Quello sì che era divertente. L'ultima volta che Rhys aveva controllato, andava per i trenta.

"Rhys? Sei tu?" udì chiamare da Walter Pelsh. "Era ora che venissi a trovarmi." Il signor Pelsh apparve sulla soglia, la luce del sole che rimbalzava sulla sua testa rasata. Fece entrare Rhys in casa e chiese: "Cos'hai fatto di bello negli ultimi tempi, amico mio?"

"Il solito. Lavoro al birrificio, faccio escursioni, vado in deltaplano. Niente di che."

Walter scoppiò a ridere di gusto. "Hanna ha detto che hai preso la licenza di pilotaggio. Non è proprio 'niente di che.'"

La signora Pelsh si produsse in uno sbuffo di disapprovazione mentre li seguiva e Rhys ebbe un sussulto.

"Su, Mary," disse Walter, rimproverandola bonariamente. "Il ragazzo vive solo la sua vita. Non c'è nulla di male in questo."

"Invece c'è, se si comporta in maniera irresponsabile e fa del male a Hanna," disse la donna.

Rhys non sapeva come prendere quell'affermazione. Era attento in tutto. Era responsabile, curioso e, soprattutto, rispettava i pericoli degli sport estremi che praticava. Non che avrebbe definito estremo volare in aeroplano. Ma capiva il punto di vista della signora Pelsh.

"Cosa c'è di irresponsabile nel volare?" chiese Walter in tono non conflittuale. "Tu hai già volato in passato, Mary. Anzi, abbiamo persino volato in uno di quei jet privati fino a Tahoe, quell'anno. Te lo ricordi?" L'uomo si rivolse a Rhys. "Avevo un amico, a Trinidad, che decise di scapparsene a Tahoe e ci portò tutti all'ultimo minuto. Che roba."

"Già, che roba. Sei rimasto verde per due giorni dopo la turbolenza," disse Mary, andando in cucina. Trafficò con il bollitore e Rhys si rese conto che era solo un modo per tenersi le mani occupate. La donna era una strega dell'aria, con un particolare talento per la telecinesi. Se voleva preparare del tè, le bastava muovere una mano e il resto andava da sé.

"Non possiamo avere tutti lo stomaco di ferro, no?" Walter si sedette a tavola e spinse un vassoio di croissant verso di lui. "Siediti. Mangia qualcosa mentre ci aggiorniamo."

Rhys obbedì, ma evitò i croissant. Era troppo nervoso. Non capitava tutti i giorni di chiedere la mano di una donna.

"Che fine ha fatto, signor Pelsh?" disse Rhys. "Non l'ho più vista al bar."

"Perché sono in pensione," disse l'uomo, gonfiando il petto come se avesse compiuto un'impresa impossibile.

"A me non sembra," borbottò sottovoce Mary.

Quelle parole strapparono un'altra risata a Walter. L'uomo si sporse verso Rhys. "Ho iniziato a coltivare un vigneto."

"Si è dato al vino?" chiese Rhys con un sopracciglio inarcato.

"Già. Ho tenuto per anni un piccolo vigneto, ma ora che Hanna è diventata socia del bar, ho il tempo per seguire le mie passioni. Imbottiglierò i miei primi vini quest'autunno."

"Wow. È incredibile. Congratulazioni," disse Rhys, entusiasta per l'uomo. "È davvero elettrizzante."

"Proprio così." Walter rivolse un cenno del capo a sua moglie quando lei posò sul tavolo una caraffa di acqua calda, due tazze e una selezione di foglie di tè di fronte a loro. "Grazie, tesoro. Ti siamo grati."

"Sì, signora Pelsh. I tè hanno un aspetto meraviglioso."

"Prego," disse la donna con quello che suonava come un sospiro di sconfitta. Poi prese una tazza per sé e la panna e lo zucchero prima di raggiungerli.

Il signor Pelsh scelse il tè verde all'acai e lo mise in infusione.

Rhys lo imitò e disse: "Sarei felicissimo di aiutarla in

qualunque modo possibile con la vinificazione. Ho avuto qualche successo con il sidro alla birreria. Lincoln Townsend mi ha chiesto di preparare alcuni lotti e, se andrà tutto bene, presto loro entreranno anche in quel mercato."

"Magnifico!" Il signor Pelsh lanciò un'occhiata alla moglie. "Te l'avevo detto che avrebbe fatto strada."

"Già, si farà di nuovo strada nella vita di Hanna," disse lei, tenendo lo sguardo fisso su Rhys. "E poi ci toccherà raccogliere i pezzi."

"Mary. Basta con queste sciocchezze. La relazione di Hanna e Rhys è affar loro. Non tuo. Smettila di sabotarli." Walter era furioso, ora, e questo sconvolse Rhys. Non ricordava di aver mai visto i genitori di Hanna litigare. E non era per niente compiaciuto del fatto che la causa del litigio era lui.

"Chiedo scusa, signor Pelsh," disse Rhys. "Credo che la signora Pelsh abbia tutto il diritto di essere scettica nei miei confronti. Ammetto pienamente che, in passato, sono stato riluttante a prendere impegni nei confronti di Hanna. Ma mi creda, ciò non ha nulla a che vedere con il mio amore per lei." Raddrizzò la schiena e, per la prima volta, udì davvero le sue parole. "Anzi, come non detto. Probabilmente, ha tutto a che vedere con il mio amore per lei."

"Ho sempre saputo che le volevi molto bene, figliolo," disse il signor Pelsh.

"Se l'ami tanto, Rhys, smettila di farle del male," mormorò Mary.

"Credo di dovere delle spiegazioni." Rhys bevve un lungo sorso di tè, nella speranza che esso lo rincuorasse. Purtroppo, non fu così fortunato. "Vedete, io sono portatore del gene che ha provocato le morti premature di mio padre e di mio nonno. Fino a questo momento, non mi ero mai aspettato di arrivare a quarant'anni."

"Questo spiega gli sport estremi," disse Walter con un sorriso carico di comprensione.

Rhys ridacchiò. "Sì... e no. Sapeva che, quando Hanna era alle superiori, diceva di voler imparare a volare?"

"No. Mia figlia non ha mai–" esordì Mary.

"Invece sì," disse Walter, interrompendola. "Circa un mese dopo che abbiamo perso Charlotte. Non ricordi che aveva cominciato a tormentarmi perché voleva prendere lezioni?"

Mary lo guardò sbalordito. "Davvero?"

"Sì. E tu non volevi. È per questo che aveva fatto le prove per entrare nella squadra di surf," disse l'uomo.

"Non volevo nemmeno quello," disse Mary nella tazzina.

"Era un momento difficile, tesoro. Non ti rimproverare troppo."

Rhys cominciò a sentirsi un intruso nel dolore decennale della coppia e si chiese se non fosse il caso di congedarsi.

"È per questo che avevo detto a Rhys di farlo con lei. Perché potesse tenerla d'occhio," aggiunse Walter, dando un colpetto sul braccio del giovane. "E lui lo ha fatto. Hanna non si è mai fatta male nel Pacifico."

Rhys rivolse un cenno del capo all'uomo più maturo. "Devo ammettere che è piaciuto moltissimo a entrambi. Era l'unica situazione in cui nient'altro ci sfiorava." Rhys si riferiva al dolore della perdita dei loro cari, ma l'esperienza era stata anche uno sfogo per le sue confuse emozioni di adolescente.

"Sappiamo tutti che il lutto richiede tempo, figliolo," disse Walter. "Tutti lo affrontano a modo loro. Immagino che fare surf sotto le indicazioni di un coach fosse meglio di una sedicenne che imparava a volare."

Rhys rise. "Già."

Mary si schiarì la voce. "Cosa c'entra il surf con la tua relazione con Hanna, Rhys? Cosa ti ha fatto cambiare idea e perché noi dovremmo essere felici che tu abbia improvvisamente deciso che sia giusto permettere a Hanna di percorrere con te il tuo incerto cammino?"

"Mary," disse Walter a voce molto bassa. "Non stai dicendo quello che io penso tu stia dicendo, vero?"

"Certo che sì, Walter. Qualcuno deve pensare al bene di Hanna. Cosa credi che le succederà quando si ritroverà fra cinque anni con due figli e senza marito?" La donna rivolse a Rhys un'occhiata colma di sofferenza. "Non sto cercando di essere crudele, Rhys. Davvero." I suoi occhi scuri si colmarono di lacrime. "Anche tu hai avuto un ruolo enorme, nelle nostre vite. Nessuno vuole che tu ci lasci prematuramente. Ma non possiamo ignorare che c'è questo grosso rischio. E la nostra ragazza ne ha passate tante." Mary serrò le palpebre e scosse la testa. "Non so se sarei in grado di vederla soffrire ancora in quel modo."

Rhys non sapeva se la donna si riferisse alla sofferenza patita da Hanna dopo che avevano perso Charlotte o se stesse parlando dell'ultima occasione in cui Rhys aveva chiuso con lei. Nel secondo caso, sembrava un'affermazione piuttosto esagerata. Del resto, lui non era esattamente rimasto accanto a Hanna, no? Sapeva di averla fatta incazzare, ma non si era reso conto di averle spezzato il cuore. Stupido. Ecco che cos'è era. Completamente stupido.

Fu il suo turno di trarre un respiro profondo. Lo esalò lentamente e arrivò dritto al punto. "Ascolti, non so cosa succederà la settimana prossima, il mese prossimo o l'anno prossimo. Posso dirle che mi faccio controllare spesso da una guaritrice, che assumo farmaci preventivi e in generale che mi prendo molta cura di me stesso. Ho trascorso la mia intera vita da adulto cercando di proteggere Hanna da ciò che sarebbe potuto accadere. Ma poi, ho scoperto che anche lei è portatrice di un gene che potrebbe alterarle drasticamente la vita."

"A Hanna non succederà nulla," disse cocciutamente Mary Pelsh.

Walter si voltò verso di lei, le strinse delicatamente la mano e disse: "Speriamo di no. È improbabile che le succeda quello che è accaduto a Charlotte, ma non lo sappiamo per certo, tesoro."

Mary staccò la mano da quella del marito. "Non voglio parlarne."

"È giusto. Nemmeno io amo parlarne," disse Rhys. "Ma quel pensiero mi ha spinto a rendermi conto che Hanna è impavida. Non se ne sta con le mani in mano a preoccuparsi dei se. Vive senza rimpianti. È coraggiosa e ispiratrice e io intendo seguire il suo esempio. Se lei può essere coraggiosa, posso esserlo anch'io."

"Buon per te, figliolo. Allora, quando pensi di chiederglielo?" chiese Walter con un barlume negli occhi.

Mary prese bruscamente fiato. "Chiederle cosa?"

Rhys aveva le mani sudate e il cuore che batteva in maniera leggermente irregolare, ma si fece forza e si preparò farsi sbattere fuori da Mary Pelsh. "Signor e signora Pelsh, ho intenzione di chiedere a Hanna di sposarmi, domani. Prima, vorrei chiedere la vostra benedizione."

"Ma certo, Rhys," disse automaticamente Walter. "Ora che hai tirato fuori la testa dalla buca, sarei onorato di averti come genero."

"No!" esclamò la signora Pelsh. "È irresponsabile. Non puoi farle questo."

"Mary!" Walter si alzò e incombette sopra di lei, l'espressione colma di delusione. "Non puoi prendere questa decisione per Hanna. È la sua vita. Devi permetterle di viverla come desidera."

"Tu non sei lucido," disse sua moglie, ma la sua voce era bassa e un po' tremante.

"Solo a me sembra piuttosto che sia *tu* a non pensare con lucidità?" Walter incrociò le braccia. "Hai appena liquidato un uomo sulla base di un'anomalia genetica che lui non può controllare più di quanto Charlotte potesse controllare la sua. Che cosa avresti detto a lei se avesse smesso di vivere... se avesse smesso di amare... perché temeva per il suo futuro o per quello di Drew?"

"Charlotte era un'adolescente–" iniziò a dire Mary.

"Sapeva cosa le sarebbe successo," disse a bassa voce Walter, la voce gravata da un lutto decennale. "Lo sapevamo tutti. Eppure, qualcuno ha forse cercato di scoraggiare Drew?"

"No," disse Mary, fissando il tè.

"Ma lui è sopravvissuto, vero? Tu avresti privato Charlotte o Drew del tempo che hanno trascorso insieme, in nome dell'inevitabile?"

"No." Mary chiuse bruscamente le palpebre.

"In tal caso, spero che troverai la forza di accettare la risposta che Hanna darà domani, e ti suggerisco anche di chiedere scusa a Rhys. Lui non meritava di essere trattato come una persona di serie B." Walter non esitava a lasciar trapelare la frustrazione, ma la sua voce bassa era anche colma di comprensione. L'uomo più maturo si voltò verso Rhys. "Tu sei una brava persona e sarei onorato di chiamarti mio genero." Tese la mano.

Rhys avvertì una stretta di calore al petto mentre stringeva la mano dell'uomo. "La ringrazio."

Mary Pelsh si alzò in piedi, aprì la bocca, ma poi la richiuse di scatto e corse fuori dalla stanza. Si udì il rumore dei suoi passi sulle scale un attimo prima che la porta di una camera da letto sbattesse.

Walter sospirò. "Prima o poi se ne farà una ragione. Credo che, più di te, il problema sia il dolore rimasto dalla perdita di Charlotte."

"Vorrei poter fare qualcosa per alleviare le sue preoccupazioni," disse Rhys.

"Anch'io, figliolo. Anch'io."

CAPITOLO 19

*R*hys tamburellò rapidamente con le dita sul volante della Jeep. Aveva dormito solo quattro ore la notte prima e andava avanti a pura adrenalina e caffeina in quantità industriale. Era raro che bevesse più di una tazza, la mattina, ma aveva bisogno di coraggio liquido e l'alcol era fuori questione. Il caffè gli era venuto in soccorso, ma ora lui ne stava pagando il prezzo. Aveva i nervi a fior di pelle.

Ma poi la casetta di Hanna apparve alla vista e lui vide la donna seduta sul dondolo della veranda. Indossava dei leggings, una felpa e gli stivali da escursione e sembrava la sua fantasia divenuta realtà. Rhys adorava che lei fosse entusiasta quanto lui di fare sedici chilometri di escursione fino alla sommità di una radura, non solo per il panorama, ma anche perché apprezzava la sfida quanto lui.

Rhys parcheggiò la Jeep dietro alla RAV4 di Hanna e saltò giù. "Sembri prontissima."

"Ero pronta mezz'ora fa," disse lei, sporgendosi per dargli un tenero bacio sulle labbra.

"Vuoi dire che ho bevuto tre tazze di caffè senza motivo?"

"Oh, Rhys. Eddai." Le belle labbra di Hanna si curvarono verso il basso per la disapprovazione. "Sarai nervoso per tutta la giornata."

"Nah. Sto bene," mentì lui. Hanna aveva ragione, naturalmente. Non era riuscito a tenere la gamba ferma durante il tragitto. Ma chi poteva biasimarlo? Quello avrebbe potuto essere il giorno più importante della sua vita. "Vieni qui." La attirò in un abbraccio, avvolgendola fra le braccia solo perché poteva.

"Ti batte fortissimo il cuore," disse lei, premendogli una mano sul petto. "Sarà meglio che tu beva qualcosa." Frugò nello zaino che si era messa in spalla e tirò fuori una banana. "E mangia questa. Dovrebbe aiutarti."

Lui le sorrise stupidamente. Dio, pregava che avrebbe detto di sì. Amava quanto era adorabile quando lo tiranneggiava.

"Perché mi guardi così?" Hanna si accigliò.

"Ti amo."

Il fastidio svanì dal volto di Hanna e la sua espressione si intenerì mentre diceva: "Ti amo anch'io. Ora mangia la banana, così non andrai in carenza di potassio."

"Sissignora." Rhys prese il frutto e attirò Hanna verso la Jeep. "Andiamocene da qui."

"Finalmente," disse lei, fingendosi infastidita mentre saltava sul sedile del passeggero e lui prendeva posto al volante. "Erano settimane che morivo dalla voglia di uscire. Dov'è che siamo diretti? Me lo avevi detto?"

"Witchling Peak. Pensavo di fermarci ai laghetti sulla strada del ritorno."

"Perfetto. E questa volta, non perderò conoscenza." Hanna sorrise. "A meno che tu non abbia nascosto del sidro in un frigorifero segreto."

"Assolutamente no. Ho portato solo acqua." Anche quella

era una menzogna. Rhys aveva una piccola bottiglia di champagne nello zaino, ma l'avrebbe tirata fuori solo dopo che lei avrebbe detto di sì.

Sebbene l'inizio del sentiero non fosse molto lontano, ci volle comunque più di un'ora per raggiungerlo, per via delle strade tortuose di montagna. Ma siccome era un giorno feriale e il sentiero era un po' fuori mano, la Jeep di Rhys era l'unico veicolo nel piccolo parcheggio.

"Sembrerebbe che abbiamo il posto tutto per noi, oggi," disse Rhys.

"Perfetto," disse Hanna, facendo strada.

L'escursione fu qualcosa di magico. La foresta era ravvivata da fiori rosa, viola, bianchi e gialli che prosperavano sotto le fronde delle maestose sequoie. Si fecero strada lungo la riva di un torrente, attorno a una gigantesca sequoia che aveva diviso in due il sentiero e si soffermarono presso i laghetti cristallini che ricordavano a Rhys quelli che si trovavano normalmente nelle foreste tropicali. "Vuoi fermarti a fare una nuotata adesso o quando torneremo?" le chiese Rhys.

Hanna si chinò e passò le dita nell'acqua fredda. "Per fortuna abbiamo il potere di riscaldare quest'acqua, altrimenti ci geleremo il sedere."

Rhys ridacchiò. "Non sei un orso polare?"

"Assolutamente no." Hanna scosse la testa gli rivolse un'occhiata che diceva che lui era un po' pazzo. "Non mi piace congelarmi le chiappe."

"Ho altri progetti al riguardo," disse lui, la voce roca e colma di calore.

Hanna si alzò e lo raggiunse, appoggiandogli la mano sulla spalla. Il suo tocco era caldo anche attraverso la maglietta e lui faticò a non trascinarla a terra e mostrarle esattamente quanto la voleva.

"Sarà meglio aspettare di tornare dalla vetta, altrimenti ho la sensazione che rischieremmo di non arrivarci."

C'era tanto di quel desiderio nello sguardo accalorato di Hanna che Rhys gemette ad alta voce. "Hanna. Dèi."

Lei rise. "Datti una calmata, Silver. Abbiamo un'escursione da portare a termine. Pensa alla nuotata come alla tua ricompensa."

"Sarai tu la mia ricompensa, splendore." Rhys la attirò per la mano. "Andiamo. Non voglio aspettare più a lungo del necessario."

L'ultimo terzo dell'escursione era più ripido e più insidioso di quanto Rhys ricordasse, ma Hanna se la cavò benissimo. Accidenti, era in ottima forma. Anzi, fu Rhys quello che faticava a riprendere fiato e, quando raggiunsero la vetta, respirava affannosamente ed ebbe bisogno di un momento per ricomporsi. Si sedette sul masso che dava sulla valle di Keating Hollow e attese che le sue pulsazioni rallentassero.

Hanna si sedette accanto a lui e tirò fuori la macchina fotografica. "Dea del cielo, Rhys," bisbigliò. "Questo posto è bellissimo."

"Mai quanto te," disse lui, il fiato ancora un po' corto.

Hanna gli lanciò un'occhiata e sorrise. "Qualcuno ha trascurato l'allenamento in pendenza."

Rhys annuì. "Parrebbe di sì. Forse dovremmo cominciare ad allenarci insieme." Le diede un colpetto sul ginocchio. "Tu sei bravissima, a quanto pare."

"Quando?" Hanna rise. "Coi nostri impegni, dovremmo farlo a mezzanotte o alle quattro di mattina."

Rhys fece una smorfia, perché Hanna non aveva torto. Si voltò a guardarla di profilo e disse: "Forse sarebbe più facile se vivessimo insieme."

Hanna spalancò gli occhi per lo stupore nel voltarsi verso

di lui. "Ehm, Rhys, è questo il tuo modo di chiedermi di andare a convivere?"

"Che ne pensi?" chiese lui, per poi arrivare a un passo dal prendersi a calci da solo. Non era quello che avrebbe voluto dire, per niente. Hanna aprì bocca, ma lui sollevò una mano. "No, non rispondere."

"Perché?" Il volto della donna era un misto di delusione e confusione.

"Perché, Hanna, amore mio, ho una domanda completamente diversa che voglio farti." Rhys infilò una mano in tasca e tirò fuori l'anello vintage di oro rosa con un diamante ovale che Faith l'aveva aiutato a scegliere e glielo porse.

"Rhys?" chiese Hanna, la voce che tremava. "Che stai facendo?"

Il nervosismo abbandonò completamente Rhys e una calma soprannaturale calò su di lui mentre le sorrideva gentilmente. "Hanna, per tanti anni sei stata la mia migliore amica. Poi non lo sei stata più ed è stato devastante, credo, per entrambi. Ma ora che ci siamo ritrovati, non voglio sprecare altro tempo. Io ti amo. Ti ho sempre amato. Vuoi farmi l'onore di diventare mia moglie? Vuoi sposarmi?"

CAPITOLO 20

anna non riusciva a muoversi mentre fissava il bellissimo anello nella mano di Rhys. Aveva sentito quello che lui aveva detto; aveva avvertito le parole nel profondo delle ossa. Il suo cuore stava per scoppiare dalla gioia. Era quello che aveva sempre voluto. Rhys le aveva appena chiesto di sposarlo. Avrebbe dovuto gridare di sì. Saltellare per l'entusiasmo. Buttargli le braccia al collo. Piangere lacrime di gioia.

Invece, udì le parole di sua madre in fondo alla mente. *È irragionevole che un uomo prenda moglie sapendo che il suo cuore ha una data di scadenza.* Il panico prese il sopravvento e le vennero le lacrime agli occhi. Una le rotolò lungo la guancia. Si alzò e scosse la testa mentre indietreggiava, odiandosi per quella reazione. "Mi dispiace, Rhys. Io..."

"Hanna? Cosa c'è?" Rhys balzò in piedi e fece un passo avanti, ma mentre protendeva una mano verso di lei, si strinse il petto con l'altra e prese bruscamente fiato.

"Rhys! Oddio. Ti senti bene?" gridò Hanna. "Che succede?"

Rhys esitò e aprì bocca per dire qualcosa, ma poi perse

completamente colorito, assumendo una sfumatura grigiastra mentre cadeva a terra.

"Rhys!" Hanna cadde in ginocchio, premendo le dita sulla gola di Rhys. Impiegò un attimo a trovare il battito, ma ce la fece. Era un po' debole, ma si sentiva bene. "Grazie agli dèi!" Chinandosi, avvicinò all'orecchio alla bocca dell'uomo. Sì, respirava. Una minuscola ondata di sollievo la attraversò. Era solo svenuto. "Rhys?" ritentò. "Svegliati. Dai, tesoro. Siamo arrivati in cima; non puoi farmi questo. Mi hai appena chiesto di sposarti. Devi svegliarti in modo che io possa dire di sì."

Le palpebre di Rhys si mossero, ma lui non aprì gli occhi.

Hanna avrebbe voluto singhiozzare. Il bisogno di crollare e cedere a quelle emozioni devastanti era proprio lì, ma lei non poteva farlo. Rhys contava su di lei. Frugò rapidamente nello zaino e prese il telefono. Era improbabile che ci fosse campo sulla montagna, ma doveva tentare. Dopo essersi alzata, sollevò il telefono alla ricerca di barre. Non ce n'erano.

"Accidenti!" Attraversò di corsa la radura, la vista sfocata dalle lacrime. Se non avesse trovato campo, avrebbe dovuto portare Rhys giù di peso. Era forte e sapeva di potercela fare; ma non sapeva se avesse la resistenza di farlo per i chilometri che li separavano dalla macchina.

All'improvviso, il telefono bippò, a indicare che aveva ricevuto un messaggio. "Grazie al cielo." Digitò subito il 911.

"911, qual è la sua emergenza?"

"Sto facendo un'escursione a Witchling Peak e il mio fidanzato è appena collassato sulla vetta. Si stava stringendo il petto."

"Respira?"

"Sì." Hanna lanciò un'occhiata a Rhys, detestando il fatto di trovarsi a trenta metri di distanza. Ma se fosse corsa da lui, probabilmente avrebbe perso la ricezione.

"È cosciente?"

"No. Per favore, mandi qualcuno. Siamo al punto d'osservazione. Ci sono chilometri fra qui e la strada. Probabilmente, sono in grado di–"

"Ho già inviato un elicottero. I soccorsi stanno arrivando, signora."

Hanna si piegò in due, travolta dal sollievo. "Grazie."

"Resterò in linea con lei fino a quando non arriveranno. È vicino al paziente?"

"No. Ho dovuto spostarmi per trovare scampo. Lo vedo, ma non si muove."

L'operatrice chiese tutte le informazioni personali di Rhys e qualunque informazione medica a disposizione di Hanna. Lei le riferì della storia di famiglia di improvvisi attacchi cardiaci di Rhys e le disse che sapeva che l'uomo assumeva farmaci preventivi.

"Buono a sapersi. Ha un'aspirina con sé? O delle pozioni energetiche?" chiese l'operatrice.

"Non lo so. Io no, ma non so cosa ci sia nel suo zaino." Hanna cominciò a correre di nuovo verso Rhys.

"D'accordo, se trova dell'aspirina, gliene dia una. Gli sarà d'aiuto se sta avendo un attacco cardiaco. Se trova delle erbe o delle pozioni energetiche, cerchi di fargliene assumere un po'."

"Va bene," disse Hanna. "Se la perdo è perché sono fuori portata."

"Capisco. Se dovesse cadere la linea, la richiamerò e continuerò provare."

"Grazie." Hanna raggiunse lo zaino abbandonato da Rhys. Non trovò aspirina, ma trovò lo champagne e vederlo la spinse istantaneamente a odiarsi. Perché aveva esitato quando lui le aveva chiesto di sposarlo? Perché aveva dubitato di lui e del loro futuro? Accidenti! Rovesciò i contenuti dello zaino e trovò una boccetta di pozione energetica.

"Ho trovato una pozione," disse nel telefono, ma non attese di scoprire se l'operatrice fosse ancora in linea. Gattonò fino a Rhys. L'uomo aveva gli occhi aperti e sbatteva le palpebre. "Ciao, tu," mormorò Hanna. "Devi inghiottire un po' di questa pozione."

"Hanna?" Rhys si accigliò. "Cos'è successo?"

"Sei svenuto, bellezza. Ora fatti forza. Devi bere quanto più possibile." Hanna gli sollevò la testa e se l'appoggiò sulla gamba, quindi gli avvicinò la boccetta alle labbra.

Rhys cercò di mettersi seduto, ma la mano di Hanna sul petto lo immobilizzava quasi completamente.

"Ci penso io. Tu bevi."

Rhys avvolse la mano attorno alla boccetta e inclinò il contenitore. Il suo pomo d'Adamo si mosse mentre inghiottiva obbediente il liquido.

Lei gli passò una mano fra i capelli e gli afferrò il braccio. "Rilassati, Rhys. Stanno arrivando i soccorsi."

Rhys si accigliò e questa volta, quando si mosse, riuscì a raddrizzarsi. Aveva ripreso colorito, ma aveva il respiro affannoso e Hanna temeva il peggio. Aveva avuto un attacco cardiaco? Se sì, quanto era grave? "Che significa che stanno arrivando i soccorsi?" chiese l'uomo, la cui voce suonava un po' più forte rispetto a prima.

"Sta arrivando una eliambulanza," disse lei, rimettendo le cose di Rhys nello zaino.

Lo sguardo di lui si fissò sullo champagne e Rhys fece una smorfia mentre si massaggiava di nuovo il petto. "E io che pensavo che avremmo festeggiato."

"Festeggeremo più tardi," promise lei.

Lo sguardo di Rhys si spostò sulla sua mano e Hanna

divenne dolorosamente consapevole del fatto che non indossava il suo anello.

L'anello.

Dov'era? Hanna passò disperatamente lo sguardo sul terreno. Rhys lo aveva in mano quando era caduto. Le si serrò la gola mentre cominciava a frugare nella terra con le mani.

"Hanna?"

"Devo trovarlo, Rhys."

Da lontano giunse il rumore delle pale di un elicottero. Hanna sollevò lo sguardo e avvertì un'ondata di sollievo e di gratitudine. Loro avrebbero saputo come aiutarlo. E all'improvviso, sebbene il pensiero che forse avevano perso l'anello le facesse male, esso non ebbe più importanza. Le importava solo assicurarsi che Rhys stesse bene. Si allungò ad afferrargli la mano e la strinse forte. "Sono quasi arrivati."

"Va bene." Rhys si appoggiò al masso su cui erano quando le aveva chiesto di sposarlo e chiuse gli occhi.

Hanna si alzò e sventolò le braccia verso l'elicottero, assicurandosi che il pilota li vedesse. E poi, un attimo dopo, l'elicottero era sospeso sopra di loro e un paramedico si calò a raggiungerli.

"È qui," disse Hanna, indicando Rhys. L'uomo aveva ancora la schiena appoggiata al masso, ma aveva gli occhi aperti e stava cercando di rialzarsi.

"Stai tranquillo," disse il paramedico a Rhys. "Prima fammi fare prendere qualche misurazione."

"Sto bene," disse Rhys. "Credo di essere semplicemente svenuto. Forse è colpa dell'altitudine."

"Si stringeva il cuore," disse Hanna, con lo stomaco ancora sottosopra al ricordo di lui che cadeva a terra dal masso.

"D'accordo." Il paramedico misurò i segni vitali di Rhys e parve soddisfatto mentre lo aiutava ad alzarsi. "Col cuore non si scherza. Dobbiamo fare degli esami. Possiamo portarti sull'elicottero?"

Rhys lanciò un'occhiata a Hanna. "Può venire anche lei?"

"Certo che vengo," insistette Hanna.

"Sicuro. Possiamo portarvi entrambi, ma ho bisogno che saliate uno alla volta. Prima il signor Silver."

Hanna lo osservò mentre sollevavano Rhys con un'imbracatura e un cavo. Quando fu il suo turno, il paramedico cercò di tranquillizzarla e di assicurarsi che non avrebbe avuto una crisi di nervi.

"Sto bene," disse fermamente lei. "Non molto tempo fa, sono saltata giù da un aeroplano. Questo non è niente."

Il paramedico le rivolse un cenno di approvazione. "D'accordo." L'uomo sollevò il pollice all'indirizzo della sua squadra e il cavo cominciò a trasportare Hanna fino all'elicottero. Proprio mentre veniva sollevata da terra, individuò il gioiello di oro rosa.

"Oddio! Eccolo." Lo indicò e disse: "Il mio anello. È proprio a sinistra del suo piede. Per favore, è il mio anello di fidanzamento."

Il paramedico si accigliò mentre passava lo sguardo sul terreno. "Non lo–"

"Due passi alla sua sinistra, accanto al masso! È proprio lì!" La frustrazione la colse e le venne voglia di colpire qualcosa, qualsiasi cosa. Come faceva l'uomo a *non* vederlo? Il cavo continuò a sollevarla e lei ebbe la certezza che l'anello sarebbe andato perso per sempre. Ma poi il paramedico si chinò, spazzolò via del terriccio e chiuse le dita attorno a qualcosa. Hanna pregò che fosse il bel tesoro d'oro rosa che Rhys aveva cercato di darle. Se lo avesse recuperato, aveva intenzione di metterselo al dito e non toglierselo mai.

"Benvenuta a bordo," disse un membro dell'equipaggio

mentre la faceva salire sull'elicottero. Una volta che Hanna fu libera dall'imbracatura e dal cavo, l'uomo le porse delle cuffie.

"Grazie," disse Hanna, che già cercava con lo sguardo Rhys mentre indossava le cuffie. Lo vide sdraiato su un lettino contro la parete. Era già attaccato ad alcuni macchinari a lei sconosciuti.

"Si sieda laggiù," disse il paramedico, indicando una panca. "Partiremo non appena recuperato Harvey."

Hanna prese posto contro la parete e chiuse gli occhi, cercando di tenere a bada le emozioni che all'improvviso l'avevano assalita. Era riuscita per lo più a reggere mentre aspettava l'elicottero, ma ora che l'adrenalina cominciava a esaurirsi, correva seriamente il rischio di crollare.

Il telefono che si era ficcata nella tasca le vibrò contro la gamba. Hanna lo tirò fuori e trovò un messaggio da un numero sconosciuto. *L'elicottero dovrebbe essere già arrivato. Le auguro di arrivare sana e salva in ospedale e buona fortuna a lei e al suo fidanzato. È stata bravissima.*

Fu il colpo di grazia. Le lacrime le scorsero in silenzio lungo le guance. Era talmente sconvolta che non si accorse nemmeno che Harvey si era seduto accanto a lei fino a quando il paramedico non le premette l'anello d'oro rosa in mano.

Hanna emise un piccolo gemito, si ficcò l'anello nella mano sinistra e poi gli gettò le braccia attorno. "Grazie!"

L'uomo le diede qualche colpetto imbarazzato e, nelle cuffie, lei gli sentì dire: "Prego."

Hanna mollò la presa e si voltò verso Rhys, scoprendo che questi la stava fissando. Sollevò la mano sinistra, indicò l'anello e mimò con le labbra *sì*.

CAPITOLO 21

"*H*anna?" Millie Silver corse nella sala d'attesa dell'ospedale con indosso dei jeans impolverati e una maglietta sporca di terra. Aveva i capelli scuri legati in una coda bassa, ma alcune ciocche erano sfuggite e ora le incorniciavano il viso contratto.

"Sono qui." Hanna si alzò e si recò dalla mamma di Rhys.

La donna la afferrò e la strinse in un abbraccio. Quando si staccò, afferrò Hanna per le braccia, tenendola stretta mentre chiedeva: "Come sta?"

"Non ne sono sicura. È stabile, ma non hanno voluto dirmi molto altro. Volevano parlare con un parente."

"Giusto." Millie la lasciò andare e fece un passo indietro. Scrutò Hanna, poi il proprio corpo, e fece una smorfia. "Mi dispiace tanto, cara. Stavo facendo giardinaggio quando mi hanno chiamato. Non ho pensato a pulirmi."

Hanna abbassò lo sguardo su se stessa e per poco non rise. Anche lei era coperta di terriccio, ma il giardinaggio non c'entrava nulla. Si era sporcata mentre se ne stava seduta per terra con Rhys e cercava l'anello che ora era al sicuro sul suo dito. "Questo è sporco dell'escursione, non suo." Strinse la mano della signora Silver. "Ma siamo proprio una bella coppia."

"Già." La donna lanciò un'occhiata alla postazione infermieristica. "Vado a vedere se riesco a farmi dire qualcosa. Torno subito."

Hanna rimase dov'era a guardarla allontanarsi. L'attesa prima dell'arrivo di Millie era stata una vera e propria tortura. Dato che Hanna non era parente di Rhys, i medici erano stati vaghi riguardo alle sue condizioni e quello la stava divorando da dentro. Aveva bisogno di sapere se lui se la sarebbe cavata. *Per favore, dèi, fate che sia così*, pregò.

Apparve un medico, che condusse Millie lungo il corridoio. Quando i due svanirono alla vista di Hanna, lei si voltò lentamente e andò in bagno. Dopo aver fatto quello che doveva, fissò il suo riflesso scapigliato mentre si lavava le mani. Aveva le guance sporche di terra e i riccioli che andavano da tutte le parti, senza dubbio per via del viaggio in elicottero. Era un disastro totale.

Ricevette una notifica e lesse il messaggio. Era Clay. Hanna rispose: *Nessuna nuova*.

L'uomo rispose istantaneamente. *Abby sta arrivando.*

Non è necessario, rispose Hanna.

Non importa. Tieni duro, Hanna. Sono certo che se la caverà benissimo. È troppo preso da te per darsi per vinto.

Dai. Mi fai piangere.

Scusa. Su la testa.

Hanna si ficcò il telefono in tasca, si lavò il viso e fece del proprio meglio per domare la chioma selvaggia. Quando si guardò allo specchio per la seconda volta, pensava ancora di essere un disastro, ma se non altro non aveva il naso sporco di terra. Sospirando, tornò nella sala d'attesa e si sedette.

"Signorina Pelsh?" chiamò un'infermiera. "La signorina Hanna Pelsh è qui?"

Hanna si alzò immediatamente. "Sì?"

"Il suo fidanzato può vederla, adesso."

LA PORTA di Rhys si aprì e lui si raddrizzò nel letto, ansioso di vedere Hanna. Ma invece della sua splendida fidanzata, fu sua madre a irrompere nella stanza.

"Rhys," esclamò sua madre mentre accorreva al suo capezzale. "Grazie al Cielo, agli dèi e anche agli angeli. Mi hai fatto prendere un colpo."

"Non è stato divertente neanche per me," disse lui, aprendo le braccia alla stretta impaziente di sua madre.

Millie Silver si gettò fra le sue braccia e per poco non gli fece scoppiare un polmone con la sua presa intensa. "Ero terrorizzata."

"Lo so, mamma. Ma sono qui. E Hanna è un mito. Sono caduto e un attimo dopo lei aveva già chiamato l'elicottero." Riusciva ancora a vedere il dolce viso di Hanna mentre faceva *sì* nell'elicottero.

"A proposito di Hanna..." Millie Silver inarcò un sopracciglio e rivolse al figlio un'occhiata penetrante. "Aveva proprio un bel gioiello sulla mano sinistra. C'è qualcosa che dovrei sapere?"

Rhys ridacchiò. "Sì, mamma. L'ho portata fino a Witchling Peak per farle vivere una giornata memorabile. Anche se devo ammettere che forse ho un po' esagerato."

"E?" La donna tamburellò col piede con fare impaziente.

"Le ho chiesto di sposarmi." Quelle parole gli davano una

sensazione di estraneità sulle labbra, ma lo fecero anche sorridere come uno stupido.

"Immagino che abbia detto di sì, se porta il tuo anello." Millie si mise le mani sui fianchi e aspettò.

"Sì, mamma. Ma io sono svenuto e hanno dovuto portarmi in ospedale proprio nel bel mezzo della proposta, per cui possiamo soprassedere fino a quando non la rivedrò?"

"Ma certo." Millie batté le mani e lanciò un gridolino.

La porta si spalancò di nuovo ed entrò l'infermiera di reparto. Controllò i segni vitali di Rhys, girò una manopola su una delle macchine e prese un appunto sulla cartella clinica. "Come si sente, signor Silver?"

"Mille volte meglio. Quando posso fuggire?"

L'infermiera gli rivolse un sorriso paziente. "La dottoressa vuole tenerla sotto osservazione per qualche ora ancora. Presto verrà a darle spiegazioni."

Rhys annuì e stava per chiedere se potessero mandargli Hanna quando Millie afferrò l'infermiera per un braccio e, con non poca gioia, disse: "La fidanzata di Rhys è in sala d'attesa. Qualcuno potrebbe portarla qui? Merita di esserci quando arriverà la dottoressa."

Fidanzata. Rhys si rigirò quella parola nella mente e giunse alla conclusione che era la parola migliore del dizionario. Hanna era sua. Nonostante lui si fosse reso ridicolo subito dopo la proposta. "Mamma, ti avevo detto di non dirlo a nessuno."

Millie sollevò le mani. "Hanna merita di esserci quando parlerai con la dottoressa! Cosa non ti è chiaro?"

"Mi è tutto chiarissimo. È solo che trovo divertente che tu abbia giocato la carta della fidanzata subito dopo che io ti ho detto di non dirlo a nessuno."

La porta si spalancò e Hanna fece capolino nella stanza. "Ehi."

"Ehi a te, bellezza," disse lui, cercando di ignorare fatto che il cuore gli saltellava nel petto. "Vieni qui."

Hanna entrò nella stanza e rimase in piedi con un certo imbarazzo, come se non sapesse dove andare.

"Vieni qui." Rhys diede un colpetto sul letto. "Devo dirti una cosa."

Il viso di Hanna sbiancò per la paura allo stato puro e Rhys mormorò un'imprecazione. "Scusa, non volevo spaventarti. Volevo solo dirti una cosa. Una cosa bella."

Hanna si avvicinò al letto e Rhys la fece sedere dopo averle fatto spazio. "Cosa?" chiese lei.

Rhys le prese la mano sinistra, guardò l'anello di fidanzamento e per poco non ebbe un singhiozzo. Ma degluti faticosamente e disse: "Quell'anello ti sta davvero bene. Mi chiedevo cosa ne pensassi di un matrimonio in autunno."

Hanna scoppiò a ridere sconcertata. "È a questo che pensi seduto in un letto d'ospedale? A quando mi porterai all'altare?"

"Mmm. E pensavo di tenere la cerimonia al vigneto di tuo padre. Potremmo servire il suo vino invece dello champagne e magari i nuovi sidri che il birrificio avrà già iniziato a produrre per allora."

"Hai parlato con mio padre?" chiese lei, scrutandolo negli occhi come se non sapesse esattamente in che modo interpretare le sue affermazioni.

"Certo." Rhys la attirò a sé fino a quando lei non ebbe la testa appoggiata alla sua spalla. "Ieri. Gli ho chiesto la sua benedizione."

Hanna si irrigidì leggermente mentre prendeva una boccata d'aria. "Cosa ha detto?"

"In sostanza, che sosterrà qualunque tua decisione e che mi

augura buona fortuna." Rhys le accarezzò il braccio. "È stato fantastico. Tua madre, invece, non è molto entusiasta."

Hanna sospirò pesantemente. "Non so cosa le abbia preso. Avrei potuto giurare che, fino a non molto tempo fa, lei tifasse perché ci mettessimo insieme. Non so cosa sia cambiato. Ti ricordi quando sei entrato nel bar mentre lei cercava di convincermi a uscire con Chad?"

"Certo. Ti ho salvato da un appuntamento al buio al quale non volevi andare," disse Rhys.

"Esatto. E lei sembrava felicissima. Avrei potuto giurare che stesse ballando di gioia sul retro. Ma poi, dopo che siamo usciti insieme, ha cambiato completamente posizione. Non capisco."

Rhys le premette le labbra sulla sommità del capo e, in quel momento, gli tornò in mente qualcosa che aveva detto il padre di lei. "Tuo padre pensa che abbia qualcosa a che vedere con Charlotte. Ha detto che tua madre sta vivendo un brutto periodo e che io e te non c'entriamo niente."

"L'ho vista al cimitero, l'altro giorno," disse Millie dall'altra parte della stanza.

Rhys e Hanna voltarono di scatto la testa nella sua direzione.

"Scusate, non volevo origliare." Millie arricciò il naso. "Credo che vi foste dimenticati della mia presenza."

"Non me ne sono dimenticato, mamma," disse Rhys. "Non c'è nessun problema."

"Cosa ci faceva mia madre al cimitero?" chiese Hanna, raddrizzandosi. "Non ci va mai. È troppo dura per lei."

"Credo che si stesse alleggerendo." Millie sospirò. "Rhys sa che vado al cimitero un paio di volte al mese. Mi piace tenere in ordine la tomba di Keith," disse, riferendosi al marito defunto. "Era la prima volta che la vedevo lì. Era molto turbata. Piangeva come una persona nel pieno del lutto. Non sapevo se fosse il caso di lasciarla in pace o no, ma non potevo lasciarla soffrire così, per cui sono andata da lei e l'ho abbracciata. Le ho bisbigliato alcune delle mie verità sul lutto e dopo un po' lei si è calmata."

Hanna si portò di scatto una mano alla bocca e le lacrime brillarono nei suoi occhi scuri. "Povera mamma. Non l'aveva mai vista così. Non dopo che abbiamo perso Charlotte. Ha pianto, naturalmente, ma non era mai crollata così."

"Forse era giunto il momento," disse Millie. "Non conosco i dettagli e anche se li conoscessi non vorrei parlarne, perché non spetta a me raccontare quella storia, ma vi suggerisco di darle entrambi il beneficio del dubbio. Sappiamo tutti che vuole bene a Rhys. Quali che siano le sue ragioni. Sono certa che sia il dolore a dirigere le sue azioni, in questo momento."

"Vorrei esserci stata anch'io," disse Hanna.

Rhys la abbracciò forte e si rese conto che non provava il minimo risentimento nei confronti di Mary Pelsh. Tutti loro ne avevano passate tante e lui era convinto che prima o poi la donna avrebbe capito. Una volta, gli aveva voluto bene; poteva volergliene ancora. "Forse dovresti trovare un po' di tempo per parlarle. Per cercare di convincerla ad aprirsi riguardo a Charlotte."

"Può darsi."

La porta si spalancò e la donna in questione entrò di corsa nella stanza. "Rhys! Santo cielo. Va tutto bene, tesoro?"

CAPITOLO 22

"Sto benissimo, signora Pelsh. Glielo giuro," disse Rhys, mentre Hanna fissava sua madre. Cosa ci faceva Mary lì? Hanna aveva chiamato i suoi genitori dopo essere arrivata in ospedale, per far sapere loro che stava bene prima che cominciassero a diffondersi delle voci, ma non si era aspettata che qualcuno di loro venisse all'ospedale. Lei era completamente illesa.

Mary corse dal lato opposto del letto rispetto a Hanna e buttò le braccia al collo di Rhys. "Mi dispiace tanto. Ho pensato di averti portato sfortuna con tutti quei discorsi brutti." Sollevò lo sguardo e incrociò quello di Millie. "Ero spaventatissima per te, Mil. Come stai?"

"Bene," disse gentilmente Millie Silver. "Stiamo aspettando che la dottoressa ci aggiorni."

Mary era venuta per Millie? Le due erano amiche da molto tempo.

Mary si asciugò una lacrima e annuì. Poi si rivolse a Rhys e trasse un respiro profondo. "Mi dispiace tanto, tesoro. Sono stata davvero perfida, ieri. Non lo meritavi."

Per poco il cuore di Hanna non le balzò fuori dal petto. Che cosa aveva detto sua madre a Rhys il giorno prima? Se era simile a quello che Mary aveva detto a lei, si sarebbe infuriata. Se non altro, Mary si stava scusando.

"La ringrazio," disse Rhys, la voce un po' roca, come se avesse un groppo alla gola. Hanna gli strinse la mano, sostenendolo in silenzio mentre l'uomo aggiungeva: "Abbiamo tutti detto cose che non pensavamo. Va tutto bene. Possiamo dimenticarcene."

Mary lanciò un'occhiata a Hanna. "Va tutto bene, tesoro?"

"Sì," mormorò Hanna. Osservò sua madre, chiedendosi se fosse il caso di dirle del fidanzamento. Se Mary avesse fatto un altro discorso sui potenziali problemi medici di Rhys, Hanna avrebbe perso la testa. Ma sua madre era venuta lì e si era scusata con Rhys. Per non parlare del fatto che Rhys aveva detto di aver già detto ai genitori di Hanna che le avrebbe chiesto di sposarla. Sua madre non era stupida o ingenua. Sapeva che Hanna avrebbe detto di sì. Lui era l'unico uomo che avesse mai amato. Un attimo dopo, Hanna si morse il labbro inferiore e mostrò la mano sinistra. "Rhys mi ha chiesto di sposarlo."

Gli occhi di Mary si riempirono nuovamente di lacrime, ma lei trasse un respiro affannoso e disse: "È un uomo fortunato ad avere la mia bambina." Il suo sorriso tremolava di emozione mentre osservava la mano di Hanna. "Quell'anello è bellissimo." Si chinò, guardò più da vicino e si accigliò. "Ma credo che forse sia meglio pulirlo."

Hanna fece una risatina che presto si trasformò in una risata. Lacrime nate da un intrico di emozioni le bagnarono le guance mentre ricordava come il paramedico l'avesse finalmente trovato in mezzo alla terra un attimo prima che la portassero a bordo dell'elicottero. "Sì, mamma. Stiamo pensando a una cerimonia in autunno, nel vigneto."

Mary distolse lo sguardo, fingendosi interessata alle proprie mani giunte mentre diceva: "Sarebbe molto carino. Tuo padre sarà contentissimo."

Non era la reazione di entusiasmo assoluto che Hanna si sarebbe aspettata in precedenza, ma per il momento andava bene così. "Mamma?" chiese Hanna.

Mary Pelsh sollevò il mento e si tamponò le lacrime che le scorrevano lungo il viso. "Sì, tesoro?"

"Sarebbe tutto magnifico anche se fosse un disastro. Qualunque cosa accada, non mi pentirò mai di questa scelta." Hanna disse la sua verità con amorevole certezza. "Spero che tu sappia che io ho le idee ben chiare. Che preferirei trascorrere un anno ad amare Rhys con tutto il cuore piuttosto che negare a noi due questo dono prezioso." Si rivolse all'uomo, trattenendo a stento le lacrime. "Prego con tutto quello che ho che invecchieremo insieme proprio qui, a Keating Hollow, ma anche se quel sogno ci venisse sottratto, io non mi pentirei nemmeno per un istante di essere stata con te."

Gli occhi di Rhys brillavano di tanto di quell'amore che Hanna se lo sentì quasi avvolgere attorno. "Anch'io, tesoro. Anch'io."

"Oddio," disse Millie, stringendosi il petto. "È bellissimo."

"Proprio così." Mary lanciò a sua figlia un piccolo sorriso di complicità, quindi si mise al fianco di Millie. Le due donne si abbracciarono e scoppiarono immediatamente a piangere.

"Guarda cosa hai fatto," disse Rhys.

Hanna ridacchiò. "Senti chi parla. È stata una proposta sconvolgente, Silver. Un po' melodrammatica, non pensi?"

"Ha funzionato, no?"

"Sì, ha funzionato," bisbigliò Hanna, accoccolandosi contro

di lui. "Ma per quanto entrambi apprezziamo le sfide, cerchiamo di non esagerare, va bene?"

"D'accordo."

La porta si aprì di nuovo ed entrò la guaritrice Snow. "Buongiorno ai miei due pazienti preferiti. Ho sentito dire che oggi ne sono successe di tutti i colori."

Hanna cercò di alzarsi dal letto, ma Rhys la strinse in una presa sorprendentemente forte, tenendola dov'era. Lei gli lanciò un'occhiata, a indicargli di mollare la presa, ma lui si limitò a fare spallucce e a tenerle le braccia attorno. Hanna levò gli occhi al cielo, ma in segreto non riusciva a non apprezzare la sua possessività. Dopo gli eventi di quella giornata, era contenta di restargli appiccicata come colla.

"Sì," disse Hanna. "Credo che Rhys volesse far colpo su di me con un viaggio in elicottero."

L'uomo sbuffò. "Li ha chiamati tu."

"Proprio così. E lo rifarò se ti verrà di nuovo l'idea di prendere a testate il suolo subito dopo avermi chiesto di sposarti."

"Mmm, molto interessante. Sposarti? Ci sono novità?" chiese Snow.

Hanna sollevò la mano e sorrise radiosa.

"Congratulazioni. Sì, ne sono proprio successe di tutti i colori." La guaritrice lanciò un'occhiata alle due madri, che ancora si stavano abbracciando. "Mary, Millie, è bello vedere anche voi. Come state?"

"Bene," disse Mary.

Hanna sapeva che non era vero. Sebbene sua madre avesse accettato che lei e Rhys stavano insieme, c'era qualcosa di molto strano in lei e ci sarebbe voluta più di una conversazione per risolverlo.

"Bene fino a oggi," disse Millie. "Quando ho ricevuto quella telefonata…" La mamma di Rhys deglutì, poi si schiarì la voce prima di bisbigliare: "È stato come rivivere quel giorno."

Mary circondò Millie con le braccia, stringendola a sé. "Tuo figlio sta bene, Mil. Respira."

Il dolore crudo e condiviso delle due fece dolere il cuore di Hanna.

"Ma non riesco a smettere di pensare a quello che sarebbe potuto accadere," disse Millie, a voce tanto bassa che Hanna quasi non sentì.

"Ora non cominciare tu," la rimproverò gentilmente Mary. "Ci ho già pensato io."

"Mary ha ragione," disse la guaritrice Snow. "Anzi, una volta che saprete quello che abbiamo scoperto, credo che sarete tutte un po' più tranquille."

Quelle parole attirarono l'attenzione di Hanna. "Riguardo a Rhys?"

"Sì." La guaritrice si rivolse all'interessato. "Forse sarebbe il caso di parlarne prima in privato."

"Si tratta del mio cuore?" chiese lui.

"Sì. E della tua diagnosi," confermò la guaritrice.

"In tal caso, non c'è motivo di parlare in privato. Tanto, qualunque cosa lei mi dica, la riferirò comunque a loro."

"D'accordo." La guaritrice Snow aprì la cartelletta che aveva in mano. "Cominciamo dall'inizio. Il problema di oggi è da imputare completamente alla nuova medicina che ti abbiamo somministrato. Essa ha provocato un brusco calo di pressione sanguigna. È un effetto collaterale noto, che si verifica in meno del due per cento dei pazienti. Se non fossi andato a fare quell'escursione, probabilmente non ci sarebbero stati problemi e noi ce ne saremmo accorti al prossimo controllo e te l'avremmo tolta immediatamente."

"Dunque non ha avuto un attacco cardiaco?" chiese Millie.

"Esatto. È semplicemente svenuto per la pressione bassa, l'altitudine e lo sforzo. La flebo e le pozioni energetiche che abbiamo somministrato lo hanno stabilizzato. Il suo cuore sta benissimo."

Hanna sentì la tensione alleviarsi completamente. Rhys stava bene. Non aveva rischiato di morire in cima alla montagna.

"Tornerò alla medicina vecchia?" chiese Rhys.

La guaritrice Snow scosse la testa. "No. Anzi, non hai bisogno di nessuna medicina." Si recò al letto e prese uno sgabello per sedersi accanto a lui. "Quando sei arrivato qui, ti abbiamo prelevato del sangue e abbiamo fatto alcuni esami. Il tecnico ha visto qualcosa di interessante e mi ha chiesto di dare un'occhiata. A quanto pare, il gene di cui sei portatore, quello che ti mette a rischio di attacchi cardiaci improvvisi, ha subito una leggera mutazione che non abbiamo notato la prima volta che sei stato esaminato."

La spina dorsale di Hanna cominciò a formicolare e lei capì che Snow stava per dire qualcosa di importante. "Che significa?"

La guaritrice passò lo sguardo sulle persone presenti nella stanza. "Significa che il rischio di eventi cardiaci da parte di Rhys è inferiore al cinque per cento. Non serve nessun farmaco. Dobbiamo solo tenere d'occhio il cuore e assicurarci che non ci siano anomalie. Direi un esame completo una volta ogni sei mesi per qualche anno, tanto per assicurarci che la medicina non abbia provocato cambiamenti; dopodiché, basterà un esame annuale."

Tutti tacquero completamente mentre assorbivano la notizia. Hanna era tentata di chiedere alla guaritrice di ripetersi, ma non era in grado di pronunciare le parole. Era troppo sconvolta.

Rhys si era immobilizzato accanto a Hanna e, sebbene lei non sembrasse in grado di parlare, riuscì a stringere la mano di Rhys con entrambe le sue. Alla fine, Rhys prese faticosamente fiato e disse: "Sta dicendo che c'è solo una piccola probabilità che io abbia un attacco cardiaco improvviso?"

"Proprio così." La guaritrice gli sorrise. "Ho ripetuto personalmente il test tre volte, per essere sicura. Le tue probabilità di un evento non sono migliori o peggiori di quelle della maggior parte degli uomini della tua età."

"Whoa." Rhys si rivolse a Hanna. "Hai sentito, tesoro?"

"Ho sentito," disse lei, la voce roca per l'emozione. "Ho sentito tutto." Le sue lacrime si riversarono e lei gli sorrise. "Mi sa che ti toccherà sopportarmi per i prossimi sessanta o settanta anni."

Lo sguardo luminoso di Rhys scrutò nei suoi occhi e lei avvertì la profondità del suo amore fino alle dita dei piedi. Rhys sfiorò con il dito l'anello che le aveva dato. "Spero che fossi sicura quando hai detto di sì, Han. Perché ora ti toccherà sopportarmi."

"Sono sicura," disse lei. "Non sono mai stata più sicura di nulla in vita mia."

"Grazie agli dèi." Rhys si sporse e sfiorò con le labbra quelle di Hanna. "Credi che i genitori se ne andranno, adesso, così posso baciarti come si deve?"

Hanna rise. "Probabilmente no. Ma tu baciami comunque. Se ne faranno una ragione."

Rhys sorrise, quindi inclinò la testa e la baciò così profondamente che, quando si staccò, le girava la testa.

"Beh, credo che non dovremo aspettare più di tanto per avere dei nipoti," disse Millie.

"Oddei. Sono ancora qui?" disse Hanna, le guance rosse come due mele.

"Temo di sì." Il petto di Rhys rimbombava dal divertimento. Staccò le labbra da quelle di Hanna e vide la guaritrice Snow che parlava con sua madre. "Ehi, Snow. Quand'è che mi liberano da qui?"

"Quando sarai pronto, Rhys. I tuoi segni vitali sono normali, adesso," disse la guaritrice.

"Grazie." Rhys riportò l'attenzione su Hanna. "Pronta a portarmi a casa? Credo che si debba festeggiare."

Hanna ridacchiò e scese dal letto. "Casa tua o casa mia?"

"La più vicina."

CAPITOLO 23

*U*n conto era dire di voler tornare a casa. Un altro decidere chi ce li avrebbe portati. Rhys avvolse le braccia attorno alla sua fidanzata e attese mentre sua madre e Mary discutevano di chi avrebbe avuto il privilegio di accompagnarli.

Mary insisteva che il suo veicolo era più grande e probabilmente più pratico. Millie sosteneva che viveva più vicino a Hanna e Rhys e che aveva più senso che loro andassero a casa con lei. E poi, aveva degli avanzi a casa che avrebbe potuto dare loro. Mary disse che si sarebbe fermata a prendere qualcosa al ristorante preferito di Hanna a Eureka e le due andarono avanti così.

"Ehi! Sei libero," disse Abby, incamminandosi verso di loro.

"Abby, grazie agli dèi," disse Hanna, abbracciandola. Quando la lasciò andare, disse: "Ti prego, dimmi che ci darai un passaggio fuori di qui."

Rhys salutò Abby, sollevato di vederla. Il pensiero di trascorrere i quarantacinque minuti successivi con una delle loro madri gli provocava il mal di testa. Gesticolò verso il duo che bisticciava. "Non possiamo andare con una di loro, o l'altra prenderà fuoco per l'invidia."

Abby lanciò un'occhiata alle due donne e fece una smorfia. "Wow, sono agguerrite, eh?"

"Non ne hai idea," disse Hanna.

"Ci penso io." Abby raddrizzò le spalle e si incamminò verso le donne.

"Mi sento un po' in colpa," disse Hanna, sollevando lo sguardo su Rhys. "Erano preoccupatissime e ora noi le abbandoniamo."

"Nah. Stiamo solo esercitando l'autoconservazione." Rhys le ammiccò. "E poi, se saliamo nell'auto di una di quelle due, ci faranno il terzo grado. Non so tu, ma io non vorrei parlare di quello che è successo con nessuna delle due. Non adesso. E non prima che abbiamo la possibilità di parlarne noi due."

Hanna si accigliò. "Parlare di cosa?"

Rhys avrebbe preferito non sollevare l'argomento così presto o in ospedale, ma non aveva dimenticato la reazione di Hanna quando le aveva chiesto di sposarlo. Lei era stata completamente terrorizzata e lui doveva sapere il perché. Era più che disposto ad accettare il suo sì, quello che lei aveva detto sull'elicottero, ma prima di procedere doveva capire che cos'era successo. "Di quello che è accaduto subito dopo che ti ho chiesto di sposarmi e prima di svenire."

"Ehm... va bene." Hanna distolse lo sguardo, ma non prima che lui vedesse la paura lampeggiare nei suoi begli occhi.

"Ehi, splendore. Non fare così," la tranquillizzò, bisognoso che lei sapesse che lui non stava cercando una scusa per litigare. "Voglio solo capire quello che è successo. Di qualunque cosa si tratti, andrà tutto bene. Te lo prometto."

Prima che lei potesse rispondere, Abby li raggiunse con un sorriso soddisfatto sul viso. "Sono un genio!" Si ravviò dietro l'orecchio una ciocca dei lunghi capelli biondi. "Ho detto loro che dobbiamo andare a riprendere la Jeep dal parcheggio dove l'avete lasciata. Sono rimaste entrambe un po' deluse, ma si rendono conto che avete bisogno del vostro mezzo di trasporto."

Rhys gemette. "Accidenti. Me l'ero dimenticato." Passò il braccio attorno a Hanna, per assicurarsi che lei sapesse che il suo rievocare ciò che era accaduto nella radura non voleva essere un modo per respingerla. "Possiamo almeno mangiare, prima? Sto morendo di fame."

"Certo che possiamo mangiare. Ma non preoccuparti per la Jeep. Dammi le chiavi, ci penso io. Diamoci una mossa. Sono certa che siate esausti."

Hanna buttò le braccia attorno a Abby. "Grazie," disse la ragazza di Rhys. "Non dirlo a Faith, ma sei la mia nuova migliore amica."

Abby ridacchiò. "Sarà il nostro piccolo segreto."

"D'ACCORDO, GENTE," disse Abby mentre imboccava il viale di Hanna. "Serve altro prima che vada a prendere Olive?"

"Sono a posto," disse Rhys. Passò le punte delle dita sul braccio della sua ragazza. Erano sul sedile posteriore, manco Abby fosse il loro autista, ma Rhys non aveva voluto allontanarsi fisicamente da Hanna dopo la giornata assurda che avevano vissuto. Per fortuna, a Abby ciò non sembrava dispiacere.

"Hanna? E tu?" chiese Abby, tornando a guardarla.

"Abbiamo cibo e la speranza di una nuova vita. Di cosa altro abbiamo bisogno?" Il sorriso della donna era forzato e Rhys si chiese se anche Abby se ne fosse accorta.

"Figo." Abby si voltò e cominciò a digitare un messaggio sul telefono.

No. Non se n'era accorta. Oppure stava fingendo. Rhys si sporse in avanti. "Grazie di tutto, Abby."

"È stato un piacere. Dove la vuoi la Jeep? Qui o a casa tua? Clay e Drew andranno a prenderla non appena porterò loro le chiavi."

Lui lanciò un'occhiata a Hanna. "Qui?"

"Certo." Hanna recuperò i loro zaini.

"Detto e fatto," disse Abby.

Rhys le diede le chiavi, prese il cinese da asporto e scese dall'auto. Hanna lo raggiunse ed entrambi salutarono Abby quando questa partì.

"Non me lo immaginavo così, questa giornata," disse Rhys, rivolgendole un sorriso sghembo. "Avevo piani grandiosi per quei laghetti lungo il sentiero."

Hanna ridacchiò. "Ci scommetto."

"Dai." La attirò verso la porta d'ingresso. "Andiamo a mangiare. E poi, spero che ti lascerai abbracciare per un po'."

"Se lo vuoi ancora," mormorò lei.

Rhys aveva sentito, ma lasciò perdere... per il momento. L'ultima cosa che voleva era parlarne in cortile. Voleva essere in casa di Hanna, dove avrebbe potuto lisciarle le piume e assicurarsi che lei sapesse che lui la amava incondizionatamente. Mentre salivano i gradini, Rhys chiese: "Hai le chiavi?"

"È aperto," disse lei sollevando una spalla. "Keating Hollow ha i suoi pregi."

Rhys si voltò a incrociare il suo sguardo e la fissò come se potesse vederle fino in fondo all'anima. "Proprio così."

"Rhys," bisbigliò Hanna, premendogli il palmo contro la guancia. "A volte, non capisco cosa ci vedi in me."

"Tutto, amore mio. Il tuo cuore, la tua paura, la tua compassione, i tuoi talenti, tutto quanto. E anche tu vedi *me*. Sempre, anche quando cerco di nascondermi. È per questo che siamo una bella coppia. Non lo hai ancora capito?"

Lei si morse il labbro inferiore e aggrottò la fronte.

Rhys si premette due dita sulle rughe sulla sua fronte e le lisciò. "Non guardarmi così. È la verità. Ora vieni dentro. Sto morendo di fame."

"D'accordo."

Rhys le aprì la porta e la condusse dritto in cucina. Posò il sacchetto del cibo sul piano e disse: "Torno subito."

Dopo essersi lavato nel bagno di Hanna, Rhys tornò nella cucina vuota e si mise ad apparecchiare il tavolo con piatti, bacchette e due bicchieri di tè freddo. Quando Hanna ricomparve, lui aveva già acceso le candele e aperto i contenitori da asporto.

"Ehi, grazie. Questa roba ha un aspetto fantastico." Hanna si chinò e lo baciò sulla guancia. Il profumo del sapone fresco lo raggiunse e lui notò che Hanna non si era solo lavata, ma aveva anche indossato abiti puliti. Lui si scoprì leggermente invidioso, dato che indossava ancora i pantaloncini e la maglietta sporchi.

"Prego." Rhys si sedette accanto a lei all'estremità del tavolo e le passò il pollo al limone mentre attaccava il maiale in agrodolce. Mangiarono in un silenzio sgradevole, che stava facendo impazzire Rhys. Ma lui non voleva parlare di quella faccenda di fronte al maiale mu shu e ai ravioli alla griglia, e aveva bisogno di carburante. Per cui, attese con pazienza che l'ultimo biscotto della fortuna sparisse e poi cominciò a sparecchiare.

"Ci penso io," disse Hanna.

Rhys la fermò. "Nah. Era robetta. Perché non vai a fare

quella doccia che so che stai morendo dalla voglia di fare? Io metto questi in lavastoviglie e poi mi rilasso sul divano fino a quando non avrai finito."

"Rhys," disse lei in tono esasperato. "Smettila."

Il tono di voce di Hanna era così autoritario che lui rimise il piatto sul tavolo e si voltò a guardarla. "Perché?"

"Perché ci stai girando attorno e... Non me lo merito. Sono stata io a comportarmi male. Tu hai parlato con il cuore in mano e io..." Hanna scosse la testa.

"Tu cosa, Hanna? Cos'è successo? Cosa ti è passato per la testa dopo che te l'ho chiesto?" Ora che Hanna aveva sollevato l'argomento, lui non intendeva lasciarlo cadere. Di qualunque cosa si trattasse, la donna era palesemente turbata e Rhys non intendeva comportarsi come se andasse tutto bene quando non era così.

"Accidenti." Hanna si levò i capelli dagli occhi e tornò a sedersi sulla sedia della cucina.

Rhys si appoggiò al piano che separava la sala da pranzo della cucina e aspettò. La conosceva. Prima o poi, avrebbe tirato fuori tutto.

"Non sapevo che mi avresti chiesto di sposarti," disse Hanna mentre fissava il tavolo.

"È un male?" Rhys aveva voluto sorprenderla. Aveva voluto che quello fosse il dannatissimo giorno migliore della vita di Hanna. Invece, si era tramutato nel suo incubo peggiore. Lui non avrebbe voluto far altro che prenderla fra le braccia, portarla di sopra e stringerla fino al sorgere del sole. Ma lei non lo avrebbe mai accettato. Hanna era coraggiosa e non aveva bisogno che lui la tenesse insieme... per quanto Rhys volesse farlo.

"Non avrebbe dovuto esserlo." Hanna sollevò la testa, il bisogno da parte sua di affrontare di petto quel problema era palese nella sua espressione determinata. "Ma mia madre mi ha influenzata. Mi sono riecheggiati nella mente i suoi discorsi stupidi e ho avuto un attacco di panico."

Rhys inarcò entrambe le sopracciglia, stupito. "Vuoi dire che stavi pensando a come sarebbe stata la tua vita se il mio cuore avesse ceduto all'improvviso? A cosa ne sarebbe stato di te se fosse rimasta vedova da giovane?"

"Sì." Hanna non aggiunse altro. Si limitò a buttare fuori la conferma e a sostenere lo sguardo di Rhys, come se gli avesse lanciato una sfida.

"D'accordo." Rhys sollevò una spalla, stupito da quanto quella situazione gli faceva male. Capiva, ma ciò non arrestava la sofferenza nel suo stomaco di fronte alla consapevolezza che Hanna aveva dubitato di essere in grado di poter percorrere quella strada sconosciuta assieme a lui. "Perché hai deciso di dire di sì?" Detestava ammetterlo, ma un pensiero devastante gli venne in mente. Si schiarì la voce e si costrinse a buttare fuori l'unica cosa che era sicuro di non voler chiedere, ma che doveva chiedere. "Lo hai fatto perché pensavi che stessi morendo?"

"Dio, no!" Hanna balzò in piedi e andò da lui. "Non pensarci nemmeno, Rhys." Le lacrime le luccicarono negli occhi, ma non caddero. "Ho detto di sì perché ti amo. Perché, di fronte alla possibilità concreta di perderti, mi sono aggrappata a te con tutte le mie forze. In quel momento spaventoso, ho capito che volevo sposarti quali che fossero le sfide che avremmo dovuto affrontare. Quello che ho detto a tua madre è vero. Voglio trascorrere tutto il tempo possibile con te, qualunque cosa ciò significhi."

"Va bene. Ti credo. Ma—" esordì Rhys, pur detestandosi perché stava rigirando il dito nella piaga.

"Niente ma, Rhys," disse gentilmente Hanna. "Ho dato di

matto e avevo paura a dirtelo perché abbiamo trascorso letteralmente degli anni a cercare di andare oltre quelle sciocchezze. All'inizio, temevo che saresti scappato di nuovo, convinto che io abbia bisogno di qualcosa in più di quello che puoi darmi. Beh, notizia lampo: sono una ragazza grande. Posso prendermi cura di me. So che lo sai."

"Il motivo che avevo per mantenere le distanze è svanito, Hanna," disse lui, osservandola attentamente. "Non corro più nessun rischio particolare. Perché avevi così paura di dirmelo?"

Hanna sollevò le mani. "Perché, razza di stupido, non volevo che tu pensassi che io fossi una persona orribile. Avevo bisogno che tu sapessi che non ti avrei mai lasciato. Ho solo avuto un momento di crisi."

Rhys rise. Buttò la testa all'indietro e lasciò che la risata riecheggiasse dentro di lui.

"Non è divertente," disse Hanna.

"Un po' sì," mormorò lui mentre si spingeva lontano dal piano e le tendeva la mano. "Per tutto questo tempo, hai temuto che io pensassi che tu fossi una persona terribile e io temevo che tu ci avessi ripensato perché non ero moribondo. Che coppia che siamo."

Hanna rimase di stucco. "Cosa?"

Rhys sollevò una spalla. "Se tu avessi detto di sì perché pensavi che io rischiassi di non superare la notte, non potrei certo chiederti di mantenere quella promessa, no?"

Hanna si portò una mano alla bocca e gongolò.

"Visto? È divertente." Rhys la circondò con le braccia e le sorrise. "Che ne dici se facciamo un patto? Smettiamola di dare per scontato quello che pensa l'altra persona."

"Va bene. Non avevamo mai avuto problemi di comunicazione, prima," disse Hanna.

"Non è proprio così. Non siamo mai stati molto bravi a

parlare dei nostri sentimenti. Più che altro, li nascondevamo sotto il tappeto e ci limitavamo soffrire. Smettiamola, va bene?"

"D'accordo," mormorò lei, premendo la testa contro il petto di Rhys. "Ti amo, Rhys."

"Anch'io ti amo, Hanna."

Rimasero abbracciati a lungo, fino a quando Hanna non si staccò e disse: "Devi essere esausto. Ti porto a fare la doccia e poi a letto."

"Non c'è bisogno di chiedermelo due volte."

Hanna lo prese per mano e lo condusse di sopra, in camera sua.

Rhys rimase sulla soglia, guardando il bel copriletto rosso papavero e tutti i tocchi femminili di Hanna, e sbadigliò così forte da farsi venire le lacrime agli occhi. Senza dire una parola, Hanna lo trascinò fino al bagno, aprì l'acqua nella doccia e disse: "Vai. Io ti cerco qualcosa di pulito da indossare."

"Per quanto mi piacerebbe vedere le tue mutandine, Hanna, non credo che siano della mia taglia."

Lei rise. "Piantala. Sono sicura di avere qualche tuo vecchio pantalone della tuta e un paio delle tue magliette. Vai a fare la doccia. Al resto ci penso io."

L'acqua era così invitante che Rhys smise di discutere. Allungò le mani dietro la schiena e si sfilò la maglietta. La porta si chiuse sommessamente alle sue spalle e pur essendo deluso perché Hanna non lo avrebbe raggiunto, Rhys si affrettò a finire di spogliarsi e si mise sotto la doccia. L'acqua tempestò il suo corpo affaticato, dandogli la certezza di essere andato in paradiso.

Rimase sotto il getto caldo per quelle che parvero ore. E quando finalmente emerse, Hanna aveva effettivamente trovato un paio di vecchi pantaloni della tuta e una delle sue magliette preferite, che lui non vedeva da secoli. Indossò entrambe e inalò quel profumo che era al cento per cento Hanna. Un sorriso minuscolo gli sollevò le labbra. Lei aveva conservato le sue magliette.

Quando, finalmente, Rhys emerse dal bagno, trovò Hanna seduta sulla sedia nell'angolo della stanza, che dormiva della grossa con un libro aperto in grembo. Rhys si inginocchiò di fronte a lei, si chinò e bisbigliò: "Ehi, tesoro. È ora di andare a letto."

Hanna si svegliò di soprassalto. "Come?"

"Ti sei addormentata sulla sedia. Sei pronta ad andare a letto?"

Hanna spostò lo sguardo da lui al letto e poi al bagno. "Prima devo fare la doccia."

"D'accordo." Rhys si alzò e tese la mano per aiutarla a fare lo stesso. Poi la condusse al bagno, aprì l'acqua nella doccia e disse: "Ti cerco qualcosa da mettere. Tu vai dentro."

Hanna gli rivolse un sorriso divertito. "È il tuo modo per chiedermi il permesso di frugare fra la mia biancheria?"

"È un problema?" Rhys inarcò un sopracciglio con aria di sfida.

Hanna guardò alle sue spalle, nella camera da letto, e poi guardò la doccia e il vapore che già stava colmando il bagno. "No."

"Ottimo." Rhys si appoggiò allo stipite della porta e aspettò.

Hanna si sfilò la maglietta, scoprendo il reggiseno sportivo, ma quando notò che Rhys era ancora lì, si coprì con la maglietta. "Cosa stai facendo?"

"Guardo solo la mia fidanzata che entra nella doccia. Posso?"

Le guance di Hanna si tinsero di rosa, stimolandolo, ma la donna annuì e tornò a spogliarsi.

I movimenti della sua ragazza furono lenti, pensati per torturarlo mentre lei si levava con calma i leggings, una gamba alla volta. Santo cielo, era ancora più bella di quanto lui ricordava. L'aveva vista molto meno vestita in passato, al fiume e in piscina. Ma era diverso. Ora, lei era ufficialmente sua.

Hanna si voltò e lo fissò dritto negli occhi mentre si sfilava il reggiseno sportivo, scoprendo i seni al suo sguardo. Rhys prese bruscamente fiato e fece per fare un passo avanti, incapace di tenere a freno le mani. Ma Hanna sollevò la mano, fermandolo. "No. Ho un bisogno disperato di quella doccia e prima che accada qualunque cosa fra noi, *se* accadrà qualcosa questa notte, voglio levarmi la terra di dosso."

La delusione percorse Rhys, che tuttavia capì. E invece di torturarsi ulteriormente, annuì e uscì dal bagno per andare a cercare dei vestiti per Hanna. Optò per un pigiama di seta rossa con mutandine abbinate e mise il tutto sul piano del bagno, fermandosi solo per un attimo per lanciare un'occhiata al contorno del corpo di Hanna, visibile attraverso il vetro smerigliato della doccia.

Magnifica, ripensò mentre andava al letto di Hanna e vi si sdraiava. Aveva tutta l'intenzione di attendere fino a quando lei non sarebbe uscita dalla doccia e si sarebbe accoccolata accanto a lui, ma il suo corpo era stanco e le sue palpebre pesanti. Mentre il profumo di Hanna si sollevava attorno a lui, lui sorrise soddisfatto e cadde in un profondo sonno senza sogni.

CAPITOLO 24

*H*anna si svegliò un attimo prima della luce che precedeva l'alba e rotolò sul fianco per guardare Rhys che dormiva pacifico. La sera prima, quando era finalmente emersa dalla doccia, lo aveva trovato crollato, completamente perso nel sonno. Non aveva avuto il cuore di svegliarlo dopo la giornata che aveva avuto, per cui aveva preso posto accanto a lui, si era raggomitolata sul suo petto e aveva sospirato quando il suo braccio si era mosso a circondarla.

Era stato il modo perfetto per concludere una giornata molto imperfetta.

Ora, mentre lo fissava, avrebbe voluto dargli baci sul petto e passargli le mani sul corpo muscoloso, ma si trattenne. Non c'era tempo per goderselo prima che dovesse andare al bar. Se lo avesse svegliato ora, non sarebbe mai arrivata in tempo. Con un sospiro sommesso, si levò dal letto, prese un cambio di vestiti e andò in bagno. Venti minuti dopo, emerse e trovò Rhys ancora privo di sensi.

Hanna raggiunse silenziosamente il lato del letto di Rhys,

gli diede un tenero bacio sulla tempia e uscì in punta di piedi dalla stanza, chiudendosi la porta alle spalle.

~

"Hanna!" Faith entrò in volata nell'Incantation Cafè, il volto illuminato dall'entusiasmo. "Ma che diamine? Quando pensavi di dirmelo?"

Hanna sorrise alla sua amica. "Quando saresti venuta a prendere la tua dose di caffeina mattutina? Chi te lo ha detto?"

"Metà del dannato paese." Faith mise il broncio. "Mi hanno rovinato completamente la sorpresa. Ma, oddio! Sono entusiasta per tutti e due. Era ora che vi metteste insieme! Dov'è l'anello?" Afferrò la mano di Hanna e sussultò. "Acciderbolina! È bellissimo!"

"Grazie." Hanna fece un sorriso talmente largo che cominciarono a farle male le guance. Da quando lei e Rhys avevano parlato, la sera prima, quando lei aveva confessato la sua crisi di nervi e lui l'aveva assolta da qualunque ipotesi di tradimento, Hanna era semplicemente felice. Una felicità dolce, profondissima, che non aveva mai davvero conosciuto prima.

"Dea, Han. Brilli di luce tua." Faith la strinse in un abbraccio gigantesco e bisbigliò: "Allora, lo avete fatto finalmente?"

"Faith!" Hanna si staccò dalla sua amica e scosse la testa. "Smettila."

"È un no?" Faith sospirò pesantemente. "Si può sapere che cosa aspettate? Siete *fidanzati*. È ora di darsi da fare."

Hanna levò gli occhi al cielo. "Perché non ti preoccupi di quello che fai tu in camera da letto e lasci in pace me?"

"Ma quello che fai tu sta per diventare *molto* interessante," disse Faith, appoggiandosi al bancone.

"Magari, tu e Hunter dovreste mettere un po' di pepe nella vostra vita sessuale. Magari fare un salto a quel sexy shop a Eureka e prendere qualche–"

"Hanna!" esclamò Mary Pelsh dalle sue spalle. "Non sono discorsi adatti al bar. Che ti prende?"

"Porca miseria." Hanna lanciò un'occhiata all'espressione severa di sua madre e sussultò mentre Faith ridacchiava. "Scusa, mamma. Stava solo cercando di punzecchiare Faith, perché stava... ehm, andando un po' troppo sul personale."

"Va bene, tesoro, ma tutti sanno che, se devi andare in un sexy shop, è meglio andare in quello ad Arcata. L'offerta è molto migliore."

"Co... cosa?" farfugliò Hanna.

Faith scoppiò a ridere a pieno regime, si piegò in due e annaspò.

Mary fece un sorrisetto alla figlia e rientrò in ufficio.

"Santa polenta, che roba," disse Faith dopo aver ripreso il controllo. "Chi lo sapeva che tua madre era così forte?"

Hanna scosse la testa e tornò dietro al bancone. "Volevi qualcosa o hai semplicemente intenzione di continuare a torturarmi?"

"Ho bisogno del cappuccino al cacao più grosso che hai e di mezza dozzina di pasticcini al cioccolato. O di muffin. Non importa cosa, mi basta ricevere la mia dose quotidiana di cioccolato."

"Brutta giornata?" chiese Hanna.

"Mi ha chiamato mia madre, questa mattina." Faith si ficcò le mani in tasca mentre tutto il buonumore la abbandonava, sostituito da un'espressione turbata. Sua madre era una pozio-dipendente in cura dopo che, qualche mese prima, aveva accidentalmente dato fuoco alla casa di Faith.

"Cosa vuole?"

"Fare ammenda. Vuole che io vada a trovarla per scusarsi di persona."

"Non lo ha già fatto quando tu e Hunter siete andati da lei prima che facesse quell'accordo?" chiese Hanna mentre scaldava il latte per la bevanda della sua amica.

"Sì. Ma ora dice che deve fare ammenda per delle cose che ha fatto quando eravamo piccole. Vuole che vadano anche Abby, Yvette e Noel, ma credo che sia una speranza vana. Di sicuro Noel non ci andrà. Si tiene stretta la rabbia. Yvette ed Abby potrebbero. Loro sono più clementi."

"E tu?" Hanna le passò un sacchetto di croissant al cioccolato.

"Probabilmente, su questo sono d'accordo con Noel." Faith chiuse gli occhi e scosse leggermente la testa. "Non voglio avere a che fare con lei. Perché chiama sempre me quando vuole ricucire i rapporti?"

"Perché tu sei la più piccola, quella che ha meno ricordi di lei. Probabilmente, si sente meno in colpa nei tuoi confronti." Hanna le rivolse un sorriso di solidarietà. "Non sei costretta a rispondere, sai. Non le devi nulla, Faith."

"Lo so." Le spalle di Faith si curvarono. "Ma tutte le volte che lei mi contatta, io torno a essere quella bambina piccola che ha bisogno di risposte. Devo sapere cosa vuole."

"Mi dispiace. So che sarà dura."

"Lo è. Ma ce la farò."

Hanna finì di preparare il cappuccino, lo guarnì con una generosa dose di panna montata e lo passò a Faith. "Offre la casa. Vai a goderti la tua spa operosissima e crogiolati nel successo. Te lo meriti."

"Grazie, Hanna," disse Faith, sporgendosi sul bancone per darle un altro abbraccio. Quando si staccò, lasciò cadere una banconota da dieci nel vasetto delle mance e ammiccò. "A dopo, faccia di topo."

"Ci vediamo faccia di caimano," disse Hanna.

La porta scampanellò, a indicare l'uscita di Faith, proprio mentre il telefono di Hanna vibrava. Era la guaritrice Snow.

"Pronto?" disse Hanna.

"Ah, Hanna. Sono felice di averti trovata," disse la guaritrice. "Abbiamo ricevuto i risultati delle analisi del sangue e ho bisogno che tu venga a parlarne con me. Riesci a venire oggi pomeriggio alle quattro?"

"I risultati? Pensavo dovesse solo assicurarsi che fossi adatta alla sperimentazione del farmaco," disse Hanna.

"Sì, è vero. È venuto fuori che abbiamo un candidato migliore, ma è necessario un consulto. Pensi di farcela per oggi alle quattro?"

"Non pensavo di passare a Eureka, oggi," disse nervosamente lei. Aveva in programma una serata speciale con Rhys. Se fosse dovuta andare fino in città, forse non sarebbe riuscita a tornare in tempo per l'ora a cui aveva prenotato da Woodlines.

"Per favore, Hanna. È importante," disse la guaritrice.

Un vago senso di disagio risalì la schiena di Hanna. Le sperimentazioni a cui aveva partecipato fino a quel momento erano importanti, ne era sicura, ma non aveva mai udito tanta urgenza nella voce della guaritrice Snow. "Va bene. Ci sarò. È solo un consulto, giusto? Non un trattamento?"

"Proprio così. Il trattamento inizierà domani, se decideremo di procedere."

"Domani? Woah. Non scherza," disse Hanna.

"No, non scherzo. Ci vediamo dopo." La guaritrice mise giù e Hanna fissò il telefono, chiedendosi cosa stesse succedendo. La guaritrice Snow non era mai stata così insistente, né le aveva mai chiesto di passare da una sperimentazione all'altra all'ultimo minuto. Lei non sapeva come interpretare la situazione, ma come al solito, era decisa a fare tutto il possibile per rendersi utile. Se ciò avesse portato la guaritrice Snow più vicina a trovare una cura per la malattia autoimmune di Charlotte, Hanna sarebbe stata lieta di posticipare qualunque impegno. Persino quelli con il suo splendido fidanzato.

HANNA CORSE nella clinica dove di solito incontrava la guaritrice Snow e si precipitò al banco della reception. "Salve, Tai," disse alla donna davanti al computer. "Dovevo vedere la guaritrice Snow—"

"Dieci minuti fa," disse Tai, interrompendola. Si alzò dalla sedia e aprì la porta che portava agli ambulatori. "La guaritrice Snow la aspetta, signorina Pelsh. Da questa parte."

Hanna seguì la donna minuta lungo due corridoi, fino a quando quest'ultima non si fermò di fronte all'ufficio di Snow. Tai bussò due volte e disse: "Hanna Pelsh è venuta a vederla."

"Falla entrare."

Tai aprì la porta e rivolse a Hanna un sorriso esitante.

"Grazie," le disse lei.

"Buona fortuna," affermò la receptionist mentre Hanna le passava accanto.

"Buona fortuna? Per cosa?"

Tai balbettò qualcosa.

"Come non detto." Hanna entrò e strinse la mano dalla guaritrice prima di prendere posto. "La ringrazio per tutto quello che ha fatto per Rhys. Non ho parole per dirle quanto sono sollevata. È come se lei gli avesse dato una nuova vita."

La guaritrice Snow borbottò un'imprecazione.

"Cosa c'è?" chiese Hanna, raddrizzando la schiena. "Qualcosa non va. Si tratta di Rhys? C'è stato un altro errore? Cosa non sappiamo?"

"Non si tratta del tuo fidanzato, Hanna. Lui sta bene. O almeno, starà bene fino a quando si prenderà cura di sé."

Hanna si sporse e disse: "Mi dica cosa succede. Mi sta facendo molto innervosire."

"D'accordo." Snow raddrizzò le spalle, incrociò lo sguardo penetrante di Hanna e disse: "Si tratta dei tuoi esami, Hanna. Non puoi più partecipare a ulteriori sperimentazioni come punto di riferimento."

"Che significa?" Hanna si accigliò.

"Significa che non puoi più fare da caso di controllo, perché gli esami del sangue indicano che hai sviluppato la stessa malattia autoimmune che aveva tua sorella."

Hanna udì le parole, ma non era sicura di essere in grado di assimilarle, con l'improvviso ronzio che si era scatenato nella sua testa. "È un errore," disse Hanna. "Deve esserlo."

"Non lo è," disse la guaritrice. "Ho controllato e ricontrollato. Fra l'ultima sperimentazione e questa, hai sviluppato i primi stadi della malattia autoimmune di Charlotte. Mi dispiace, Hanna, ma la scienza non mente. Ti senti bene?"

No. Certo che non si sentiva bene. Hanna aveva la sensazione di stare uscendo galleggiando dal proprio corpo. *Malattia autoimmune.* Quelle due parole continuavano a rotolarle nel cervello. Debole, fragile, frangibile. Ecco come la facevano sentire le parole *malattia autoimmune.* E in quel momento, lei avrebbe tanto voluto prendere a pugni qualcuno.

"Non è giusto," disse Hanna.

"Non lo è mai," concordò la guaritrice.

"E adesso?" domandò Hanna, non sapendo con chi ce

l'avesse. Con la guaritrice? Con se stessa? Con Charlotte? Le lacrime le bruciarono calde negli occhi e lei disse forzatamente: "Ha bisogno del mio sangue per qualche altra sperimentazione?"

"No, Hanna. Sei tu l'oggetto della sperimentazione, adesso. Abbiamo quello che ci serve. Abbiamo solo bisogno che tu torni domani, per somministrarti gli anticorpi."

"Sì, certo. Domani." Hanna si alzò. "A che ora?"

"Alle dieci."

"Va bene. Ci sarò." Hanna sentì le lacrime che cominciavano finalmente a cadere e le asciugò con rabbia mentre correva all'auto. Proprio quando la sua vita si era sistemata, aveva ricevuto la peggiore notizia possibile. Il suo corpo era freddo e le sue membra sembravano intirizzite mentre i ricordi delle giornate peggiori di Charlotte riemergevano in superficie. Rivide Charlotte pallida nel letto, incapace di muoversi; che vomitava dopo l'ennesimo trattamento sperimentale; che trangugiava due pozioni energetiche extra solo per avere la vitalità per trascorrere la serata fuori con i suoi amici o il suo ragazzo, Drew. E poi il mattino in cui avevano scoperto che Charlotte era morta.

Anni di paura e dolore travolsero Hanna e lei emise un basso singhiozzo gutturale, dirigendo l'auto nella direzione di Keating Hollow.

CAPITOLO 25

"*M*amma?" Hanna oltrepassò barcollando la soglia della sua casa d'infanzia. Le bruciavano gli occhi per le lacrime che aveva sparso durante il viaggio di ritorno a Keating Hollow e aveva il petto contratto dalla paura.

"Hanna?" Sua madre cominciò a scendere le scale. "Cosa c'è, tesoro? Si tratta di Rhys? Pensavo che stesse bene. È successo qualcosa?"

"Non è Rhys," gracchiò lei, la gola secca.

"Allora cosa c'è, tesoro?" Mary le avvolse le mani attorno agli avambracci e la osservò attentamente. "Sei ferita?"

Hanna scosse la testa. "Ferita" non era la parola giusta. Devastata? Sconvolta? Affranta? Una qualunque delle tre avrebbe espresso bene le emozioni che le avevano preso le viscere. Ma quando aprì la bocca per parlare, le parole non uscirono. Invece, buttò le braccia attorno al collo di sua madre e singhiozzò.

"Oh, Hanna, tesoro. Qualunque cosa sia, ce la faremo," bisbigliò Mary mentre le passava delicatamente una mano sulla schiena e la cullava dolcemente come se fosse una neonata. "Andrà tutto bene."

"Cosa c'è?" chiese Walter Pelsh mentre entrava dalla porta della cucina.

Hanna lo fissò con la vista sfocata. "Papà?"

"Sì, tesoro?" Walter si avvicinò e Mary lasciò andare Hanna, permettendo al padre di avvolgerla fra le sue braccia forti. "Butta fuori tutto, dolcezza. Ci siamo qui noi. Qualunque cosa sia, ci siamo qui noi."

Hanna non seppe esattamente quanto rimase fra le braccia di suo padre, aggrappandosi a lui come a uno scoglio. Lasciò che la calma dell'uomo la percorresse mentre premeva la testa contro il suo petto solido. L'abbraccio di suo padre scaldò le sue membra ghiacciate e la fece sentire al sicuro, anche se lei sapeva che si trattava solo di un'illusione. Sapeva cosa l'aspettava. Ed era un dannato incubo.

"Preparo della cioccolata calda," disse Mary. "Di qualunque cosa si tratti, abbiamo palesemente bisogno di rinforzi."

Hanna non sapeva perché, ma l'affermazione di sua madre la fece ridere. La cioccolata calda era la risposta di sua madre a tutto. Lo era sempre stata. E quel frammento di normalità le diede un po' di forza in più. Trasse un respiro profondo. "Devo dirvi una cosa."

"Vuoi andare in cucina?" le chiese Walter.

Hanna annuì, facendosi forza per prepararsi al dolore che avrebbe provocato a entrambi i suoi genitori.

Walter le passò un braccio attorno alle spalle e la condusse in cucina. Mary aveva già appoggiato una scatoletta di fazzoletti sul tavolo, assieme a un vassoio di biscotti al burro. La vaghissima ombra di un sorriso strattonò le labbra di Hanna. Se c'era una cosa su cui poteva contare era il fatto che sua madre era sempre pronta a una crisi. Non ricordava un momento in cui la casa non fosse stata piena di biscotti appena fatti e del necessario per preparare la cioccolata calda.

Hanna si sedette al suo solito posto al tavolo della cucina e si protese verso i fazzoletti. Sicuramente il suo viso era un disastro, ma quella era l'ultima cosa che aveva in mente. Come avrebbe fatto a strappare il cuore dei suoi genitori seduta a quel tavolo? Un altro singhiozzo si formò nella sua gola e il suo fiato si mozzò mentre cercava di prendere aria.

"Di qualunque cosa si tratti, noi ci siamo," disse Walter, prendendo posto accanto a lei e avvolgendole la mano nella propria.

Mary, che aveva dato inizio alla preparazione della cioccolata calda usando la sua magia d'aria, accorse e si sedette di fronte a Walter. "Dove Rhys, tesoro? È il caso che ci sia anche lui?"

Dea del cielo. Avrebbe dovuto chiamare Rhys. La novità riguardava anche lui. Ma non aveva la forza di farlo. Non ancora. Tuttavia, annuì, perché la sera prima aveva promesso di essere onesta e di comunicare con lui.

Una vocina in fondo la testa disse: *Lui non se lo merita. Non puoi più sposarlo.*

Chiuse gli occhi e scosse la testa, cercando di scacciare quel pensiero distruttivo.

"Hanna?" chiese sua madre. "Vuoi dire di sì o di no?"

Hanna aprì gli occhi e pigolò: "Sì. È il caso che ci sia anche lui."

"Ci penso io." Mary prese il telefono, si alzò da tavola e andò nella stanza accanto. Hanna ne era felice. Non voleva udire la preoccupazione nella voce di sua madre mentre convocava Rhys. Lanciata un'occhiata all'orologio, fece una smorfia. Probabilmente, Rhys in quel momento era a casa sua che la aspettava. Mancavano dieci minuti all'orario in cui avrebbero dovuto presentarsi al ristorante. Fu allora che Hanna si rese conto di aver lasciato il telefono in macchina. Senza dubbio, Rhys aveva già cercato di contattarla per capire dove fosse. Abbassò la testa e la appoggiò sul braccio. Quella giornata era un disastro.

"Arriva fra dieci minuti," disse Mary mentre entrava nella stanza. Poi borbottò un'imprecazione e corse a salvare la cioccolata calda. Senza la sua sorveglianza, il latte si era riversato sul fornello.

"Torno subito," disse Hanna, alzandosi dalla sedia. Sapeva di essere un disastro e voleva almeno provare a rendersi presentabile prima dell'arrivo di Rhys. Fece con calma in bagno, lavandosi il viso e premendosi un panno freddo sugli occhi, e non uscì fino a quando non udì la porta d'ingresso aprirsi e chiudersi, seguita da un borbottio di voci. Era arrivato Rhys. Era giunto il momento di farla finita.

Tratto un respiro profondo per farsi forza, Hanna abbandonò la sicurezza del bagno e tornò in cucina.

Rhys si alzò di scatto dalla sedia che suo padre aveva occupato in precedenza e corse da lei. Le premette il palmo contro la guancia. "Cos'è successo, tesoro? Cos'ha detto la guaritrice?"

"La guaritrice?" esclamò Mary. "Sei andata da lei, oggi?"

Hanna lanciò un'occhiata oltre le spalle di Rhys e annuì molto lentamente. Aveva dimenticato di aver lasciato un messaggio a Rhys nel quale diceva che doveva fare un salto a Eureka per andare dalla guaritrice Snow.

"Hanna?" La voce di sua madre si alzò. "Che cosa ha detto?"

Come doveva fare Hanna a pronunciare le parole che sapeva tutti avevano bisogno di sentire? Non era sicura di essere in grado di far funzionare correttamente la bocca. Invece, incrociò lo sguardo di Rhys e cercò di condividere silenziosamente con lui tutta la sua verità. L'uomo conosceva la sua paura più profonda. La conoscevano tutti. Ma se c'era qualcuno in grado di leggerle nel pensiero, quello era lui.

"Cristo," disse Rhys, la voce ridotta a un sussurro leggerissimo mentre scrutava nei suoi occhi colmi di lacrime. "La guaritrice ha trovato qualcosa nei tuoi esami del sangue, vero?"

Hanna annuì e una lacrima le scivolò lungo la guancia.

Rhys la strinse in un abbraccio fortissimo. "Ce la faremo, amore mio. Te lo prometto."

"Che cosa ha detto, Hanna?" chiese sua madre. "Che cosa ha detto esattamente?"

"Mary," mormorò Walter. "Dalle un minuto."

Hanna si staccò da Rhys quanto bastava per guardare nei suoi occhi scuri. In essi si rifletteva il dolore, ma nulla di simile alla paura. Ciò bastò a farle forza. Se Rhys era al suo fianco, lei poteva farcela.

"Sediamoci," disse Hanna, riaccompagnando Rhys a tavola.

Mary esalò il fiato, sciolse le spalle e si recò con calma al piano dove aveva preparato la cioccolata calda. Prese la panna montata, spruzzò una quantità generosa in ciascuna tazza e poi portò le quattro tazze al tavolo con un vassoio. Il fatto che non stava usando la sua magia disse a Hanna che era scossa. Lo erano tutti.

Una volta che Hanna ebbe la tazza in mano, incrociò lo sguardo di Rhys e disse: "Ho sviluppato la stessa condizione di Charlotte."

Sua madre ebbe un singulto, ma suo padre si limitò ad allungare la mano per afferrare quella di Hanna.

Rhys le appoggiò la mano sulla coscia e chiese: "Cosa raccomanda Snow?"

"Devo andare domani per un trattamento di qualche tipo."

"A che ora?" chiese Mary.

"Alle dieci." Hanna bevve un lungo sorso fortificante di cioccolata calda. La dolcezza le colpì la lingua e lei si prese un momento per assaporare il gusto ricco. Sapeva di amore e di tutto il bene che i suoi genitori avevano donato alla sua infanzia, anche di fronte a circostanze spaventose.

"Troverò qualcuno che ci copra entrambe," disse Mary. "Altrimenti, terremo chiuso il bar."

"Mamma, non devi—"

"Hanna, vengo anch'io. Non è in discussione." Il tono di sua madre non ammetteva repliche. Mary si alzò, lasciando la tazza sul tavolo, e svanì nella stanza accanto.

"Papà," disse Hanna, voltandosi verso suo padre. "Tienila d'occhio, va bene? So che è in modalità crisi, ma sono preoccupata per dopo, quando si renderà davvero conto."

La mano di suo padre accentuò la presa sulla sua. "Lei è forte, Hanna. Non devi preoccuparti. Smuoverà mari e monti per fare quello che va fatto. Lo sai."

Hanna lo sapeva. Ma sapeva anche che tutti avevano un punto di rottura e dover rivivere quell'incubo avrebbe potuto essere la goccia che avrebbe fatto traboccare il vaso per Mary Pelsh. "Solo... prenditi cura di lei."

"Lo faccio sempre," disse gentilmente l'uomo. "Ora, di che cosa hai bisogno? Di rassicurazioni che ce la faremo? Oppure dobbiamo andare nel campo a sfogarci? Ci metto qualche minuto ad accendere i trattori."

Dèi, suo padre era un tesoro. Hanna non aveva idea di come fosse in grado di ricevere quella notizia così devastante e poi suggerire di correre in cerchio con i trattori della fattoria. Ma lo era. Aveva fatto così anche con Charlotte. A ogni spaventosa novità, lui era sempre stato lì, a offrire qualcosa di diverso dalla disperazione. Alcuni dei momenti più memorabili dell'infanzia di Hanna si erano svolti dopo una giornata particolarmente faticosa all'ufficio della guaritrice. Il suo preferito era il giorno in cui suo padre le aveva portate al circuito locale e aveva pagato perché loro viaggiassero accanto a piloti professionisti. Ripensandoci, probabilmente era suo padre il motivo per cui lei non aveva paura di niente.

"Ti voglio bene, papà. Andiamo a dare un'occhiata ai trattori," disse Hanna, alzandosi dalla sedia, sollevata di potersi concentrare su qualcosa che non fosse il suo spaventoso stato di salute.

"Trattori?" chiese Rhys.

"È ora di fare qualche cerchio, Silver," disse Hanna, trascinandolo fuori dalla sedia. "Spero che non ti dispiaccia un po' di fango. La primavera è sempre divertente vicino al laghetto."

"Cerchi?" ridacchiò Rhys. "Non ti riferisci a quelli nel grano, vero?"

"No."

Walter passò un braccio attorno alle spalle di Hanna. "Forza, piccina. Mostriamo al tuo fidanzato come si fa."

CAPITOLO 26

$\mathcal{H}$anna buttò la testa all'indietro e rise mentre guardava Rhys manovrare il trattore in cerchio, spruzzando il veicolo di suo padre di fango. Erano nel campo più lontano dalla casa, vicino al laghetto che usavano come piscina quando Hanna era piccola. C'erano tanti bei ricordi in quel campo. E quello sarebbe stato un altro.

Continuando a ridere, Hanna regolò la velocità del trattore e sollevò il piede della frizione. Il trattore scattò in avanti e, con una rapida girata di volante, Hanna ricoprì a sua volta il trattore di suo padre di fango. Era un esercizio stupido e liberatorio, proprio quello di cui Hanna aveva bisogno.

La luna era alta nel cielo, a illuminare il campo e a riflettersi nello stagno. Era una notte bellissima, ma aveva cominciato ad alzarsi il vento e non ci volle molto perché Hanna sentisse freddo. Coperto di fango, ma con il morale alto, il terzetto ripose finalmente i trattori e tornò a casa. Una volta dentro, Hanna si pulì in uno dei bagni del primo piano, mentre Rhys prese uno di quelli al pianterreno e suo padre svanì in quello padronale.

Una volta che Hanna fu ragionevolmente pulita, uscì e si incamminò verso le scale. Ma proprio mentre oltrepassava la vecchia stanza di Charlotte, udì i singhiozzi soffocati di sua madre. Fece capolino con la testa e avvertì il peso devastante del dolore, proprio come succedeva sempre quando intravedeva la vecchia stanza di Charlotte. Alla fine, essa era stata trasformata in una stanza per gli ospiti, ma c'erano ancora tracce di Charlotte dappertutto. Il quadro che lei aveva realizzato alle superiori era appeso sopra il letto. Charlotte aveva decorato le ante dell'armadio con una splendida rappresentazione dell'albero della vita. E sparse dappertutto per la stanza c'erano cornici contenenti citazioni ispiratrici, tutte raccolte da sua sorella.

Hanna non disse una parola mentre si infilava nella stanza, saliva sul letto e circondava sua madre con le braccia. Qualunque panico Hanna provasse, probabilmente era almeno due volte più intenso per sua madre. Doveva essere stata una tortura ritrovarsi non con una, ma con due figlie con la salute minata, senza poter fare nulla per aiutarle.

"Ti voglio bene, tesoro," disse Mary. "Vincerai la tua lotta. Lo so. Gli dèi non possono portarmi via tutt'e due."

Hanna non era così sicura, ma annuì comunque, dando a sua madre il conforto che lei bramava.

"Ti devo delle scuse immense," disse sua madre, tirando su col naso mentre le porgeva un foglio di carta piegato.

"Che cos'è?" chiese Hanna, prendendo il foglio.

"È una lettera che Charlotte aveva scritto all'universo. L'ho trovata qualche settimana fa, mentre buttavo via dei vecchi scatoloni in soffitto. Avevo cominciato a guardare Marie Kondo e mi ero detta che era giunto il momento di liberarsi di alcune cose. Ma poi ho trovato uno scatolone con le cose di Charlotte e... sono quasi crollata. Era trascorso molto tempo dall'ultima volta in cui mi ero permessa di tornare laggiù. E quando l'ho fatto, non so, è stato come se fosse crollata una diga e io avessi perso la testa. Questa lettera è il motivo per cui ero così scettica nei confronti di Rhys. Ma mi sbagliavo terribilmente. Guardalo. È il tuo scoglio."

"È il mio scoglio," concordò Hanna, provando ancora una volta una fitta di insicurezza. Era giusto permettere a Rhys di percorrere quella strada con lei? Lei sapeva com'era avere quella malattia. Era completamente diversa da una cardiopatia che poteva improvvisamente e inaspettatamente togliere la vita a una persona cara. Quella malattia avrebbe significato un lento degrado. Molti giorni brutti, anche se con qualche giorno bello sparso qua e là. Era una sfida mentale, oltre che fisica, e non sarebbe stato facile.

"Cos'è quella faccia, Hanna?" chiese sottovoce sua madre. "Non starai cambiando idea su Rhys, vero?"

Accidenti. Come faceva sua madre a leggerle nel pensiero? Hanna sospirò. "È solo che non voglio fargli passare quello che sta per succedere. Lo amo troppo per quello."

Mary serrò le labbra in una linea sottile. "Spetta a lui decidere, tesoro, non a te, e devi lasciarglielo fare. Proprio come tu volevi che lui scegliesse da solo riguardo alle sue difficoltà fisiche. Come ti sei sentita quando ti ha respinto?"

"Malissimo. Ma adesso, almeno lo capisco."

"Ne dubito. Dubito che voi due capiate." Mary abbracciò la figlia e le diede un colpetto sulla spalla.

Hanna inclinò la testa e guardò confusa sua madre. "Che significa?"

"Significa che probabilmente vuoi proteggere te stessa dal vederlo soffrire. Tu lo ami, Han. Non vuoi essere la causa del suo dolore. E probabilmente, lui non voleva vivere con la consapevolezza del genere di sofferenza che avrebbe potuto recare a te e ai vostri eventuali figli."

"Che differenza c'è? In entrambi i casi, stavamo cercando di proteggere noi stessi e l'altra persona."

"La differenza è che, se tu cerchi di proteggere te stessa, non ti fidi dell'altra persona. L'amore è un casino, tesoro. E solo perché tu respingi qualcuno, non significa che quella persona smetta di amarti o di stare male quando tu stai male. Ma lo sai già. Anch'io lo sapevo. È solo che, per un po', me ne sono dimenticata." Mary accennò con il capo al biglietto nella mano di Hanna. "Leggilo e capirai perché ho detto quello che ho detto. Le madri non sono sempre razionali."

Hanna abbassò lo sguardo sulla lettera. Era scritta nella grafia elegante di sua sorella.

Caro universo,

oggi ho scoperto che la mia condizione sta peggiorando. Probabilmente, non vedrò i miei sogni realizzarsi. Ma voglio metterli qui, gridarli a te, nel caso vi sia ancora un barlume di speranza. Tutto ciò che ho sempre voluto dalla vita è amare ed essere amata. So di essere stata fortunata, nella mia breve vita. Ho trovato un grande amore in Drew. Non esiste una famiglia migliore della mia e ho i migliori amici che una ragazza potrebbe volere. Per cui, potrebbe sembrare egoista che io chieda che mi lasci vivere per vedere il giorno del mio matrimonio e il giorno in cui nascerà il mio primo figlio. Non ho bisogno di ricchezze o di una carriera eccezionale, anche se mi piacerebbe condividere la mia arte con il mondo. Voglio solo quello che ha mia madre: una famiglia che viene prima di ogni altra cosa.

So che è chiedere molto, considerate le circostanze, per cui aggiungerò che, se questo non può succedere a me, voglio che siano i sogni di Hanna ad avverarsi. Concedile un grande amore, una vita piena di avventure e la libertà di scegliere da sola la sua strada. Ha sempre voluto fare le cose a modo suo. La ammiro e mi dispiace che probabilmente non la vedrò prosperare.

Per il momento, è tutto.

Charlotte

HANNA incrociò lo sguardo lacrimoso di sua madre. "Non capisco. Ho già quello che ha chiesto Charlotte. Perché non volevi che stessi con Rhys?"

"Perché, tesoro, volevo che almeno una delle mie figlie avesse tutto. Volevo che quel grande amore durasse per tutta la vita, per compensare ciò che Charlotte aveva perso." Mary scosse la testa. "Probabilmente, per te non ha senso, ma volevo che tu vivessi ciò che lei non ha potuto vivere. Non è giusto. Ma il dolore non è mai razionale."

Hanna fissò le parole di sua sorella e cominciò a sentirsi la persona più fortunata al mondo. Aveva *davvero* tutto ciò che Charlotte aveva desiderato... e di più. Ma ora aveva anche le sfide di sua sorella. "Mamma, credo che sia ora di smetterla di piangersi addosso."

Mary abbassò lo sguardo su di lei. "Non mi sembrava che ci stessimo piangendo addosso, tesoro. Piuttosto, direi che ci stiamo ancora assestando e che stiamo cercando di trovare la nostra strada."

"Va bene, d'accordo. Ma sono stufa di essere triste. Ho una vita da vivere e che mi venga un colpo se smetterò di viverla per colpa di questa diagnosi. Charlotte non si è lasciata scoraggiare. Non lo farò nemmeno io."

Le labbra di sua madre si curvarono in un sorriso. "Hai ragione. Lei non si è lasciata scoraggiare."

Hanna scivolò via dall'abbraccio di sua madre e si alzò in piedi. "Ci vediamo domani alla clinica?"

"Verremo tutti e due," disse Mary, le cui lacrime erano scomparse come se non ci fossero mai state.

"Ottimo. Adesso vai con papà. Avrà bisogno di te per non crollare dopo che me ne sarò andata." Walter era fantastico quando c'era da essere forti. Era nei momenti tranquilli che la vita gli faceva lo sgambetto.

"Lo farò. Di' a Rhys…" Mary si accigliò, come se stesse cercando di scegliere le parole giuste. "Digli solo che noi ci siamo, di qualunque cosa lui abbia bisogno."

"Lo farò." Hanna baciò sua madre sulla guancia e andò alla ricerca del suo fidanzato. Era ora di andare a casa.

Lo trovò in cucina, con suo padre. I due stavano parlando sottovoce, ma non appena lei entrò nella stanza, serrarono le labbra. Hanna non dubitava che suo padre stesse spiegando a Rhys cosa doveva aspettarsi dal futuro. Probabilmente, lo aveva messo alla prova, ma a giudicare dall'espressione determinata sul volto di Rhys, questi non si era lasciato scoraggiare.

"Sono pronta ad andare a casa," disse Hanna a Rhys.

Lui si alzò subito da tavola. "D'accordo. Ti seguo. Casa tua o casa mia?"

"Casa tua," disse lei. Adorava che non ci fossero dubbi sul fatto che avrebbero trascorso la notte insieme.

Walter si alzò e abbracciò sua figlia. "La tua vita non è quella di tua sorella, Hanna mia. Non sappiamo per certo cosa succederà e la tua strada non è ancora stata percorsa. Ricordatelo prima di prendere decisioni importanti. Mi hai sentito?"

Sì. "Forte e chiaro, papà."

"Brava." Suo padre la baciò sulla testa. "Ci vediamo domani mattina."

Hanna lo abbracciò di nuovo, tanto per stare sicuro. E poi, invece di salire a bordo della sua auto, salì su quella di Rhys e lasciò che lui la portasse a casa.

RHYS AVEVA la sensazione di non aver tratto un respiro profondo da quando la madre di Hanna lo aveva chiamato per dirgli che doveva andare a casa Pelsh il prima possibile. Il gioco con i trattori lo aveva aiutato un pochino, ma non riusciva a scrollarsi di dosso la sensazione di stare annegando. Di stare a malapena a galla e che la vita che si era finalmente guadagnato sarebbe svanita in un batter d'occhi.

Non aveva mai davvero pensato che Hanna si sarebbe ammalata. Aveva sempre dato per scontato che sarebbe successo a lui. E ora che la situazione si era invertita, avrebbe voluto ammazzarsi di botte per averla respinta tanto a lungo.

Che cretino che era stato. Non avrebbe mai nemmeno pensato ad abbandonarla. Avrebbe apprezzato al massimo il tempo di cui avrebbero avuto modo di godere, e lei, fino alla fine.

"Vieni qui," disse, la voce arrochita dall'emozione. Erano appena entrati nella sua casa sulla collina e lui non poteva aspettare ancora un momento prima di abbracciarla.

Hanna non esitò. Lasciò cadere la borsetta su una sedia e volò fra le sue braccia. Aveva finito le lacrime, ma lui no. I suoi occhi erano umidi mentre passava le dita lungo la nuca di Hanna e bisbigliava: "Ti amo, Hanna. Lo sai, vero?"

"Sì." La risposta di Hanna era semplice, ma l'emozione

contenuta in quella singola parola non lo era. Il suono ruvido lo annientò e lui la abbracciò più forte.

"Io sarò al tuo fianco a ogni passo del cammino. Lo sai, vero?"

"Adesso sì," disse lei, rivolgendogli un sorriso titubante.

Rhys inarcò un sopracciglio. "Non ne eri sicura?"

"Beh..." Hanna uscì dal suo abbraccio e si circondò con le braccia. Rhys avrebbe voluto attirarla a sé e continuare a stringerla, tenerla al sicuro, ma sapeva d'istinto che Hanna aveva bisogno di dire qualcosa. E che aveva bisogno di farlo senza che lui invadesse il suo spazio. "Ammetto di aver finalmente capito perché continuavi a respingermi."

"Mi sbagliavo," disse nettamente lui.

"Lo so." Hanna si protese verso la sua mano e la strinse in entrambe le proprie. "Mia madre e io abbiamo fatto una bella chiacchierata, questa sera. A proposito, si è scusata di nuovo per il suo comportamento."

Rhys scosse la testa. "Non è necessario che continui a farlo. Capisco perché si è comportata in quel modo."

"Io no," disse Hanna in tono mite. "Voglio dire, capisco perché ha detto quello che aveva detto, ma non del tutto. Non qui, dove conta davvero." Indicò il proprio cuore. "Per tutto questo tempo, non ho desiderato altro che amarti. Credi che avrei rinunciato a mia sorella per non sopportare il dolore di perderla?"

"No, certo che no." Era una domanda ridicola e lui non doveva nemmeno pensarci.

"E tu? Avresti voluto un padre diverso?"

"Dèi, Hanna." Rhys chiuse gli occhi. "Certo che no. Perché stiamo facendo questo discorso? Credevo che fossimo andati oltre."

"Sì. Quasi." Hanna si alzò in punta di piedi e lo baciò a un angolo della bocca. "È solo che questa sera, dopo aver saputo la diagnosi, ho cominciato a dubitare che fosse il caso che tu rimanessi con me e avevo bisogno di sentirmi dire quanto suona ridicola questa affermazione quando la applichiamo ai nostri cari. Voglio essere come Charlotte e vivere appieno la mia vita. Questo comprende sposarti."

"Assolutamente," disse lui, annuendo.

"Ottimo. Siamo d'accordo."

La tensione nel petto di Rhys si alleviò e all'improvviso lui poté respirare di nuovo. Non se ne era reso conto, ma ora era palese che aveva temuto che Hanna si tirasse indietro dalla vita che si stavano preparando a costruire insieme. Sentirle dire che voleva ancora sposarlo era proprio quello di cui aveva bisogno. "Assolutamente," confermò.

"C'è un'altra cosa che non voglio rimandare ancora," disse Hanna, arrossendo mentre gli prendeva la mano e lanciava un'occhiata alle scale.

Rhys sollevò entrambe le sopracciglia e sfoderò un sorriso. "E di che si tratta, splendore?"

Hanna sollevò lo sguardo su di lui, inarcò un sopracciglio e disse: "Credo sia ora che tu faccia l'amore con me, Rhys. Sai, è il caso di assicurarci che siamo compatibili in camera da letto prima di spingerci troppo in là."

Rhys scoppiò a ridere. *Prima di spingerci troppo in là?* La prese e la sollevò senza sforzo fra le braccia. "Tesoro, ci siamo dentro così a fondo che nemmeno una ruspa potrebbe tirarci fuori. Ma, certo. Andiamo a vedere quanto siamo compatibili."

Hanna ridacchiò mentre lui saliva i gradini due alla volta, per poi entrare in camera sua e buttarla sul letto. Le si mise sopra, coprendo il suo corpo con il proprio, e una volta che le sue labbra trovarono quelle di lei, tutte le risate cessarono. Il cuore di Rhys martellava nella gabbia toracica e il suo amore era così grande, così feroce, che pensò che sarebbe scoppiato.

Hanna sollevò una mano tremante e la premette contro il petto. "Ti sento già dappertutto, Rhys."

Le parole dolci di lei colmarono tutti i vuoti di Rhys. "Ottimo. Perché tu hai già invaso ogni parte di me. Ti amo tanto."

"Ti amo anch'io," bisbigliò Hanna. E poi, la conversazione cessò mentre diventavano una cosa sola.

CAPITOLO 27

"*B*uongiorno, Hanna, Rhys," disse la guaritrice Snow mentre entrava nel suo ufficio. "Vi ringrazio per esservi liberati ed essere venuti con così poco preavviso."

"Certo," disse Hanna, stringendo così forte la mano di Rhys che ebbe paura di bloccargli la circolazione.

"Ho delle ottime notizie–" esordì Snow.

"Non ho davvero la malattia di Charlotte?" chiese Hanna, interrompendola.

La guaritrice Snow fece una smorfia. "Mi dispiace, Hanna. Non volevo dire questo."

Hanna fece una risatina nervosa. "Valeva la pena provarci."

La guaritrice le rivolse un sorriso di solidarietà. "Come stavo dicendo, abbiamo fatto progressi significativi nel trattamento della malattia autoimmune. È una fortuna che tu ci abbia fornito tanto a lungo il tuo sangue per le nostre sperimentazioni, perché significa che abbiamo lavorato a una cura usando le *tue* cellule. E gli anticorpi che abbiamo ora derivano direttamente dal tuo DNA. È un grande vantaggio per te."

"Che significa?" chiese Hanna. "Ho più probabilità di essere curata perché avete usato il mio DNA?"

"Proprio così. Tu corrispondi perfettamente. Se riusciremo a duplicare quello che abbiamo provato in laboratorio, forse potremmo dire di aver trovato davvero una cura. Sarebbe la prima volta in cui saremmo riusciti a invertire la malattia anziché rallentarne semplicemente il decorso."

Hanna la guardò sbalordita, senza osare sperare di aver sentito bene.

"Una cura?" disse Rhys. "È realistico o è solo una speranza?"

"È decisamente realistico. Anzi, sono così sicura che funzionerà che ho già cominciato a lavorare sulle linee guida per coloro che sono a rischio di sviluppare questa malattia." Gli occhi della guaritrice Snow brillavano di entusiasmo. "Credo che faremo la storia, Hanna. E tutto perché tu ci hai tenuto abbastanza da continuare a venire qui per dieci anni, facendo tutto il possibile per aiutarci a scoprire di più su questa malattia."

"Ecco… è a questo che sarebbero servite le sperimentazioni successive?" chiese Hanna, confusa perché sentiva parlare solo in quel momento di una possibile cura.

"Più o meno. Volevamo provare a duplicare quello su cui stavamo già lavorando. Ricordati: prima non avevamo i marcatori attivi per la malattia, per cui non potevamo mettere alla prova la nostra teoria. Ma poi, ieri sera, dopo che te ne sei andata, ci siamo messi al lavoro in laboratorio e alleluia! Ce l'abbiamo fatta."

Le dita di Rhys si strinsero attorno a quelle di Hanna. "Naturalmente, non ci sono garanzie." Lo sapevano tutti. "Ma quali sono le possibilità che funzioni?"

"È un'ottima domanda. Ovviamente, non possiamo dare dei numeri per un trattamento che non è mai stato testato, ma se fossi il tipo che gioca d'azzardo, scommetterei forte." La guaritrice sorrise a entrambi. "E tutto ciò che dovremo fare sarà amministrare la flebo con gli antibiotici mentre una guaritrice specializzata nell'imposizione delle mani realizzerà la magia."

"Tutto qui? Quali sono i rischi?" chiese Hanna.

La guaritrice fece spallucce. "Non sono molti. Le solite cose: una reazione agli anticorpi, ad esempio, il che è improbabile, dato che la fonte originale sei proprio tu. E poi ci sono i rischi associati alla magia della guaritrice, che è più un'arte che una scienza."

Hanna lanciò un'occhiata a Rhys, sentendosi al tempo stesso sollevata e scettica. "Sembra troppo bello per essere vero."

"Può darsi, ma non è sempre così, quando si tratta di guarigione magica?" osservò lui.

"Charlotte provò più d'una di queste cure miracolose," disse Hanna, cercando disperatamente di non farsi venire speranze. "Non voglio crearmi aspettative irragionevoli. So come ci si sente a pensare di aver trovato una soluzione quando non è assolutamente così."

Rhys le lanciò un'occhiata. "Vuoi dire che rifiuti il trattamento?"

Lei scosse la testa. "No, assolutamente no. Credo che sto solo cercando di adattarmi. Ieri immaginavo giornate intere bloccata a letto e ora mi dicono che potrei uscire di qui con una cura. È... parecchio."

La guaritrice Snow si schiarì la voce. "D'accordo, lasciatemi chiarire alcune cose. Il trattamento non è roba da una sola seduta. Avremo bisogno di almeno tre appuntamenti, forse anche cinque, ma dopo il trattamento di oggi sapremo se funziona o no. Quando parliamo di cure, parliamo di remissione e di esami regolari. Poi, se riusciremo a tenere a bada la malattia per qualche anno, potremmo dire che sei guarita. Vedila come una serie di passi. Quello di oggi potrebbe essere un piccolo passo o un balzo gigantesco. Non lo sapremo prima di averci provato."

Hanna trasse un respiro profondo. "Va bene. Facciamolo."

"Magnifico." La guaritrice si allungò sulla scrivania e strinse la mano a entrambi.

"Guaritrice Snow?" chiese Hanna.

"Sì?"

"Crede che qualcuno potrebbe spiegare tutto ai miei genitori? Sono in sala d'attesa. Lo farei io, ma non sono sicura di aver capito tutto e dopo quello che hanno passato con Charlotte…"

"Non aggiungere altro. Farò spiegare tutto dalla mia tirocinante mentre ci prepariamo per la procedura. Seguitemi."

Rhys e Hanna si alzarono in piedi, ma prima che lei potesse seguire la guaritrice, Rhys la prese fra le braccia e disse: "Buona fortuna."

Lei premette le labbra contro le sue e bisbigliò: "Spero di non stancarmi troppo. Avevo dei progetti per dopo."

Lui ridacchiò mentre i suoi occhi brillavano dal desiderio. "Anch'io."

"Hanna? Sei pronta?" chiamò la guaritrice Snow dalla porta.

"Sì." Dopo aver dato un ultimo bacio a Rhys, Hanna girò sui tacchi e seguì Snow in corridoio.

"Sei comoda?" chiese Snow a Hanna.

Hanna giaceva su quello che poteva essere definito soltanto come un lettino chirurgico. Il tavolo motorizzato aveva spesse imbottiture di plastica ed era posizionato al centro della stanza, sormontato da tre grossi fari.

"Abbastanza," rispose.

"Ottimo. Adesso ti mettiamo la flebo, dopodiché entrerà l'altra guaritrice."

"Va bene." Hanna chiuse gli occhi, esausta dal giorno prima. Era stata una giornata piena di emozioni, seguita da una lunga notte di amore con Rhys. Il loro tempo insieme era stato lento e dolce e così pieno d'amore che lei aveva pensato che sarebbe scoppiata, da tanto era enorme la loro affinità. Era stato meraviglioso.

E poi si erano svegliati nel cuore della notte, affamati l'uno dell'altra, e quella volta era stata carica di voglia cruda e colma di disperazione di stare insieme, di possedere ciascuno l'anima dell'altro. Anche quello era stato qualcosa di meraviglioso, di cui entrambi avevano bisogno. Hanna si era svegliata fra le braccia di Rhys e, onestamente, non ricordava di essere mai stata così felice e al tempo stesso così spaventata da ciò che avrebbe portato il giorno. E forse era per quello che faticava così tanto a credere che quella cosa potesse funzionare. La vita non era mai così ordinata. Lei non era proprio sicura di potersi fidare. Ma era assolutamente disposta a provare.

"Hanna?" chiese una donna. "Sei tu?"

Hanna aprì gli occhi e si ritrovò di fronte a un viso familiare. "Luna? Cosa ci fai qui?"

La bella bionda le sorrise. "Sono io l'addetta all'imposizione delle mani. In sostanza, proverò a cercare di stimolare la guarigione all'interno del suo sistema immunitario."

"Non sapevo che lavorassi anche qui." Hanna era sconvolta dal fatto che la nuova massoterapista era lì per salvarle di fatto la vita. D'altra parte, Luna non aveva forse aiutato Faith a guarirle la caviglia slogata? All'improvviso, Hanna si sentì decisamente più ottimista riguardo alla procedura.

"Solo part-time. Quello che faccio è molto specializzato e mi costa molta fatica. È per questo che lavorò anche da A Touch of Magic. Ho bisogno di arrotondare."

Hanna si allungò a toccare la mano dell'altra donna. "Grazie per essere qui. Non so perché, ma la tua presenza mi fa sentire molto meglio."

Luna le sorrise. "Grazie. Significa molto per me. Sono felice di fare tutto il possibile."

"Hanna? Sei pronta?" chiese la guaritrice Snow mentre entrava nella stanza e controllava la flebo e il cardiofrequenzimetro.

"Credo di sì. Cosa devo fare? Stare qui e basta?"

"Praticamente, sì," disse Luna. "Non è molto diverso da un massaggio. Fammi sapere se provi qualche strana sensazione o se quello che faccio ti mette a disagio. Altrimenti, stai tranquilla e rilassati."

"Rilassati." Hanna fece una risatina nervosa. "Come no."

"Non preoccuparti, Hanna. So quello che faccio," bisbigliò Luna.

Hanna trasse un respiro profondo e lo esalò, ma era tesa e rilassarsi era impossibile.

"Adesso comincerò la flebo, Hanna," disse Snow. "Subito dopo, Luna farà la sua magia. Ci sono domande?"

Hanna scosse la testa mentre un brivido la attraversava. Tremando, si circondò con le braccia, cercando di trattenere un po' di calore.

"Non preoccuparti, Hanna. È solo la flebo. La mia magia ti scalderà," disse Luna.

"Se lo dici tu," disse lei, battendo i denti. Cominciò a girarle la testa e le si rivoltò lo stomaco. "Oddio," gemette, per poi voltandosi sul fianco, temendo di vomitare.

"Spegnete le luci," ordinò Luna.

La luce intensa si abbassò, ma il liquido della flebo le bruciava comunque nelle vene e la sua fronte e la sua nuca si imperlarono di sudore.

"Basta..." gemette. Le pulsava la testa e aveva il sospetto di avere un principio di emicrania.

"Ci penso io," disse Luna, premendo la mano sulla fronte di Hanna. Il palmo era freddo, ma il formicolio di magia calda si diffuse attraverso il cuoio capelluto di Hanna, placando il mal di testa.

"Grazie," piagnucolò Hanna, continuando a stringersi lo stomaco. Cominciò a dondolarsi; aveva la sensazione che sarebbe uscita dalla sua stessa pelle.

"Rallentate la flebo," ordinò Luna. "È troppo, troppo in fretta."

Hanna non avrebbe saputo dire se le avessero obbedito o meno. Sapeva solo che stava gelando e che la bile le stava risalendo in gola.

La mano di Luna si spostò sul suo collo, il formicolio un balsamo contro la sensazione di gelo che le scorreva nel corpo. "Tieni duro, Hanna. Ce la faremo."

Hanna ascoltò la voce tranquillizzante di Luna e si concentrò sulla mano della donna che le scendeva lungo la spalla e il braccio nudo. Il tepore cominciò a scongelare il gelo profondo fino alle ossa che l'aveva afferrata dall'interno. Il respiro di Hanna si fece meno affannoso e, quando Luna la voltò delicatamente supina, Hanna si lasciò andare senza opporre resistenza.

"Ecco. Sta funzionando, giusto?"

Hanna aprì gli occhi per la prima volta da quando era

iniziata la flebo e fissò Luna dritto negli occhi. "Continua a parlare."

Luna annuì, contrasse le labbra e poi disse: "Avevo una cagnolina, una volta. Si chiamava Star. Era minuscola. Hai presente quei cani che stanno in una borsetta? Era un incrocio fra uno shi tzu e un barboncino. La mia madre affidataria la chiamava 'shizzucina' e le metteva collari sbrilluccicanti. Per questo si chiamava Star. Comunque, Star e io eravamo inseparabili. Lei dormiva nel mio letto, mi seguiva dappertutto in casa e io, in cambio, le davo tanto di quell'amore che lei non si rendeva conto di essere un cane."

"Una volta avevo una cagnolina," disse Hanna. "Si chiamava Willy."

"Ma non era una femmina?" disse ridendo Luna.

"Stava per Wilhelmina. Come l'agenzia di modelle."

"Ah, ha senso. Volevi fare la modella?" chiese Luna.

"A volte lo faccio," disse Hanna. "Ma non lavoro per un'agenzia. Non volevo lasciare Keating Hollow."

"Capisco perché," disse Luna, per poi bisbigliare: "Voltati bocconi, per favore."

Hanna fece come le era stato detto, notando a malapena che non aveva più freddo.

Luna premette le mani sulle spalle di Hanna e questa volta, invece della delicata magia formicolante, il calore si riversò nei suoi muscoli, dandole la sensazione che essi si fossero liquefatti. La sensazione si ripeté più e più volte mentre Luna, lavorando, scendeva lungo la schiena di Hanna. Era intenso, meraviglioso e spaventoso al tempo stesso. La mente di Hanna era completamente andata. Non sapeva se detestasse quello che stava accadendo o se lo adorasse. Ma una cosa era certa: Luna stava pompando una magia intensa nel suo corpo. Doveva pur servire a qualcosa, no?"

"Parlami ancora di Star," disse Hanna. Aveva i muscoli così rilassati che forse aveva biascicato.

"Star. Che cagnolina magnifica. La portavo dappertutto nella sua gabbietta. È stata il primo essere vivente a volermi bene."

Hanna voltò la testa e la guardò sconcertata. "Il primo?"

"Già. Siamo rimaste insieme per nove mesi prima che mi spostassero in un'altra casa. Mi manca ancora." All'improvviso, Luna si immobilizzò e rimase a bocca aperta. Un attimo dopo, esalò il fiato e cominciò a passare le mani sulla parte posteriore delle gambe di Hanna. "Mi dispiace. Non so perché l'ho detto. Credo che la nostra connessione abbia fatto crollare le barriere di entrambe."

Da quel momento in poi, Luna non parlò più, se non per dare a Hanna istruzioni specifiche sulla posizione da assumere. Ma andava bene così. Il freddo, la nausea, il mal di testa – era svanito tutto e Hanna si sentiva semplicemente calda e rilassata. La magia di Luna era penetrata dentro di lei e Hanna cominciava ad avere la sensazione di galleggiare.

Le luci si riaccesero e Luna la coprì con una coperta spessa prima di fare un passo indietro. "È fatta," bisbigliò. "Come ti senti?"

"Benissimo," disse Hanna, sapendo nel profondo della sua anima che, in un modo o nell'altro, Luna le aveva appena salvato la vita. Non era un desiderio e nemmeno una sensazione. Lo sapeva. Era quel genere di certezza che lei aveva provato solo due volte in vita sua. La prima volta era stato quando aveva capito, prima che glielo dicesse chiunque, che sua sorella non c'era più. La seconda era stata quando il suo cane Willy era scomparso e Hanna aveva avuto la premonizione che la cucciola era stata accalappiata e che si trovava in un canile di Garberville. Hanna non avrebbe dovuto sapere nessuna delle due cose, ma lo sapeva. La sensazione era la stessa.

"Ottimo. È così che deve funzionare." Luna si rivolse alla guaritrice Snow e le due parlarono della flebo e di quali miglioramenti apportare alla sessione successiva.

Prima che Hanna se ne rendesse conto, Luna se n'era andata e la guaritrice Snow le stava prelevando una fiala di sangue. "Lo esamineremo e ti richiameremo più tardi." La guaritrice porse la fiala a uno dei suoi assistenti. "Puoi alzarti."

Hanna si raddrizzò lentamente, aspettandosi che le girasse la testa, ma non solo si sentiva bene, era in forma smagliante. "Porca miseria. Quella donna è come una droga."

Snow fece un sorrisetto. "Se solo potessimo imbottigliare il suo talento, eh?"

"Già," concordò Hanna, per poi seguire Snow in un ambulatorio, dove si vestì. Quando uscì, Snow la stava aspettando.

"Sei stata molto brava oggi, Hanna. Ti chiamerò più tardi, dopo che avremo analizzato i risultati, ma in ogni caso, abbiamo bisogno che tu torni la settimana prossima. Assicurati di prendere appuntamento mentre esci."

"Lo farò." Hanna strinse la mano di Snow e uscì, trovando Rhys e i suoi genitori.

"Hanna!" gridò sua madre quando la vide. "Com'è andata?"

"Benissimo. Snow mi chiamerà più tardi con i risultati delle analisi del sangue, ma sono sicura che saranno positivi."

"Come puoi esserne certa?" le chiese Rhys.

Lei sorrise serena e gli diede un colpetto sul braccio. "Lo sono e basta. D'ora in poi andrà tutto bene."

Mary guardò sua figlia con gli occhi stretti. Dopo averla osservata per un momento, annuì come se fosse soddisfatta. "Ottimo, perché conto che tu faccia la tua parte al bar per quanto riguarda il catering. Continuano ad arrivare ordinazioni e non posso fare tutto io. Dovremo organizzarci..."

La madre di Hanna continuò a blaterare dei loro futuri piani per il bar mentre Hanna abbracciava suo padre e si teneva stretta la mano di Rhys. Andava davvero tutto bene, ora, e Hanna non vedeva l'ora di dare inizio al resto della sua vita con le persone che amava di più.

CAPITOLO 28

Rhys prese la mano di Hanna e la condusse lungo il sentiero vicino al fiume magico. Non avevano parlato molto in auto mentre tornavano dall'ufficio della guaritrice Snow. Rhys non sapeva cosa dire. Hanna era certa che la procedura avesse funzionato. Anzi, non solo certa, ma certissima. Come se fosse cosa fatta. Rhys non condivideva la sua sicurezza. Avrebbe voluto farlo, ma come poteva Hanna fidarsi così ciecamente di una sensazione? Lui non capiva. Ma di sicuro non l'avrebbe contraddetta. Presto Snow avrebbe chiamato e loro avrebbero saputo come stavano le cose.

"Che ne dici di ottobre?" gli chiese Hanna.

"Ottobre cosa?" Rhys si chinò, prese una margherita selvatica e la infilò dietro l'orecchio di Hanna.

Lei gli sorrise, gli occhi che brillavano di tanta di quella vita da mozzare il fiato. "Per il matrimonio. Mio padre dice che imbottiglierà il Sauvignon Blanc verso la fine di settembre. Questo significa che potremo servire il suo vino e in quel periodo dell'anno il tempo sarà magnifico. Il tema potrebbe essere quello del raccolto, con zucche a fiasco e scope di saggina. Magari un calderone, se vogliamo creare un'atmosfera stregata." Hanna rise. "Potrei indossare un abito bianco con il corsetto e stivali alla coscia. Che ne pensi?"

"Credo che probabilmente dovresti tenere quell'abbigliamento per me, Hanna," disse Rhys, scostandole i riccioli dagli occhi. "Meglio evitare che lo sposo ti trascini nel vigneto in preda alla passione, giusto?"

"No!" Hanna si alzò in punta di piedi e gli diede un bacio lungo e lento.

Rhys la circondò con le braccia; aveva bisogno di sentirsela addosso. Lei era così forte, così piena di vita, che lui non riusciva nemmeno a immaginare di percorrere il mondo senza di lei. Accentuò la presa e tuffò il viso nel collo di Hanna, inalando il suo dolce profumo di caprifoglio. "Che bella sensazione che mi dai, amore."

"Anche tu, Rhys." Hanna gli fece passare le dita lungo la nuca, provocandogli un brivido di desiderio.

Si staccò e lo guardò. "Ho un'altra domanda per te."

"Due," disse lui, sorridendo da un orecchio all'altro.

Lei rise. "Due cosa?"

"Due figli. Ma potrei lasciarmi convincere a farne tre. Avremo bisogno di una casa più grande o di fare qualche lavoro, ma possiamo trovare una soluzione."

"Va bene." Hanna annuì come se quella non fosse la prima volta che parlavano di avere dei figli, come se non avessero la spada di Damocle di una malattia debilitante sospesa sopra la testa. "Due o tre vanno bene entrambi, ma dobbiamo decidere dove andare a vivere. Casa tua o casa mia?"

Rhys sollevò una spalla. "A me non importa. Mi basta svegliarmi accanto a te tutti i giorni."

"Che ne dici di fare un elenco dei pro e dei contro?"

"Va bene. Casa tua è più vicina al paese. Si risparmierebbe tempo."

"Quanto, sette minuti?" Hanna rise. "Keating Hollow non è esattamente molto trafficata."

"È vero, ma se optiamo per casa tua, saremo abbastanza vicino per l'occasionale sveltina durante la pausa pranzo."

Hanna ridacchiò. "D'accordo, un punto a favore di casa mia. Casa tua ha una vista migliore."

"Vero, ed è vicina a dei sentieri buoni per correre," aggiunse Rhys.

"Casa mia è più vicina a quella di Faith. Per me è un punto a favore. Non so per te."

"Casa in paese due, casa in collina uno," disse Rhys. "Casa mia ha i bagni migliori."

"E la cucina migliore," disse Hanna. "Inoltre, è più grande."

"Più grande non vuol dire sempre migliore," disse Rhys con un sorrisetto.

"Un corno." Hanna abbassò lo sguardo, lanciando un'occhiata alla sua lampo. "Fidati di me, Silver. Tu stai messo benissimo."

"Buono a sapersi." Continuarono a discutere su quale casa scegliere per stabilirsi fino a quando, alla fine, Rhys disse: "Spetta a te decidere, splendore. Qualunque posto tu voglia, io ci sto. Oppure, se vuoi vendere entrambe le case e cominciare da zero, posso lasciarmi convincere. Come ho già detto, voglio solo te."

L'espressione di Hanna era colma di amore quando lei sollevò lo sguardo su di lui. "Sei meraviglioso. Lo sai?"

"Non sei obiettiva," disse Rhys.

"Può darsi. Ma è vero comunque. D'accordo, se devo scegliere io, voglio la casa in collina, perché in bagno hai quella vasca a idromassaggio fantastica."

Rhys ridacchiò. "Sai, potremmo metterne una anche a casa tua, se–"

"Basta." Hanna sollevò la mano. "Ho già scelto."

"D'accordo. Vada per la casa in collina."

"Ottimo," disse Hanna. "Passiamo da casa mia, così posso mettere i miei vestiti in valigia."

"Ho una notizia per te, Hanna: per un bel po', non avrai bisogno di vestiti."

"Oh?" Hanna gli passò una mano sul petto e gli mise l'altra sul fianco. "Credo che potrei lasciarmi convincere. Che ne dici di andare adesso e–"

Il telefono di Rhys cominciò a squillare. "Aspetta un momento." Si premette il telefono all'orecchio. "Clay, che succede?" Prese Hanna per mano e riprese a camminare. "Sono con la mia ragazza. Perché?... Oh?... Certo. Adesso?... Va bene. Arriviamo fra venti minuti." Rhys mise giù. "Ci hanno convocati alla fattoria Townsend."

"Per cosa?" chiese Hanna.

"Pare che ci sia una riunione di famiglia e che ci sia bisogno del tuo contributo." Rhys fece spallucce e si rimise il telefono in tasca.

"Riunione di famiglia? E noi cosa c'entriamo?"

"Mi sa che lo scopriremo."

"Sembra una festa," disse Hanna mentre Rhys percorreva il viale della dimora della famiglia Townsend. C'erano già altri cinque veicoli, il che lasciava solo uno spazio per la Jeep di Rhys.

Lui parcheggiò in corsa attorno all'auto per aprire la portiera.

"Sai che non devi farlo, vero?" disse lei, pur illuminandosi in viso per un sorriso.

"Lo faccio perché voglio farlo," disse Rhys, mettendole una mano in fondo alla schiena mentre la guidava su per i gradini dell'ingresso.

"Ottima risposta." Hanna si allungò verso la maniglia, senza nemmeno preoccuparsi di bussare. Da anni era una presenza fissa a casa Townsend e dava per scontato che, quando si era ottima amica di una delle sorelle Townsend, quello fosse solo uno dei privilegi. Entrò ed esclamò: "Ciao! Siamo qui."

"Venite," chiamò un coro di voci.

Rhys si sentiva un intruso a entrare a casa Townsend come se niente fosse, ma a nessun altro sembrava importare, per cui lui si appiccicò un sorriso sul volto e salutò mentre svoltavano l'angolo nel grande soggiorno. Lincoln Townsend era seduto al tavolo della sala da pranzo con Clay Garrison, suo genero, e Jacob Burton, il fidanzato di Yvette. Le sorelle Townsend erano indaffarate in cucina, a preparare cappuccini e servire dolci. Drew e Hunter, i compagni di Noel e Faith, erano a guardare lo sport sul divano, mentre le bambine correvano dappertutto assieme a due piccole shi tzu.

"Eccoti, Rhys," chiamò Lincoln Townsend. "Vieni qui. Dobbiamo discutere di una cosa."

"Certo." Rhys baciò Hanna sulla tempia e fece per incamminarsi verso il tavolo.

"Porta anche Hanna," aggiunse Lincoln.

"D'accordo." Rhys si voltò e offrì il braccio all'amore della sua vita, per poi accompagnarla dagli uomini.

"Sedetevi," disse Lincoln. "Abbiamo una proposta."

Clay e Jacob sorridevano come due imbecilli e Rhys si accigliò, chiedendosi dove volessero andare a parare. Non amava le sorprese quando si trattava della sua vita lavorativa e, in quel momento, non aveva idea del perché fosse stato convocato.

"Che succede, Lin? Come si sente?" chiese Hanna.

"Benissimo, Hanna. Ho appena saputo di essere ufficialmente in remissione." L'anziano sorrise radioso.

"Sì!" Hanna balzò in piedi e corse da lui, stringendolo in un enorme abbraccio. Quando si staccò, aveva le lacrime agli occhi. "Sapevo che sarebbe riuscito a spuntarla. Grazie agli dèi e a tutti i guaritori che l'hanno aiutata a combattere questa battaglia."

"E grazie moltissimo a Faith ed Abby. Quelle due ragazze hanno le mani magiche," disse Lincoln, illuminandosi in viso mentre guardava le figlie in cucina. "E anche a Yvette e Noel, naturalmente. Mi hanno dato un sostegno immenso."

"Sono davvero meravigliose," disse Hanna, sorridendo radiosa a Faith.

Rhys si guardò attorno e fu colto dal desiderio di costruire con Hanna una famiglia come quella di Lincoln Townsend. Certo, Lincoln aveva fatto quasi tutto da solo, dopo che la moglie lo aveva lasciato, ma il risultato era evidente. Rhys era cresciuto solo con sua madre e voleva che i suoi figli avessero fratelli e sorelle, che godessero di un legame del genere da grandi.

"Rhys," disse Clay, alzandosi e passando bottiglie di sidro a tutti. "C'è un motivo per cui ti abbiamo chiamato, oltre che per festeggiare il lancio della linea di sidro."

"Il lancio?" chiese Rhys. Era una novità per lui. Fino a quel momento, pensava che stessero ancora decidendo se il sidro sarebbe stato una piccola specialità locale o se lo avrebbero imbottigliato e venduto tramite distributori, come facevano con la birra.

"Abbiamo ricevuto delle richieste," spiegò lei. "Ieri è

arrivato il rappresentante del nostro distributore principale. Ha detto che alcuni suoi clienti cercano sidro di alta qualità, per cui abbiamo fatto una riunione e abbiamo deciso di darci dentro, a una condizione."

"Di che si tratta?" chiese Rhys, cercando di ignorare il nervosismo che gli rimescolava lo stomaco. Gli avevano detto che volevano che lui diventasse il capo della divisione, ma magari la situazione era cambiata, ora che non si trattava più di una piccola operazione.

Clay si rivolse a Lincoln. "Vuole fare lei gli onori?"

"Assolutamente." Lincoln Townsend si alzò e disse: "Figliolo, siamo tutti molto colpiti dalle varietà di sidro che hai prodotto. Inoltre, ci rendiamo conto che sono le tue doti magiche innate a renderle così speciali. Con questa premessa, vorrei proporti di diventare socio a pieno titolo della divisione sidro del Birrificio Townsend."

Rhys rimase ammutolito.

"Come?" squittì Hanna. "Oddio, è fantastico." Si rivolse a Rhys. "Di' qualcosa. Hai sentito Lin? Vogliono farti socio."

Rhys si alzò in piedi e si schiarì la voce. "È un'offerta molto generosa. Temo di essere stato colto un po' alla sprovvista. Non me lo aspettavo."

Lin ridacchiò. "Immagino. Ma questa è un'attività famigliare, figliolo. E tu sei uno di famiglia. Era ora di assicurarci che lo sapessi."

Rhys abbassò lo sguardo su Hanna e sorrise. "Immagino che lo sarò una volta che io e Hanna ci uniremo in matrimonio. So che le vostre famiglie sono molto legate."

"È vero." Lin si massaggiò pensieroso il mento. "Ma anche se tu non fossi stato furbo abbastanza da chiedere la mano della nostra ragazza, sei comunque uno di famiglia, Rhys. Da quant'è che lavori al birrificio?

"Cinque anni?" tirò a indovinare Clay.

A dire il vero, erano sei, ma Rhys non voleva correggerlo.

"Non importa." Lin mosse una mano. "Basta a farci sapere che il tuo posto è qui."

La gola di Rhys si serrò mentre le emozioni lo travolgevano. Lui adorava il birrificio. Il pensiero di essere comproprietario del ramo dedicato alla produzione del sidro... era un sogno realizzato. Deglutì a fatica e si costrinse a dire: "La ringrazio per l'offerta, Lincoln. Non ha idea di quanto mi piacerebbe diventare comproprietario, ma non ho un capitale da investire–"

"Il tuo capitale è il prodotto, figliolo. Senza di esso, non avremmo una linea." Lincoln sorrise. "Ho fatto preparare un contratto; dacci un'occhiata. In sostanza, dice che il Birrificio Townsend avrà l'esclusiva sui sidri che produrrai fino a quando sarai comproprietario dell'attività. Avrai diritto di voto per quanto riguarda il sidro e guadagnerai una percentuale sui profitti. C'è dell'altro, ma dovresti farlo controllare da un avvocato per assicurarti che si allinei con i tuoi interessi."

Rhys era sconvolto. Lincoln Townsend gli stava porgendo un sogno su un piatto d'argento. Faticava a credere che l'uomo di fronte a lui fosse capace di stendere un contratto che lo avrebbe raggirato in qualunque modo. Lincoln non era quel genere d'uomo. Ma sapeva anche che era giusto agire con diligenza. Tese la mano all'anziano. "Se il mio avvocato darà la sua approvazione, credo che siamo d'accordo."

Scoppiarono gli applausi in cucina quando le sorelle Townsend mostrarono la loro approvazione. Rhys strinse la mano di Clay e di Jacob, poi Hanna lo strinse in un abbraccio fortissimo.

"Sono tanto orgogliosa di te," gli bisbigliò nell'orecchio. "Te l'hanno proposto perché lo meritavi. Sei fantastico."

Rhys la abbracciò forte e la baciò sulla testa, decisamente travolto dalle notizie della giornata. Un attimo dopo, venne preso in disparte da Lincoln e Clay, che lo portarono nel frutteto a discutere delle varietà delle mele e del calendario del raccolto.

Quando tornarono in casa, il sole aveva già cominciato a calare e Rhys era ansioso di parlare con Hanna. Passò lo sguardo nel salotto e, quando non la vide, chiese a Faith se sapesse dove trovarla.

"L'ho vista uscire. Credo che le abbiano telefonato," disse Faith.

Speranza e paura lo travolsero entrambe, paralizzandolo. La guaritrice Snow aveva detto che avrebbe richiamato. Era il momento della verità. Rhys corse verso la porta e uscì in veranda.

Hanna era vicina alla ringhiera, le lacrime che le scorrevano lungo il viso, ma sorrideva anche da un orecchio all'altro.

"Hanna?" Rhys la raggiunse. Non era sicuro di avere il coraggio di farle la domanda.

"Non c'è più," singhiozzò lei. "Luna mi ha curata. Non ci sono tracce della malattia. Nessuna. Zero. È come se non ci fosse mai stata. Persino il mio DNA mostra che non sono più a rischio. Rhys, a parte i trattamenti che la guaritrice vuole farmi fare per sicurezza, è finita."

Rhys spalancò le braccia e lei vi volò in mezzo. Rimasero nella veranda della famiglia Townsend, stretti l'uno nell'abbraccio dell'altra, mentre il sole proiettava una luce arancione su Keating Hollow.

Alla fine, Rhys disse: "Il dodici di ottobre. Ci sposeremo allora."

"Perché il dodici?" chiese lei, premendogli la mano sulla spalla.

"Perché, splendore, quello è il giorno in cui ti ho chiesto di uscire per la prima volta, alle superiori. Ti ricordi la sagra del raccolto?"

"Sì. Mi avevi chiesto di andare con te perché non volevi portare la figlia fastidiosa dei vicini, o qualcosa del genere."

Rhys ridacchiò. "Era una bugia. Volevo solo portare te." Giocherellò con la margherita che era ancora infilata dietro l'orecchio di Hanna. "Sai cosa ha scoperto quella sagra?"

"Che mangiare un cetriolo fritto assieme a un Twinkie fritto è una pessima idea?" Rhys sentiva il sorriso nella voce di Hanna.

"Sì, ma me ne ero dimenticato," disse lui. "Ho scoperto che le margherite sono il tuo fiore preferito, che le scimmie ti fanno paura e che Prince era il tuo musicista preferito."

Hanna gli lanciò un'occhiata. "Ti ricordi tutte quelle cose?"

"Hanna, mi ricordo tutto."

Gli occhi di Hanna brillavano di lacrime di gioia e Rhys era sicuro che lo stesso valesse per i suoi mentre chinava la testa e la baciava.

CAPITOLO 29

*L*una Scott si lisciò il prendisole, trasse un respiro profondo per farsi forza ed entrò nel birrificio Townsend. Era un martedì di metà maggio e il pub era chiuso per un evento privato – la festa di fidanzamento di Hanna e Rhys. Sembrava che l'elenco degli ospiti includesse almeno mezzo paese, perché il locale era stracolmo.

"Sei arrivata!" Hanna, con l'aspetto di una supermodella nei jeans aderenti, la camicetta di seta e i tacchi a spillo rossi, si fece largo fra la folla e afferrò la mano di Luna. "Finalmente. Non ero sicura che ce l'avresti fatta."

"Nemmeno io," disse Luna. "Alla spa è arrivata una cliente all'ultimo minuto. È una cliente fissa di Eureka, che ha sbagliato il giorno dell'appuntamento. Non me la sono sentita di mandarla via." Luna si morse l'interno della guancia per non aggiungere che quella spiegazione era completamente falsa. La verità era che aveva accettato la cliente perché non era certa di voler partecipare a quell'evento. Non perché non le piacessero Hanna e Rhys, anzi. Le piacevano molto. Era solo che si sentiva molto più a suo agio con una persona alla volta piuttosto che in gruppi numerosi.

"Non preoccuparti." Hanna la attirò fino al bancone. "Sadie, puoi portare qualcosa da bere a Luna? Ha lavorato per tutto il giorno e so che ha bisogno di bere."

"Certo. Cosa posso portarti, Maggie?" Sadie le sorrise radiosa.

Luna trattenne una smorfia. Da quando aveva aiutato Hanna a sconfiggere la sua malattia autoimmune, Hanna aveva cominciato a chiamarla Mani Magiche, abbreviato in Maggie. Sembrava che quel soprannome terribile sarebbe rimasto. Luna detestava il nome Maggie. Le ricordava una sua madre affidataria che era in disintossicazione e incolpava i suoi "figli" per la necessità di dover restare pulita. Una stronza cattiva, che fumava come una ciminiera e puzzava di naftalina.

"Facciamo una limonata," disse Luna.

"Non vuoi l'ultimo sidro di Rhys?" chiese Hanna. "Ha appena ricevuto il punteggio massimo dal *Lost Coast Times*. È candidato a tre o quattro premi."

"Ehm, va bene," disse Luna. Non era sicura che fosse il caso di bere, dato che l'indomani mattina avrebbe dovuto lavorare alla clinica, ma un sidro non le avrebbe fatto del male, no?

"Lasciala bere quello che vuole, Hanna," disse ridendo Rhys mentre prendeva posto accanto a lei. "Nessuno è obbligato a provare il mio sidro."

"Sì, invece," insistette Hanna. "Quella roba è buonissima." Riportò l'attenzione su Luna. "Voglio solo che tu lo assaggi. Credo che sarà di tuo gradimento."

Luna non riuscì a trattenere una risata di fronte all'entusiasmo di Hanna. "Sarò felice di assaggiarlo. Ma solo di assaggiarlo. Domani devo essere lucida."

"Ci penso io." Hanna si infilò dietro al bancone, prese una

bottiglia del sidro di Rhys e lo versò in due bicchieri. Prese per sé quello più pieno e porse l'altro a Luna. "Bevi quello che ti senti e passa il resto a me. *Adoro* questa roba."

"È la nostra miglior cliente," disse Rhys. "Peccato che non paghi." Ammiccò alla sua fidanzata, che ridacchiò.

Santi numi, quei due erano così sdolcinati da darle quasi la nausea. Del resto, la stessa cosa valeva per tutte le sorelle Townsend. Se non fosse stato per il suo lavoro alla clinica di Eureka, dove aiutava a molte persone malate, Luna avrebbe creduto di essere finita in una favola. Tutto, a Keating Hollow, era puro, quasi salubre. Era molto diverso da dove era cresciuta, in una roulotte nei bassifondi.

"Bevi. Dimmi cosa ne pensi," la incoraggiò Hanna.

"Va bene." Luna non aveva mai provato del sidro, prima, nemmeno quella sera alla fonte calda vicino al fiume. Per cui, non aveva termini di paragone. Cercando di non fare la figura della cugina di campagna, annusò il liquido come aveva visto fare a Rhys in passato prima di bere un sorso. Il sapore fresco, leggermente dolce, la stupì e lei si affrettò a bere un altro sorso, ancora una volta deliziata dalla sua freschezza. "Wow. È buonissimo."

"Vedi? Non ti avrei mai raggirata," disse Hanna, dandole una strizzatina al gomito.

"Quando hai ragione, hai ragione," disse Luna, brindando a Hanna con il suo bicchiere di sidro.

Hanna sorrise da un orecchio all'altro. "Ascolta, domani c'è la serata fra donne. Sei libera? Puoi venire alla libreria di Yvette alle sette? Berremo dei cocktail e poi faremo il culo a Wanda con le auto da golf."

"Domani?" chiese nervosamente Luna.

"Eddai, Luna. Devi. Non hai idea di quanto è divertente sabotare la gara di un'altra persona."

Luna guardò l'espressione decisamente sincera ed entusiasta di Hanna e cedette. Era proprio ora che uscisse e socializzasse. Aveva fatto l'eremita per troppo tempo. E poi, Hanna le piaceva troppo per dirle di no. "Ci sarò alle sette in punto."

"Sì!" Hanna sollevò il bicchiere e fece un balletto. "Yvette e Noel saranno felicissime di trascorrere finalmente un po' di tempo con te." Rhys cominciò a farle cenno di raggiungerlo sulla pista da ballo e Hanna salutò mentre correva da lui.

Il DJ mise una canzone molto energica e Luna guardò la coppia perfetta lanciarsi in un ballo coordinato, con tanto di sollevamenti e piroette e un sacco di mosse che, se Luna le avesse provate, l'avrebbero fatta cadere di faccia. C'era qualcosa che quei due non fossero in grado di fare? Era così distratta dallo spettacolo che erano Hanna e Rhys che non si accorse nemmeno quando qualcuno si sedette sullo sgabello accanto a lei.

"Hope, sei tu?" chiese una voce sorprendentemente familiare.

Luna si sentì gelare il sangue e si immobilizzò, fingendo di non aver sentito. Magari, se non si fosse voltata a guardarlo, l'uomo avrebbe pensato di aver sbagliato persona.

"Sei *davvero* tu," disse l'uomo, scendendo dallo sgabello e mettendosi proprio di fronte a lei. "Mio Dio, non pensavo che ti avrei mai più rivista."

Il ragazzo che era stato responsabile del giorno peggiore della vita della giovane Luna era proprio di fronte a lei, che la scrutava con quei suoi occhi profondi ed espressivi.

"Chad," disse lei, la voce che tremava. "Che ci fai qui?"

"Vivo qui, adesso. Sto pensando di aprire un negozio di musica. Che ci fai *tu* qui?"

"Sono ospite di Hanna." La gola le si chiuse e dovette serrare le palpebre per non piangere.

Chad si allungò ad avvolgere la piccola mano di Luna nella sua grossa. Trasudava rammarico mentre diceva: "Voglio dire, così fai a Keating Hollow?"

"Ecco..." Luna sollevò lo sguardo a incrociare quello dell'uomo e ricordò con chiarezza perfetta le ultime parole che lui le aveva pronunciato, la sera in cui le aveva spezzato il cuore. Chad Garber era stato il suo primo amore e l'unica persona a conoscere tutti i suoi segreti. Era anche colui che avrebbe potuto rovinare la sua nuova vita a Keating Hollow. Luna non poteva restare lì seduta a parlare con lei. Era troppo pericoloso per il suo cuore e per la sua sicurezza.

"Hope?" ripeté l'uomo.

Le si schiarì la voce, staccò la mano da quella di lui e si alzò in piedi. "Mi faccio chiamare Luna, adesso."

"Perché?" chiese confuso l'uomo.

"Mi piace di più," mentì lei. "È stato bello vederti, Chad, ma devo andare. Goditi la serata."

Tenendo la testa alta, Luna uscì dal birrificio e si diresse dritto verso la sua Kia Sportage. Una volta al sicuro all'interno del veicolo, afferrò il volante e si costrinse a respirare.

Chad Garber era rientrato nella sua vita e lei non era assolutamente pronta.

L'AUTRICE

Autrice di bestseller per il *New York Times* e *USA Today*, Deanna Chase è una californiana di nascita, trapiantata nel più tranquillo stile di vita della Louisiana del sudest. Quando non scrive, se la spassa con suo marito a New Orleans o gioca con i suoi due shih tzu. Per ulteriori informazioni e aggiornamenti sulle ultime uscite, visitate il suo sito: deannachase.com

NOTE

CAPITOLO 7

1. Sta per *Bake for you*, letteralmente "[Cucino] dolci per te" (ndt).

CAPITOLO 10

1. Gioco di parole intraducibile: *wood*, in inglese, significa "legna", ma anche "erezione" (ndt).